长篇小说

葬礼上的
战争

孙艺鸣 著

中国铁道出版社有限公司
CHINA RAILWAY PUBLISHING HOUSE CO., LTD.

图书在版编目（CIP）数据

葬礼上的战争 / 孙艺鸣著 . — 北京：中国铁道出版社，2016.1（2022.1重印）
ISBN 978-7-113-21156-1

Ⅰ.①葬… Ⅱ.①孙… Ⅲ.①长篇小说－中国－当代
Ⅳ.① I247.5

中国版本图书馆 CIP 数据核字（2015）第 289942 号

书　　名：**葬礼上的战争**

作　　者：孙艺鸣

责任编辑：王晓罡　　　　　　电　　话：（010）51873343

编辑助理：曾山月　　　　　　电子信箱：tiedaolt@163.com

装帧设计：艺海晴空

责任印制：郭向伟

出版发行：中国铁道出版社有限公司（北京市西城区右安门西街 8 号　邮编 100054）

印　　刷：佳兴达印刷（天津）有限公司

版　　次：2016 年 1 月第 1 版　　2022 年 1 月第 2 次印刷

开　　本：880mm×1230mm　1/32　印　张：8.5　字　数：194 千

书　　号：ISBN 978-7-113-21156-1

定　　价：39.80 元

这是一家爷仨情爱的故事——
这是一曲相互残杀的悲歌——
这是一场没有孝子的葬礼——
这是一次灵魂深处的拷问——

　　人活着的时候，都很少想到死；死并不可怕，可怕的是怎么个死法。更可怕的是，死不能体体面面地死去，活又不能人五人六地活着……

　　人在活着的时候，活应该有个活样。即使死了，也要有个死样。最好能举行一场隆重的葬礼；不能像死猫死狗那样失败，那样没有尊严；更不能像猪、羊、鸡那样，被人宰杀，煮烂吃掉，最后变成一滩臭屎……

第一章

出殡的时间已经定下来，明天中午出丧。院里垒起了大锅灶，桌子、凳子、锅碗瓢勺都是借来的。按照阴阳先生和霍城的安排，臣雪和娟子就是穿着孝衣，坐在孝房里守灵。霍老黑的尸体就停放在屋里的门板上。前面点着三根香烛，地下铺着柴草，光线暗淡，烟雾缭绕，像在寺庙里。尸体尽管盖得很严实，但臣雪和娟子还是非常反感。他们只能忍着，入乡随俗嘛。

天黑下来之后，帮忙的人都走了。臣雪把大门插住，脱了孝衣，随便吃了几口饭。他俩的心情非常糟糕，也累了，和衣躺到西屋炕上睡觉，一心盼着明天上午，赶紧把爷爷埋了拉倒。当他俩迷迷糊糊地被房顶上的骂人声、狗叫声惊醒的时候，娟子第一个坐起来，屋里黑咕隆咚。怎么会有这样的声音。那骂人声太近了，是从房顶上传下来的。娟子到屋外看了看，天上还有星星。她简直不敢相信自己的耳朵。在狗叫声、麻雀声、鸡鸣声的伴奏下，那骂人声的确是从房顶上传下来的……

"霍老黑你个操你娘的……霍老黑你个老流氓……霍老黑你给我出来……霍老黑你就是个畜生……霍老黑你个老不正经……"

"臣雪，好像是你奶奶在房顶上骂你爷爷。"娟子走回炕前，把臣雪推醒，让他听那似骂似哭的声音……

"疯子！简直就是疯子。"臣雪用被子蒙住头，继续装睡。臣雪已经明白爷爷为什么从梯子上摔下来了，他娘的病也一定和这骂声有关。臣雪担心的事终于爆发了。奶奶这么公开地骂爷爷，就等于把他家里一直隐藏，秘而不宣的脏事翻了个底朝天。

"臣雪，你给我起来。"娟子拽掉他头上的被子，"你奶奶是不是经常这样骂你爷爷？"

"胡说。"臣雪坐起来吼着，"那疯婆子的胡诌你也信？"

"怪不得你叔叔不给你爷爷打幡摔瓦。"娟子说，"我明白了。"

"你明白个屁。"臣雪说。

"我敢说，你奶奶的疯病，是被你爷爷气出来的。"

"你别在这放屁好不好？那你和丁厂长是什么关系，是不是一对狗男女？"

"你别总疑神疑鬼好不好？我就是欣赏丁厂长的经营才能。"

"敢承认就好。自古美女爱英雄。"

"我承认什么了？我是说我佩服丁厂长的经营才能，这有错吗？我仰慕他为人直爽、果断和男子汉的气魄，这有错吗？"

"你早就让我当王八了，还有脸谴责别人？"

"别整天小肚鸡肠。"

天刚刚亮，门外就传来三声炮响。三个大炮都蹲在地上，一字排开地爆炸，飞到空中炸响了。窗棂上的纸发出"刷刷刷"的颤抖声。梧桐树上的麻雀"翁"地一声吓跑了。

狗不怕炮声，"汪汪汪"叫成一片。紧接着，就响起"咚咚咚"的敲门声。娟子小跑着开开大门。

这么早？娟子感到特奇怪。娟子不知道如何称呼他们，他们也不知道娟子叫什么。各自都有分工，进到院里，各就各位忙碌起来。烧火的点火，挑水的挑水，做饭的开始切菜，放炮的拿着炮袋子，还冲着娟子笑了笑，到街上放起炮来。这一大早，霍老黑的家里就这样沸腾起来了。

　　臣雪和娟子穿上孝衣，戴上孝帽，来到霍老黑的灵前，疲倦地坐在柴草上。柴草味、香的味道扑鼻而来。他们用手捂住嘴和鼻子，闭上眼睛，各自盘算着自己的心事。

　　臣雪上初中的时候，就住在县城，很少回家。即使回来，除了和霍城玩一会儿之外，从不出门。村里的红白喜事都没有参加过，这其中的曲里拐弯事，一点也不懂。等终于轮到自己头上时，还真得感谢霍城。若不是霍城再三相劝，他早就让火葬场的车把爷爷拉走烧了，还举行什么葬礼呢？爷爷生在霍家庄，一直住在老家，死在村里，又是烈属，理应在老家举行葬礼。臣雪虽然是国家干部，在地委机关工作，那也得入乡随俗。霍城说先去请二臭叔，臣雪尽管不情愿，那也得去。包括打墓、埋在哪里，出殡时在什么地方站、在哪跪、如何请乡亲、如何摔瓦，都提前给臣雪讲了又讲，说了又说。

　　整整一上午，村里犹如炮火连天的战场一般，大炮和唢呐声接连不断。放炮的压力很大，霍城好像把炮厂里的炮都买回来了，如果不使劲放，哪放得完呢？天空、大地、树木、窗棂簌簌颤动，把家家户户，角角落落，以及每一个人内心深处，都翻腾起来了。尽管狗没有闭上它们的嘴，力图和炮声决战到底。在接二连三的炮声中，狗的那点叫声，都被炮声淹没了。麻雀们虽然没心没肺，却有自知之明，没敢和炮声抗衡，早就躲得远远的。

　　天，一直阴沉沉的。十点多钟的时候，第一场大雪过早地下起来了。天空中，雪花犹如棉花朵一般，铺天盖地地往下飘着……顷刻之间，地下、房上、树上都是白茫茫的一片了。

有人说是炮放得太多，吓得太阳躲进云彩里，派雪下来抵挡一阵。有人说是霍老黑的"事迹"感动了苍天。二臭那兔崽子，不给老爹披麻戴孝。老天爷把大地、房屋和树木，都变成白色，好像白幡一般，来给霍老黑送殡来了。

临近中午，雪越下越大。臣雪的几家亲戚冒着雪都来了。臣雪好多年没有回来，和他们没有来往过，大都认不清楚。尽管在吊孝时候，阴阳先生都一一告诉了臣雪和娟子，转眼之间，又忘到脑后了。

霍城站在门口的雪地里，叼着烟亲自指挥。他一再强调，炮声和唢呐，一下也不能停。这炮声就是战斗的号角，唢呐犹如唱戏的锣鼓。炮声和唢呐声响得越紧密，越连续，越响亮，就越能说明"孝子"请乡亲们的诚意。

雪，尽管下你的，什么日子都能改，就这埋人的日子不能动。别说是下雪，下雨，就是下刀子，这人该怎么埋还怎么埋。乡亲们哪怕穿着雨鞋，披着雨衣，冒着淋漓的大雨，踩着汤汤水水，该怎么抬棺材还怎么抬。这是葬礼的规矩，也是风俗。

抬棺材的架子早就摆在大门口。这架子是村里的共有财产，必须要十六个人来抬。其他男人都跟在后面，走一道街，要换好几次班。架子定位放好之后，就有两个男人往大门口挖坑了。这两个人都是五十几岁，经常挖坑。不管谁家埋人，都要在大门口挖坑。一人一锹一锹地挖，一人一桶水一桶水往里倒，目的就是把坑里的土变成泥，还用稀泥在坑的四周抹了又抹，目的是少往下漏水。

有不懂的年轻人就感到蹊跷，问他俩为什么要在街当中挖泥坑？有人没有好气地训斥说："干什么？等你爹娘死了之后，让你也跪泥坑里。"

"为什么要跪泥坑啊？"

"因为你不为人，不孝，大家就要闹丧。你不跪在泥坑里，就没人抬你爹的棺材，明白不？"

"不明白。要是有人就是不跪泥坑呢？"

"不跪？那人举起手中的铁锨，看到了吗？这可不是吃素的，你要是敢不跪在坑里，这一锨就把你拍进去。"

跪泥坑，是为整治那些不孝儿女和不为人的而准备的。倘若都知道你不为人，虐待父母，那就在埋葬你父母那天，让你跪在泥坑里。用这种闹丧的方式，来给活着或者不孝子女们敲敲警钟。不管谁家死了人，都有人挖泥坑。泥坑比大缸还粗，得能容下一个人。泥坑里都灌满水，这是不可缺少的一项程序。

吃过午饭。雪，突然停下来。高低不平的路面，墙根下的杂草，砖头瓦块和棺材架子上都被白雪盖住。雪，真是好东西，它凭着特有的体积和数量，在很短的时间，把表面上肮脏的物件，统统地都盖在下面，连空气都是那么白。只有那个泥坑格外显眼，几片猥琐不堪的树叶和几根枯干的柴草在坑沿上摇晃飘动。吃过午饭，男人们陆续赶到，尽管有的还躲在女乡亲们中间。按照惯例，只要"孝子"跪在大街上请乡亲，随着唢呐声忧伤起伏的调子，那些男人们就会蜂拥来抬棺材。棺材要从家里先抬到架子上，棺材转完大街，再抬到坟上去。这是葬礼的程序，同时也是风俗。就像在大门前挖泥坑一样，虽然不是每家都用，却一直保留到现在。而最终抬不抬你的棺材，完全取决于"孝子"和死者在平时的岁月里都干了些什么。特别是上了吊、跳了井、喝农药死了的老人们，他们的儿子们，必须要到泥坑里。否则，那棺材绝对是没人抬的。这抬棺材，虽然说都是自发的，盲目的，事先没有人安排，也没人做过记录。但在每个人的心里都清清楚楚的。只要大伙都来抬着你的棺材为你送葬，那就说明你没有白活，你在大伙的心目中是个人而不是畜生，全村人都来帮忙，送你最后一程，结束你的一生。这人在世上，孝敬老人，抚养儿孙，辛辛苦苦、酸甜苦辣一辈子，活要有个活样，死了也有个死样。不能像死猫死狗那样没有尊严，不举行什么仪式，不抬着棺材转转大街，不管什么时刻，随便挖个坑，好像见不得人，偷偷摸摸地埋了拉倒。也不能像猪、羊、牛、鸡、鸭一样被人宰杀吃了，变成一滩臭屎。

天空微微发白，树上的枝杈间，都挂着一簇一朵的雪球，处处都呈现出一片银装素裹的景色。放炮停止了，唢呐停止了，狗叫声也停止了。那一群群麻雀又飞到树上，蹦蹦跳跳，摇尾晃脑，叽叽地叫着。整个村子和人们的心里都平静下来。那个大锅一样的泥坑，耀眼地就摆在那里。前来看热闹和抬棺的男人们，里三层、外三层地围着。大门口摆着十几个花圈，都是地委、县委、县政府、臣雪和娟子的朋友送的。地委的领导、臣雪的朋友、娟子的朋友以及丁厂长，都站在一边。吃过午饭之后，先为霍老黑入殓，装进棺材里，然后才开始请乡亲。霍城领着披麻戴孝的臣雪跪在泥坑的旁边，孝帽盖住了他的眼睛。他的手扶在雪地上，冰冷的寒气立刻刺进他的肉体里，犹如摸着冰块一样。臣雪觉得必须坚持，不就是跪一下吗？霍城早就给他讲清楚了，只要他一跪下，霍城一喊"孝子请乡亲了"，就算完了。当臣雪跪下的一霎那，他才发现眼前多了一个泥坑。遍地都是雪白的，就那个泥坑特别凸显出来，好像是刚加满了水，树叶和杂草随着水纹来回晃悠。他不明白泥坑是干什么的，霍城怎么没说呢？

霍城大声地喊了两遍："孝子请乡亲们了！""孝子请乡亲们了！"喊完了，霍城才发现不对。应该是"贤孙请乡亲"。可是已经改不来了，只能随弯就各拧了。按照惯例，只要孝子跪在地下，喊过"孝子请乡亲"，炮声和唢呐立刻就行动起了，大家就在炮声和唢呐的伴奏下，前去抬棺材。炮声和唢呐，催促着赶紧行动起来，先去十几个人把棺材抬到架子上。这是葬礼的序曲，也是一场戏的开始。任何事情都是从开始到结束，人也是一样，从母体里出来是人生的开始。死，就是人生的结束。人生就是要经历从生到死这漫长的过程。人生多少年结束，用什么形式来结束，各不相同。

唢呐已经吹起来了。炮声再次响起来。臣雪跪在地下，手扒在雪上。霍城没说让他起来，他只能趴在地上。霍城吃惊地看了看站在那里原地不动的人们，他心里"突突"跳了起来。今儿这是怎么了？难道非要臣雪跪在泥坑里吗？霍城心里央求着，有这个必要吗？这泥坑虽然每次都挖，可跪进泥坑的没有几个人。霍城承认，在霍家庄，是有几个人跪过泥坑里。其中有哥仨，都不让他娘在家里住，老娘没有办法，只能借了房子住在外面。大辈们让那哥仨轮着给老娘送饭。可那哥仨都忙着自己的事，经常忘了给娘送饭。老娘饿得实在受不了了，就到邻居家要点吃的。到了冬天，也没有人给老娘生火。老娘被冻死了。当老娘死了时，乡亲们好好地闹了闹丧。在埋他们的娘那天中午，老大先给乡亲们磕了头，请了乡亲，没人动。老二老三来请，还是没有人动。大管事的知道大家的意思，尽管是十冬腊月，那也得让那哥仨轮着跪，谁跪不到泥坑里，棺材就是没人抬。

还有就是两口子。埋他娘那天，男人已经跪到泥坑了，还不行，有人要求他老婆也跪到泥坑里。刚开始的时候，她老婆就是不跪。大管事的让好几个人前去劝解，最后他老婆终于跪到泥坑里，大家才来抬棺材。霍城知道，这泥坑，不是专门针对臣雪挖的，不管谁家死了人，泥坑都有人挖，每次都加满水，

第一章

将土泡成稀泥，只要有人跪进去，就犹如跳进黄泥汤里。霍城觉得他是支书，又是大管事的，臣雪跪不跪泥坑，多半看他周旋。霍城很有自信地大声喊道："乡亲们，霍老黑可是烈属，大臭是烈士，臣雪是地委干部，大伙就高抬贵手，就点到为止吧！"可是，炮声只管响，唢呐只管吹，还是没有人挪步。霍城没有办法，让炮声和唢呐都停下来。现场安静下来。霍城没有想到，还真有人和他叫板。但他依然抱着拳，把刚才的话又说了一遍，然后才高声地喊了几声。这次他没有喊"孝子"请乡亲，也没有喊"贤孙"。他只喊行啦，别闹了，请乡亲了！请乡亲啦！居然还是没有人动。

霍城没有办法，蹲到雪臣的面前，要他跪在泥坑里去。"因为你在省城，整年不回来，明白吗？"

臣雪恍然大悟，这才想起这泥坑的用途。臣雪劝自己，不能耍脾气，谁让我是孝子贤孙呢？这叫干什么"吃喝"什么，不就是弄一身泥？有什么大不了的。他没有想到，村里埋人这么麻烦。霍城架着臣雪的胳膊，"扑通"进了泥坑里。臣雪哪里想到，泥坑的水和稀泥有三尺多深，冰凉刺骨的泥水，淹没了他的腰，灌到皮鞋和裤子里，犹如跳进冰窖一般，冻得他直打哆嗦。雪臣心里说，我是怎么啦？我怎么这么倒霉？我招谁惹谁了？我和二臭叔赌什么气呢？我要是和二臭叔早有来往，或是亲自去求二臭叔。二臭叔不会不来打幡的。他颤抖着站在泥里，手、腿、全身被快被冻成冰块了。他骂着霍城，骂着乡亲们，这是什么破葬礼？这是在惩罚爷爷，还是在惩罚我？

霍城一看，完了，那两个挖坑的，这么舍得卖力气，坑挖得特别深，水加得过满，稀泥也多得出奇，都溢出来了。这样的天气谁受得了呢？臣雪刚刚下去，霍城就说："好了，赶紧把臣雪拉上来。"臣雪弄得满身泥浆，孝帽掉在泥坑里，五官都错位了。

现场异常地安静。大家的脸上没有笑容，只是静静地站在那里。霍城觉得大家该满意了，目的已经如愿。臣雪到底是干部，有涵养，有风度，再怎么委屈，为了爷爷，还是跳进了泥坑里。霍城犹如报错了节目一样，又重新报了一次。他这次用尽了力气，口齿清楚，吐字准确，铿锵有力，大声地喊了几遍："请乡亲啦！请乡亲啦！"

仍然没有人动。霍城没让放炮，没让吹唢呐。只要没有炮声，唢呐不响，狗就不叫。那群麻雀，趁机又落在树上，瞅着人群，连跳带叫地折腾来折腾去。霍城有点生气地问："怎么还不动，还有什么要求？"这时候，霍城才感到臣雪请乡亲们是有点不妥。说孙子不是孙子，说儿子又不是儿子，又很少回来，和乡亲们没有联系。在这紧要关头，提点要求也是在所难免的。霍城走到人群跟前，问这是干什么？是真糊涂，还是装糊涂？丧已经闹了，臣雪已经跪在泥坑里了，你们还想怎么样？霍城哪里想到，没人提出条件，而是从人群中爆发出不抬霍老黑这个畜生的声音……

"霍老黑是个畜生，不是人。"人群中乱起来，"不抬这个畜生！"一边喊着，一边四处散开。好像是看了一场打仗电影，又一窝蜂似地散了。

霍城大喊着："乡亲们，不能这样。霍老黑是烈属，大家闹了丧，臣雪又跪了泥坑，已经得到了惩罚。乡亲们！我们不能这样……"

第二章

1

霍臣雪的老家，坐落在后街中间。并排两座院子，一模一样的门楼。臣雪的娘和爷爷住在西边，门垛上挂着"光荣烈属"的牌子，院里有一棵梧桐树。另一边住着叔叔二臭和奶奶一家。二臭家的院子里有棵老槐树，枝叶超过了房子，蔓延在小院的上空。

二臭的儿子亚新已经六岁了。这天早晨，天还没有亮，就被奶奶的骂声惊醒了。亚新"腾"地从被窝里爬起来。推醒了桂花，说："妈妈你听，奶奶又骂霍老黑了？"

"臭小子不许动，睡你的。"桂花抱住亚新，催促着再睡一会儿。

"妈，我睡不着了。他们说霍老黑是我亲爷爷？"

"对呀！你奶奶是在骂你爷爷。"桂花突然觉得孩子长大了，家里的脏事，也应该让他知道知道。别像她一样，嫁过来之前，什么也不知道。媒人骗了她，父母也骗了她。等她知道家里的真相之后，亚新已经六岁了。但桂花仍然想弄个水落石出，她不想被蒙在鼓里。她不能像婆婆那样过日子。她有话要说，有气要喊，就是要打破砂锅问到底。她承认，这事是她挑起来的。婆婆被气疯了，也为二臭惹了大祸。

昨天傍晚，霍城让她管着婆婆，只要婆婆不再骂街，二臭就能回到学校去。桂花已经尽她所能，对霍城进行弥补，即使最后无法挽回，她也没什么可后悔的。至于霍城让不让二臭继续当老师，那是二臭的造化，也是自己的造化。

"妈，你不是说爷爷死了吗？霍老黑咋又成了我爷爷？"亚新瞪着疑惑的大眼睛质问桂花。

"霍老黑就是你爷爷。是你爷爷不要奶奶和你爸了，他和你大娘混在一起了。"

"霍老黑为什么不要奶奶、爸爸和我们呢？"

"桂花，你和孩子瞎说什么？"二臭坐起来，惺忪着眼，抱怨桂花。

"我就是要让儿子知道你们家里的那些人，那点儿事。"桂花一提起这些事，心中的怨气就如乱石崩云，一波未平，一波又起。

二臭听着娘的叫骂声，却没有下炕的意思。

桂花说："还不快把娘从房上弄下来。要是让霍城听到了，又该拿你这老师说事了。"

"说就说呗，大不了不当老师了。你不就是想让娘骂霍老黑吗？"二臭没好气，说："你个祸首，事都是你挑起来的，现在又后怕了？"

"告你说二臭，要不是为了你继续当老师，我就要让娘骂死霍老黑那个老畜生，否则，我这口恶气就出不来。"

"现在好了，我娘被你折腾疯了，我看你就是一根搅屎棍子！"

"我是在为娘出气。霍老黑欺负了娘一辈子，我就是想给那个老畜生点颜色看看，他娘的，他和儿媳妇有了臣雪，还敢和她住在一起。既然你不想替娘出气，那你就看我的……"桂花说到这儿又后怕了，忙改口说，"算啦算啦，娘还在房上骂着呢。天又这么冷，还不快去把娘拉下来？"

"自从霍老黑搬出去，我娘就对我说，就当你爹死了。"

"吆嗬！你这没良心，挨千刀的。你是说，我是丧门星，我是祸水了？"

"你就是祸水。"二臭撂下这句话就想往外走。

"给我站住！"桂花咆哮着，枕头随着喊声抛到二臭的背上，又从他背上弹出去，正好掉在尿盆里。刺鼻的尿骚味升腾起来，弥漫了整个屋子。

桂花赶紧扔下亚新，跳下炕去，光着身子，赤着脚，从尿盆里拿出枕头，扔到了院子里……

2

桂花刚嫁到二臭家的时候，这个家死气沉沉，平静得出奇。院子里的槐树，枝叶繁茂地蔓延开来，覆盖了半个院子。只要有人回来，那狗就狂叫几声。那群麻雀从早到晚，在槐树枝上上窜下跳，叽叽喳喳，给这个家带来一些生命的气息。二臭是村小学的民办老师。桂花从小就崇拜老师，她的理想就是要嫁给老师。嫁给二臭之后，她还想要一个像她娘家一样活泼、快乐、很有人气的家庭。她婆婆总是默默地做着家务，很少说话，脸皮好像是被贴上的，和身上的血脉没有贯通起来，皱皱巴巴的没一点表情。桂花觉得婆婆是给她脸色看，好像是她做错了什么。起初，她和婆婆赌气，住在娘家，就是不回来。每逢星期天，都是二臭死皮赖脸地叫她回来。桂花便向二臭发牢骚，说你娘到底怎么了？整天不说不笑，即使笑也是皮笑肉不笑，难看极了。

二臭让她别多心，我娘就是这脾气……

桂花的娘家离霍家庄十几里地，娘家也是住在大街上，院里也有一棵大槐树。娘家的大门总是敞着，无论谁走在大街上，一眼就看到北屋里。街坊邻居都喜欢到她家串门去。

二臭家本来就在大街中间的明面上，她没见过婆婆到大门口站一下，街坊邻居也没有到她家串过门。她家的大门总是关着。大街好像是一面镜子，只要开开门，就能显现出她家的秘密一样。桂花尽管不习惯，但在生孩子之前，她很少在婆婆家常住，有了亚新之后，桂花就不怎么回娘家了。有一天，她把大门推开，抱着孩子到街上去了。桂花心里说管她呢，她倒想看一看，她婆家到底是个什么摸样。可是她刚一转身，就听到大门"咣"地一声关了。她知道这是冲着自己来的。桂花又转回去，把大门踢开。狗大叫了起来，霍老黑家的狗也汪汪起来。树上的麻雀一看大事不好，"嗡嗡"地都飞走了。她大声地对婆婆说："娘，关什么大门呢？"

婆婆站在北屋门口，脸沉得像深潭里的死水，嘟嘟囔囔，也没有听清说些什么。桂花抱着孩子往街西走，她专门找到霍嫂家的大门底下。霍嫂这儿，和桂花娘家一样，纳鞋底的，搓麻绳的，非常热闹。霍嫂看到桂花，抱过孩子说："哎，二臭家的，你怎么舍得出门了？你想改变你家的门风？"

"看你说的，二臭家的门风怎么啦？"桂花疑惑地问着。

"我看看，这孩子长得到底像不像二臭？怎么起了亚新的名字？"霍嫂抱着亚新，把话岔开，往大门外走了几步，背着耀眼的阳光，细心地打量着亚新……

"名字是二臭起的，亚新就亚新。"桂花满不在乎地说。

"我感觉这亚新有点儿那个。"霍嫂说。

"是吗？怎么个不好？"桂花说。

"二臭是老师。我们这些没文化的人，不知道是啥道道。"霍大婶撇着嘴说。

桂花觉得霍大婶话里有话，好像是讽刺二臭。

"霍嫂，你看你像买小猪一样挑剔。"霍大妹子瞥了一眼霍嫂，"你恐怕是想看看亚新到底是谁的种吧？"

"行啦霍嫂，现在哪能看出来？"霍小奶奶说，"即使能看出来，又不归你管，又能怎么样？"

"看你们说的……"霍嫂把孩子还给了桂花。

这年，进入霜降这一天，桂花吃过午饭，还是在霍嫂大门底下，和她们说笑。太阳被白云围绕着，阳光穿透厚厚的云彩，放射出淡淡的光芒。这时候，从街西边开来一辆吉普车，狗听到这异常的动静就不约而同地"汪汪"起来。

吉普车开得很慢，路面上卷起一阵尘土。在霍嫂的带领下，大家用手呼扇着，走出大门张望。吉普车在桂花家的门口停下。霍臣雪从车里下来，迈入霍老黑的家里。霍老黑家的狗"汪汪"起来，桂花家的狗也随着"汪汪"起来。梧桐树和槐树上的麻雀也不管是谁家的亲戚，谁的儿子，一律按贵客对待，在树上翻飞起舞，叽叽喳喳地叫个不停……

霍嫂撇着嘴说："有什么好看的？和你们家的男人比一比，谁有臣雪有出息？人家是地委机关的干部，回来坐汽车，挣国家的钞票，住好几层的高楼。"

霍小奶奶鼻子里动了一下，轻蔑地说："哼！再大个官我也不稀罕，我丢不起那人，要不是觉得没脸回村，哪有今天？"

霍大婶说："哎！那就是说，乱七八糟的家庭，才能造就特殊的人才？"

霍小奶奶说："哎！那好，等你儿子娶了媳妇，也让你老头子和儿媳妇弄一个臣雪来。"

霍大婶反驳说："放屁！让我说，趁你还能生，你老公公的身体又那么棒，你们赶紧生一个出来，说不定就沾大光了。"

霍小奶奶不依不饶："我就不明白，我公公的身体棒，你怎么知道？"

霍大婶说："别放屁了。我这是在提醒你，省得你当事者迷。"

霍小奶奶坏笑着说："我还以为你和我老公公试验过呢。"

霍大婶说："别不要脸了，你才和你老公公试过呢。"

霍小奶奶说："你让大伙听听，是你说我老公公身体棒，你没有试过怎么就知道他的身体棒呢？"

霍大妹子插话："哎！你们听我说，这男人的身体棒不棒，从外表可看不出来。有的男人，壮壮实实、人模狗样，真到了床上就是稀泥一滩。"

说得大家都大笑起来。

霍大婶说："看来霍大妹子用过不少男人，你们瞅瞅，人家怎么啥都懂啊？"

霍大妹子说："别瞎说好不好，这是我家男人说的。"

霍大婶说："那就说明你男人用过不少女人呗？要不他怎么就知道了。"

霍小奶奶说："人家男人是司机，常年跑外，当然用过不少女人了。"

霍嫂说："你们胡说什么呢？都眼热了？我看就该给你们嘴戴上笼箍子，省得想到处乱吃草。有桂花在这，谁也不准乱说了。"

桂花觉得她们是在暗示什么。大伙说笑的时候，都拿眼斜着她，仿佛这话是专门让她听的。桂花只有婆婆，难道她们不知道她公公已经死了？

"哎！桂花，你认识臣雪吗？"霍嫂觉得桂花什么都不知道，"哎！二臭没有给你说过你公公和臣雪的事？"

"没有，二臭和媒人都说他爹早死了，你们可别吓唬我，臣雪和二臭咋就扯到一起了？桂花似乎感觉到什么……"

这些女人大眼瞪小眼，有的说："谁给你说你公公死了？你公公是烈属，就是你邻居，和你大嫂梅花住在一起，他们的儿子就是刚才坐汽车回来的那位。"

"哎行啦，别胡说了。"霍嫂训斥说，"臣雪是霍老黑的孙子，什么儿子不儿子的，乱嚼舌头，小心让二臭撕你们的嘴。"

"哎就是的，二臭娶你那天，好像没请霍老黑和梅花。"

"就是，也没有见臣雪回来。"

"你们还有完没完？"霍嫂大吼一声，"桂花嫁的是二臭，与霍老黑、梅花和臣雪没有一丁点关系。请不请霍老黑、梅花和臣雪，二臭娘自有打算。"

"还是霍嫂清楚。"霍大婶撇撇嘴，"霍老黑早就和二臭他娘分家了。霍老黑和儿媳妇过的是烈属的日子，井水不犯河水，有什么大惊小怪的？"

"那是二臭娘老实、好欺负。咱们三里五乡、十里八里，哪有两口子分家的，哪有老公公和儿媳妇一起住的？要是遇上我，我非得和他大闹天宫不可，美死那个王八蛋了。"

"哎！又瞎说。霍老黑住北屋，梅花住西屋，是一起过日子，不是一起住。"

"你去看了？真是的。"

"那你看到了？"

"二臭娘能忍到今天，也不容易，肚量太大了，换了谁恐怕也做不到。"

"那叫窝囊！我就不赞成二臭娘的做法。要是遇上我，非要与霍老黑白刀子进，红刀子出。我就不相信，霍老黑狗日的是铜墙铁壁，刀枪不入。"

"霍老黑和二臭娘是夫妻，只是分家，又没离婚。大臭是烈士，霍老黑和梅花是烈属，二臭娘却不是烈属。"

"傻娘们，这你就不懂了吗？"霍小奶奶解释说，"大臭是霍老黑的大老婆生的，二臭娘不是大臭的亲生母亲，当然就不能当烈属了。"

"什么耶！"霍大妹子很内行地说，"没有的事。大臭牺牲的时候，二臭娘已经嫁过来好几年了。二臭娘就是霍老黑的合法妻子，是大臭的继母，二臭娘应该是烈属。我觉得是霍老黑和梅花从中捣鬼，有意坑害二臭娘。"

"当时你要是二臭娘，"霍嫂打断说，"你也不懂。你才懂了几天？好啦！就此打住，谁也不许再说了。桂花别听他们的，那些都是上辈人的事。"

桂花已经听明白了。二臭爹根本就没有死，不但和儿媳妇住在一起，还有了孽种。桂花拽着亚新悻悻地往回走，迎面正碰上吉普车开过来。臣雪从车窗里探出头来，远远瞅了瞅桂花，一副漠然的样子。

017

深秋的凉风轻轻地吹着，树上的麻雀跟了过来，像是在欢送臣雪，争先恐后地叽叽喳喳。不知道谁家的狗带了头，许多狗都"汪汪"地叫起来。尘土从车后吹到前头，臣雪来回扇着眼前飘舞的尘土，看到桂花脸上的怒气，把头缩回去，端端正正地坐好了。桂花躲到一边，凭着女人特有的敏感，一霎那，臣雪的脸盘、表情、神态，就在脑子里刻录下来。桂花当即断定，臣雪和二臭像是一个模子刻出来的。臣雪不愧为地委干部，从骨子里透着一股男人的帅气。看来，坏事就是瞒不住当乡人。二臭和臣雪不是什么叔侄，他们是同父异母的兄弟。吉普车缓缓地开走了，大街上扬起了烟尘……

桂花暗自琢磨，媒人为什么要欺骗我？爹娘也说公公死了？他们怎么就不打听打听？竟把女儿嫁到这样一个混乱的家庭里？他们都欺骗我，我要报复，我要让他们的脏事都暴露出来。桂花拉着亚新走到门口，发现她家的木门关住了。霍老黑家的大门也关住了。霍老黑家大门和院墙简直和她家的一模一样，即使生人乍看，也能看出是出于一人之手。土坯垒起来高高的院墙和门楼，墙外抹着白灰，木门中间挂着一对狮子头的铁门环。大门垛上挂着"光荣烈属"的牌子。

桂花没有敲打门环，她抬起脚踹了几下。木门像生闷气似的发出"咚咚咚"的响声。家里的狗叫了起来，霍老黑家的狗随着叫起来。老槐树上的一群麻雀"嗡"地飞到霍老黑家的梧桐树上，警觉地摇着尾巴，跳来蹦去，叽叽喳喳……好像是说，出事啦！出事啦！

桂花不想自己开门，她就是要闹出动静来，不能让霍老黑和梅花再安安稳稳地过下去。桂花听到霍老黑和梅花都从屋子里出来。梅花说："老黑，你看这狗，街上一有动静，它就叫个不停。"

霍老黑好像是拿起一个东西，打起狗来，"我让你乱咬，我让你乱咬。臣雪刚走，现在哪有人来？你再咬我还揍你。"狗挨了一棒，"汪汪汪"地狂叫了几声，好像是被驯服，钻到狗窝里去了。梧桐树上的那群麻雀，害怕霍老黑，又从梧桐树上"嗡"地飞到老槐树上，它们各自都找准了自己的位置，警觉地摇头晃脑，上蹿下跳，叫个不停。

桂花在大门外等着，亚新学着娘的样子，用小脚踹门。二臭娘知道她是故意挑衅，二臭下学回来，都是自己开门。可是这天下午，桂花就是不想打开门闩，谁给我插上的，谁就给我开开。桂花再次把脚端在大门上，把她的愤怒，通过门的响声，传到婆婆和霍老黑的耳朵里。亚新憋不住了，把着门缝喊着奶奶。老黑家的狗又从窝里窜出来，和二臭家的狗对叫起来。霍老黑仿佛又拿起什么东西打在狗的身上，仍然咆哮着："你这个畜生，你再乱叫乱咬，我就杀了你，扒了你的皮，吃了你的肉，看你这狗东西有改没改？"

桂花终于在狗和麻雀叫声的夹缝中，听到细碎的脚步声，大门吱地开了。二臭娘没有看桂花，也没有搭理亚新。她知道桂花是成心的。桂花迟早会知道的，可又能怎么样？我苦熬到今天，我也知足了。我的二臭已经成家立业，娶妻生子，我都有孙子了。你再怎么闹，你已经是我家的媳妇了。

桂花是想激怒婆婆，她想让婆婆对她发火，在院里和她大吵一顿。然而，婆婆却什么也没有说。她感到婆婆内心里深处，有好多无可奈何和苟且偷生的悲哀。

桂花黑着脸跟婆婆来到北屋。亚新早跑到西屋玩去了。屋子的正中摆放着大方桌，方桌后面是一长长的条杌，条杌上摆放着两个很古老的瓶罐，两把很旧的柳木圈椅，人一坐上去，就吱呀吱呀响。墙上挂着一幅发了黄的下山虎的画，虎身后是座小山，天空中白云密布，怒涛翻滚，两棵松树，一股清澈的溪水流向远方。两边配着条幅，上面写着，温如蛟龙戏水，凶如猛虎下山。

婆婆坐在柳木圈椅里，又戴上老花镜，纳着鞋底。她心里明白，就凭桂花踹门的举动，原来也不是个善茬。

桂花感觉到婆婆是假装平静，"娘，我想知道你为什么不是烈属；为什么和霍老黑分家；霍老黑为什么和儿媳妇住在一起，臣雪到底是谁的儿子？"

婆婆叹了一口气说："还提它干什么。"

"不，我想知道，媒人和二臭都说公公死了。原来霍老黑还活得好好的。我既然嫁到这个家里，我有权知道真相。我知道你很委屈，如果你愿意，我就为你讨个公道。"

二臭娘停下手中的针线，摘掉老花镜，眼泪犹如"虎画"上的溪水，无声地流下来。二十多年来，从来没人问过她的过去，她也没有和任何人说过内心的憋屈。她做梦都没有想到，桂花竟然说出这句话来。二臭娘激动起来，放下手里的鞋底，起身从瓷罐里掏出那把杀猪刀来放在桌子上，颤嗦嗦地说："霍老黑趁我睡着了，绑住我的手和腿，堵住我的嘴，拿着这把杀猪刀子，逼着和我分家。"二臭娘哽咽起来，紧接着就泣不成声，嚎啕大哭……桂花没有劝，她想让婆婆尽情地哭一会儿。那哭声传到了院子里，狗又叫了起来。霍老黑家的狗也感到声音异样，便跟着汪汪起来。那群麻雀好像不愿意听到哭声，便"嗡嗡"地叫着从槐树上飞走了。

"桂花啊！"二臭娘止住哭声说，"只要你答应我，我什么都告诉你。"

"娘，你说，我什么都答应你。"

"我之所以支撑到今儿，都是为了二臭。你可要好好和二臭过日子，把亚新养大，娶妻生子，堂堂正正地做人。"

"娘，你放心，你为了二臭，为了名声，守了这么多年活寡，你应该走出家门，想说就说想骂就骂，把心中的憋屈都喊出来，让全村人都知道，别人骑在你头上拉屎撒尿，抢走了你男人。"

"娘都明白。想当年，我也会和老黑吵架、撒泼。那时候二臭还小，霍老黑心狠手辣，恨我不死。你说万一我被气个好歹，或是被霍老黑暗算，小小的二臭落到他俩手里，我就是死了也闭不上眼睛。今儿我不怕了，二臭有了你，又有了亚新，我放心了。"

二臭娘就一五一十地讲了起来……

3

臣雪和二臭十岁那年，二臭挑唆同学，说臣雪是爷爷的儿子。臣雪上去就和他们干架，结果被打得鼻青脸肿。梅花看到臣雪被打，心疼死了。

臣雪嗫嚅着，说："二臭不让我叫他叔叔，让我叫他哥哥，同学们都说我是爷爷的儿子。"梅花把臣雪抱在怀里……

等霍老黑回来，梅花把二臭撺掇同学们说的话重复一遍。霍老黑坐在圈椅上，黑着脸运气，因为能算出臣雪是他儿子的人，只有二臭娘。老黑曾警告过她，你敢再胡说，我就和你离婚。霍老黑没想到，二臭娘这个欠揍的，竟然说给二臭。

"这让孩子怎么做人呢？你就眼瞅着，那娘俩欺负我们孤儿寡母？"

"你们等着，混账东西。"霍老黑拿着棍子，来到这边。二臭正在院子里玩耍。二臭比臣雪大一岁，长得又黑又瘦，脑袋上坑坑洼洼。

霍老黑二话不说，抢起棍子打在二臭的屁股上。二臭疼得一瘸一拐喊他娘。二臭娘从屋里冲出来："老黑，你这个狗日的，为什么打我的儿子？"她抓住棍子，要和老黑拼命。

"我让你胡说，我连你一起打。"霍老黑抽出棍子边向二臭娘打过去。

二臭娘躲闪不急，挨了一棍子。二臭跳过来，抱住霍老黑一条腿，大喊着："霍老黑，你个老东西，老流氓，老畜生……"

"臭小子，你叫我什么？你再说一遍？看我不揍扁你？"

"我就叫你霍老黑！叫你老东西！老流氓！老畜生！你不配做我爹，我没有你这样的爹。"二臭仍然抱他的腿转圈圈，不依不饶地喊着。霍老黑扔掉棍子，用手打在二臭的屁股上。

"好！有种。那我今儿就打死你。"

二臭娘把二臭推到了屋里。霍老黑随手拿起锄头，还要追打二臭。"今儿要不把你娘俩制服了，我他妈的就管你叫爹，我就是你们儿子。"

二臭娘一看老黑的架势，便拿起一把粪叉来，挡在屋门口，和老黑对势起来，不让老黑靠近二臭。"霍老黑！你办的脏事你清楚，你再敢动二臭一手指头，我就又你几个窟窿。"

霍老黑把锄头摔在地下，手指戳着二臭娘："好好好！有种，我怕你了。"

那天晚上，霍老黑没有在这边吃饭，也没有和二臭娘说话。二臭娘知道老黑还生着气，一直到老黑躺在炕上，也没有理他。老黑挨着南墙根睡，二臭娘在中间，最北边是二臭。二臭娘睡着之后，便迷迷糊糊，觉得有人在动她的胳膊，有点疼，以为老黑要上她的身子，后来感觉不对，腿也有点疼了。二臭娘睁开眼睛，夜深人静，黑乎乎的。她想点着灯看个究竟，可是手和腿都被捆住了。二臭娘刚想喊，嘴也被毛巾堵住。霍老黑才点着灯，冷笑着说："喊啊！你怎么不喊了？"然后拿起这把杀猪刀子，贴上她的肚子，"你这臭娘们，竟敢在二臭面前胡言乱语。你再不老实，我就杀了你和二臭，把你们扔在山沟里喂了狼。"

霍老黑心想，我还制不了你这娘们，你越来越放肆，竟然敢把老子的事告诉我儿子。我必须和你做个彻底的了断。霍老黑把刀贴在二臭娘的肚子上，拍着二臭娘的脸，压着嗓子说："你想好了没有？想死还是想活？"

二臭娘鸡吃米似的点点头。

"那你还敢不敢再和二臭胡诌？"

二臭娘再次点点头，身子缩了缩。

"知道怕就行，你要是敢把二臭吵醒，这刀就插进你的肚子里，让你的血像猪一样，汩汩地冒出来……"霍老黑又感到二臭娘缩了缩身子。

"那我给你两条路，一是离婚，把二臭给我留下。二是分家，你带着二臭过，我和梅花过……"霍老黑不着急，时间拉越长，二臭娘骨头抽得越干净。等把毛巾拽出来，二臭娘已经像一摊烂泥了。她选择了分家，她不能没二臭。即使不和老黑分家，她也不敢再和老黑睡在一个炕上了。

"好！我就相信你一次。你要是再逼我，还敢骗我，我就把你娘俩都杀了，喂了狼，你看我敢不敢？"

霍家庄就在封龙山脚下，封龙山后面，山连山，岭连岭，山岭相连。大雪封山之后，狼经常进村来寻找肉吃。二臭娘嫁到过来之后，发生过好几次狼偷吃猪和孩子的事。

霍老黑和二臭娘分家之后，各过各的日子，过年拜年，臣雪当兵，二臭娶桂花，都再没来往过。臣雪在部队上提了干，转业到地委工作，娶了城里的媳妇，就是很少回来。即使回来也不在家过夜，吃顿饭就走了。每次都是开着汽车，梅花和老黑送到门口，吉普车冒着蓝烟，弥漫到村子上空，招来麻雀和狗的叫声。

桂花听到这里，气得心中冒火。霍老黑这个畜生，哪有这样欺负人的。"娘，走，我们出去，先问问那狗东西，你们既是夫妻，霍老黑是烈属，你为什么不是？"

"走，有你在身边，我怕什么？霍老黑不要脸，那我就让他没脸到家！"二臭娘来了精神头儿。

桂花和二臭娘走到大街上，二臭娘指着霍老黑的大门，说："桂花，你给我敲开那对狗男女的大门。"

桂花踹门，霍老黑的木门像敲鼓似的，发出"咚咚咚"的闷响。霍老黑家的狗先汪汪汪叫唤起来，桂花家的狗像是为主人助威，随即呐喊着起来……

大街上有几个人走过来，看到这情景，谁也没往跟前凑，都停下脚步看热闹。霍老黑的院子还没有听到动静，桂花又踹了几脚，大门再次发出强烈愤慨的响声。小亚新也跟着凑热闹，在大门上踹了几脚助威，喊着，开门、开门！

两家的狗都叫了起来，它们像是比赛似的，你一声我一声，一声比一声洪亮，不甘落后地疯狂地叫着……

霍嫂大门底下的女人们，都远远看着桂花和二臭娘。桂花果然不同凡响，第一次听说霍老黑的丑闻，就动员婆婆找霍老黑，公然地敢踹烈属家的大门了。

第三章

1

　　霍老黑和梅花坐在柳木圈椅上，听到有人踹门，心中像敲鼓一般，怵然生出些恐惧来。他俩做梦都想不到，谁有这么大的胆量，竟然敢狂踹他家的大门。他家的狗首先跳出来，冲着大门狂叫唤起来……二臭家的狗和树上的麻雀也跟着凑热闹。霍老黑心里正骂狗和麻雀，大门又被踹了几脚，还有孩子的喊声。霍老黑没有听错，确实是有人踹他家的大门。他让梅花别动，顶着窜到脑门上的怒火，边走边问："谁啊？踹什么踹？"

　　梅花紧跟着走出门来，霍老黑让她回屋去，嘟嘟囔囔拉开门插棍，竟然是他老婆和桂花。他不想招惹她们，就想赶紧把门插住。桂花双手使劲推着大门。霍老黑毕竟老了。桂花是有备而来，大门已经开开，就别再想关了。

　　"霍老黑你给我出来！我今儿想问问你，你是烈属我为什么不是？"二臭娘终于发问了。

　　"就因为你不是大臭的亲娘，你要是不服就问县里。"

　　桂花用肩膀顶着门，霍老黑冲着桂花嚷道："你在这捣什么乱？你要再不放开，我就去叫支书。"

"哎哟哟！"桂花阴阳怪气，"我是来拜见公公的。"

"去去去！你要是再捣乱，我可真去叫干部了。"霍老黑伸手来推桂花，他只想把关大门，不想和二臭娘翻腾那陈年老账。

"霍老黑！"桂花煽风点火，"你可没白活啊？你不想要老婆和儿子就不要了。你想和谁过，谁就跟了你，还当了烈属，好事怎么都让你占了？"

霍老黑张了张嘴没说出话来。扔下门，背着手，走进院子里，说："反了反了！梅花，你快去叫支书，她们是欺负我老了。"

"好。"梅花走到门口，瞥了一眼桂花，"蹬蹬"地向村委会走去。

霍老黑倒背着手在院子里转圈圈。这时候，二臭娘已经跳着脚骂了起来："霍老黑你个老流氓！霍老黑你个老无赖！霍老黑你个老不是东西！你说你还是人吗？霍老黑你就不是人，你就是一畜生，猪狗不如！"

二十多年前，二臭娘背地里也没少骂霍老黑。那时候，只要二臭娘一骂他，霍老黑就揍她，在她脸上扇几巴掌，还用离婚来恐吓她。二臭娘立刻就像猫一样地老实了。霍老黑想到这里，返回到门口，走到二臭娘的跟前，抡起胳膊就想扇她的嘴巴子，一边说："我让你骂！我让你骂！"

霍老黑举起的胳膊，却被桂花档住了。桂花猛地往后一推，霍老黑倒退了几步，就蹲在地下。

"你敢打我？"霍老黑从地上爬起来，拍拍身上，"你看支书来了怎么收拾你。"

"现在你还敢打人。"桂花说，"我倒要看看支书能把我怎么样？"

"我打老婆怎么了？"霍老黑气喘吁吁，"她要是再敢骂……"

"哎哟，现在怎么又成你老婆了。"桂花撇着嘴说，"你钻进儿媳妇被窝里的时候，你当烈属的时候，你领到抚恤金的时候，她怎么就不是你老婆了？"

"你这个狐狸精，"霍老黑有气无力，"我们家的事都是你挑的？"

"霍老黑你个狗操的！霍老黑你不是人操的！"二臭娘又跳着脚骂起来了……

二臭娘突然明白过来，霍老黑已经老了，不是过去的老黑了，所以才敢跳起脚来骂他。"霍老黑你出来，到大街上说道说道。你和我分了家，和那不要脸的过在一起。你简直就是个畜生，我倒要看看你死后，谁给你打幡，谁给你摔瓦……"

"好！骂得太好了。"桂花竖住大拇指说。

"简直是笑话！"霍老黑在院里，喘着粗气喊着，"我今儿真是很后悔，当初就该和你离婚，留你这个祸根。"

027

"也是的，你干了缺德事，当你死了，谁来为你打幡摔瓦，披麻戴孝？谁会为你抬棺入坟呢？"

"桂花！你这是胡说什么？"支书霍城走到跟前，他听到桂花和霍老黑吵架，不满意地喊着，"你又不了解情况，少听别人乱嚼舌头，上辈人的恩恩怨怨，你少瞎掺和，听我的，领着你婆婆回去。"

"支书啊！你看看！"梅花掉着眼泪，"她们这样欺负人，我们以后还怎么过呢？"

"她还打我。"霍老黑指着桂花，"她把我推倒在地，你看我这一身土。"

"桂花，老人就算有一千个错，"霍城说，"你也不能打老人。"

"别听他胡说。你问问大伙，他想打我婆婆。我就是挡了他一下，是他自己摔在地上的。"

"好了。你们堵着门口骂烈属也是绝对不允许的。"霍城看了看四周，大家都躲得远远的。二臭娘和霍老黑，又打又骂，竟然没一个过来劝解。霍城把声音故意提得高高的，"你们这也太不像话了，还有没有王法了？"

"骂了，就是骂了。"二臭娘瞪着霍城，"我骂我老头子，怎么了？我要是犯了法，你就把我抓起来。"

"我说大娘啊！"霍城板起脸来喝斥，"在大街上骂谁也不行，要是想骂，你到你家里骂去，回到炕头上，钻到被窝里骂去。你让大家评评理，你堵住人家门口胡骂乱骂、东拉西扯，成何体统？"

"我没有乱骂！你说老黑和梅花是不是畜生。"二臭娘疯了似的地喊着，"我骂他们弄出了孽种。我骂他们猪狗不如。老黑就是个畜生，那娘们也是畜生，我还说老黑就是死了，我儿子也不会给他打幡摔瓦，我今儿就是骂了！不但今天骂他，我还要天天骂他，非把他骂死不可……"

"你这简直是胡搅蛮缠，你这是在撒泼，耍无赖。"霍城满脸怒气，指着二臭娘的鼻子，"只要你站在大街上指名道姓地骂人，那就不是你们的家务事。"

"哎！我们是不是两口子？"二臭娘喊着说，"他是烈属，我为什么不是？我现在就想搞明白，当着大伙能说清楚吗？"

"你这个问题，我给你解决不了。"霍城觉得只有高声、有气势，才能压住二臭娘，"在定烈属的时候，你干什么去了？当时你怎么不提，现在算后账，晚了。"

"我就在家里，我给老黑奶儿子呢。"二臭娘老泪横流起来，"老黑根本就没告诉我这件事，这都是那娘们捣的鬼，欺负我不懂。我就是不明白，大臭根本没有动那个娘们的身子，她咋就有孩子了？咋就是烈属了呢？"

"哎哎！我警告你，说话要有证据。"霍城说，"你应该不应该是烈属现在已经盖棺定论，你要是不服，你可以到县里反映。"

"我当然有证据了。"二臭娘说，"大臭刚从部队回来，霍老黑就要给大臭娶媳妇。大臭结婚第二天就走了。我感到很奇怪，就问大臭为什么要走。大臭和我说……"

"别说了。我看你是老糊涂了。"霍城赶紧制止住二臭娘，"你现在说什么都没用，你就站在大街上，站在房上，站到天上，你也当不上烈属。你儿子当了老师，又娶了媳妇，还有了孙子。你不好好享福，跑到大街上这样吵闹，这是何苦呢？"

二臭娘哽咽着："要是让你遇到老黑这样的畜生，你恐怕早就杀了他了。我没有过过一天好日子，我身上像压着一座高山。我肚子里装的全是气。我要不是为了二臭，我早就死了。"二臭娘说着坐在地下，拍着大腿大哭……

"我明白了。"霍城点点头，瞪了一眼桂花，"我就知道是你挑的。我可告诉你桂花，不管有什么理由，哪怕你婆婆像窦娥一样冤，你们站在大街上辱骂烈属，都是犯法的事。我是没办法管制你婆婆，我也没法处理你，那我就处理二臭，从现在起，不准二臭再当老师了，有劲你们就闹下去。"

"不当就不当呗，你有本事把二臭开到台湾去。"桂花这么说着，口气已经软了下来。她心里突然后悔起来，我说这些气话干什么？如果二臭不能继续站在讲台上，他就转不成公办老师了，那我嫁给二臭不就是白忙活了吗？

"这可是你说的。"霍城赌气地说，"但愿你别后悔。再有一条你可明白，烈属是受政府保护的。我还是那句话，在你们家里，愿意怎么吵就怎么吵，想怎么骂就怎么骂，只要到大街上骂人，我就得管。我是不能把二臭开到台湾去，但我有权取消他当老师的资格。如果还不服，那我就让公安局把你们抓起来……"

2

下课的钟声响了，教室里的学生们，挤着跑出来。天阴沉沉的，西北风"呼呼"地刮着……二臭拿着课本，刚从教室里走出来，一阵大旋风，卷着灰尘和树叶，打着旋儿刮过来。二臭用书本挡住眼睛，闭住嘴，让旋风刮过去，拍拍身上的土，往办公室走。霍嫂缩着身子，避开风向，跑了过来，歪着头说："二臭，你赶紧回去，你家桂花正领着你娘大吵大闹呢。"

"你说什么？"二臭被摸不着头脑，"闹什么呢？"

"你不想想，能和谁呢？和你爹呗！你娘把你爹那点事都抖落出来了，又是在大街上……"

天空越来越灰暗，太阳躲进了云里，灰蒙蒙的尘土把天空搅了个昏天乱地。村子里的树木，随风摇曳，发出酷似吹号似的响声。原来随处可见的麻雀们，不知都躲到哪里去了。只有那几条野狗，顶着大风，尾随着二臭。二臭赶到家门口，霍老黑的大门已经关住了。娘的脸色惨白，白发盖住眼睛，坐在门口的台阶上。桂花往起拽，二臭上前架住娘。二臭娘突然挣脱出去，一头撞在霍老黑的大门上。二臭娘来势凶猛，二臭和桂花都没防备。娘的脑门撞破了，血流下来。霍老黑家的狗又叫唤起来。二臭家的狗跟着汪汪……

"娘，你怎么能这样？"二臭上把娘抱在怀里，"作孽的是他们，想骂你就骂。"

"二臭，你是这么想的？"

"只要娘高兴，能出气，天天骂那老乌龟都行，咱以后不在大街上骂了。到房上骂去，当着老天爷骂，让他们抬不起头来……"

"二臭，我就是想替娘撑腰，让娘出出气，煞煞他们的威风……"

"娘，咱们到诊所去。你头上还在流血，让医生包扎一下，回来再骂好不好？"

"不，我不去。"二臭娘两眼发直，再次挣脱开二臭就往村东跑。边跑边疯了似的喊叫着，"我只要二臭，只要你不杀二臭，你想和谁过就过……"

"娘，你这是怎么了？"二臭紧跑了几步，把娘拦腰抱住，使劲地摇晃着，"你在说什么？霍老黑是不是威胁过你，想杀我，你说啊？"

"二臭，娘已经给我说过了，霍老黑为了和梅花一起过，在半夜三更，曾经绑住娘的手脚，堵住娘的嘴，拿着杀猪刀子威胁过娘，逼着娘和他分家的，否则就杀了你和娘。"

"这个王八蛋！"二臭咬着牙，在霍老黑的大门上狠狠地踹了几脚，大喊道，"霍老黑，有本事你给我出来，你看我敢不敢先宰了你？"

霍老黑家的狗再次狂叫起来，二臭家的狗也跟着叫。街上那几条野狗被二臭的举动吓跑了。

"霍老黑跑不了。"桂花拉着怒火满腔的二臭，"咱们还是先给娘上药去。"

二臭又踹了踹霍老黑家大门，便和桂花架起娘的胳膊往诊所走去。

3

二臭刚回到学校，就被校长叫到办公室了。校长耐心地劝解二臭："实话实说，霍城做得对，就应该给烈属做主。否则，那些流血牺牲的烈士，不就寒心了？我希望你要搞清楚，保护烈属不受到伤害，是霍城推不掉的责任和义务。"

"我知道，"二臭说，"那霍老黑霸占烈士的老婆，就不犯法？"

"哎，这事可不能乱说。"霍校长摆摆手笑笑，"得有证据。"

"那就让霍老黑和臣雪做亲子鉴定，准能查出臣雪到底是谁的儿子。"

"别胡说了。就算臣雪就是霍老黑的儿子，那谁也没有办法。"

"可我娘说，大臭哥是看到霍老黑和梅花光着身子在炕上才走的。"

"那又有什么用，大臭已经是烈士了。桂花也是的，要是因为你娘没当上烈属，到县里查查政策不就清楚了？何必在大街上吵闹？我的意思是，既然已经闹了起来，那就让桂花给霍城道个歉去。霍城我了解，吃软不吃硬。"

"道歉？"

"二臭，你可别忘了，祸是桂花惹的，不就是一句话吗？霍城在气头上，当着那么多人，已经把大话说出去，你总得给个台阶吧？"

"算了。我宁可种地，也不让桂花给那流氓道歉去。谁不知道，只要是女人求他，哪一个能清清白白地回来？"

"二臭，你越说越混账了。你怎么就不明白，那都是嫉妒、造谣、污蔑、圈套。再说，你和别人一样吗？为了家务事，就断送你的前程，值得吗？如果能继续站在讲台上，你马上就会转成公办老师。你不让桂花试试，怎么就知道不行了？只要桂花人到，就是礼到了。"

"我知道，校长是为我好，是在帮我，我会好好考虑的。"

"考虑什么？你要还认我这个老兄，必须让桂花去，这是命令。"

二臭走到大街上，一看到人，就觉得有点儿丢人。可霍嫂偏偏从大门里跑出来，问二臭为什么回来？霍城是不是把他开除了？霍嫂身后还跟着好几个女人，有的站在前头、有的站在后头，把二臭围在中间。

"霍嫂，你这是明知故问。"二臭脸上带着苦笑。

"这个王八蛋，还点炮就响。"霍嫂骂着，"听嫂子的，叫你娘和桂花，堵在霍城家门，好好骂他一场，把那狗日的事都给他抖落出来……"

"二臭，别听霍嫂的。骂人也得有证据，总不能无缘故地乱骂吧？霍城的老婆也不是省油的灯。"

"怎么没证据呢？好多家都要不上房基地，大龙的老婆就能要上，为什么？"

"行了，别净说些混话了。二臭，我给你说，有证据咱也不能骂人家，有事说事，有理说理。但找还是要找的。你娘骂你爹，这本来就是家务事。你们家里那点事他又不是不知道，装什么臭傻呢？"

"哎，别不懂装懂了。烈属受到骚扰、谩骂，支书是要管的。烈属受政府的保护，对二臭专政专政，也是有情可原的。"

"专政个屁。霍老黑和二臭娘先是夫妻，为什么就不是烈属呢？这就是吵架的原因。二臭娘问得对，既然是两口子，二臭娘为什么不是烈属？"

霍嫂向来见火就着，煽动着说："二臭不好意思去找，咱们去找霍城，他为这事开除二臭，就是不对。这不是欺负我们后街的人吗？"

"哎，你还别说，这个办法不错。只要霍嫂一句话，我们都跟着你上，替二臭讨个公道。"

"我谢谢大家了，你们可千万别去。"二臭撂下这句话，就溜走了。

二臭推开门，身子变成软塌塌的了。脸上像霜打的树叶似的，嫌隙出僵硬干燥来。狗已经看清楚是他了，还是"汪汪"起来。霍老黑家的狗也跟着起哄。二臭第一次感到狗的叫声是如此烦人。二臭黑着脸咆哮起来："叫什么叫？"上前踢了一脚。狗摔倒在地上，一骨碌又爬起来，瞪着眼看看二臭，一声也没有再叫。

二臭娘坐在门槛上发呆。二臭当不当老师，回来与不回来，好像跟她没有关系了。桂花从厨房里出来，腰里系着围裙，惊诧地问："怎么，霍城还真把你给开除了？"

二臭脸沉下来："不当老师也死不了。"

"胡说，事是我惹的，干嘛拿你开刀呢？"

"算了，我宁可种地。给他道歉，等下辈子。"

"这不是当不当老师的问题。不行，我找那狗日的去。"

"不准去！"

桂花把围裙扔在一边，说："怕什么？我就要去。"

亚新正在屋里玩耍，一听桂花要出去，便喊着妈妈，追过来。二臭眼急手快，拽住了亚新。亚新就坐在地上大哭起来……

二臭娘还坐在北屋的门槛上，两眼呆滞。亚新再怎么哭闹，都与她无关。二臭把亚新抱起了，放到屋里，任凭他哭。然后和娘并排着坐下，搂住娘的脖子，说："娘，你这是怎么了？说句话好不好？"

二臭娘嘴里嘟囔着，听不清说的是什么。

4

桂花到了村委会，没有霍城。

村委会在村西口的公路东边，院子很大，一边是戏楼，一边是办公室，又是村民开大会、看戏、看电影的地方。树木落叶的季节，秋风高起，花草枯萎。院子没有树木，凡是空闲的地方，都长满了杂草。野花早已凋零，杂草没了水分。那些残黄、卷曲、僵直的树叶，被大风挟持起来，飘落在草丛中，从这边滚动到那边，又从那边飘到这边……

桂花暗自下了决心，见到霍城，不再吵闹，不能赌气，要和霍城好好说说。二臭当着老师，那是我的脸面，我之所以慌着嫁给二臭，不就是冲着他是老师吗？二臭好不容易快要转正了，可不能让我给搅黄了。

霍城好像知道桂花要来，桂花刚站了一下，霍城就来了。看到霍城，桂花的怒气早就随着风跑得无影无踪了。她捋了捋头发，给了霍城一个羞怯的笑脸。

霍城剜了桂花一眼，坐在椅子上抽烟。桂花像犯了错误的小学生，站在霍城面前，委屈的泪水，吧嗒吧嗒地掉在地上。

"怎么啦？老实了？"霍城训斥着，"你那泼妇样哪去了？我就不信，我整不了你们这些挨操的娘们。"

桂花心里"咯噔"了一下子，霍城怎么能骂她呢？那她也不能还嘴，只要霍城能善罢甘休，那就让他好好地骂一顿……

霍城扔了烟，突然从后面抱住了桂花，说："要想二臭回到学校，你就老实点，这可是你送上门的。"霍很熟练，两只手迅速从棉袄下边抓住她双奶。桂花全身一抽，打了个激灵，她只是象征性地挣脱了几下，说："你这是干什么？"

"干什么？"霍城并没松开手。桂花哪里知道，霍城就那么抓挠了几下，她就感到太鲜活、太神奇了。原来，她一直处在期盼之中。霍城人高马大，神气十足。她觉得像被老虎钳子夹着，根本动弹不得。她像小猫一样，卷曲在霍城的怀里，任凭摆弄了……

5

亚新还是哭闹着找妈妈。二臭抱起亚新，心里"腾腾"跳个不停。校长说的不是没有道理，只要桂花肯去，霍城就有了台阶，校长就能替我说话。现在不是赌气的时候，不能让我的前途、十几年的教龄，就这样泡汤了。二臭抱着侥幸的心理，窥视着桂花坚定的脚步，禁不住为桂花能有这辉煌的举动而兴奋，他家就缺少这样敢作敢为的人。要是娘能像桂花一样，梅花也不至于把爹抢走。于是，二臭没阻拦桂花，也不让亚新追赶桂花。二臭之所以发奋读书，好好教学，不就是为了扬眉吐气，期盼着能转成公办老师，能挣到国家的工资吗？

二臭拿起一根棍子来让亚新打狗玩。狗毕竟是畜生，有二臭给亚新做主，狗也不敢咬。狗被打得转圈圈，亚新才止住了哭声，发出"咯咯咯"的笑声。二臭让亚新打狗，他仰起头来，看院子的老槐树，又看看地下那一层发了黄的叶子，禁不住地感慨起来。树叶和树枝总是要分离的，洋槐树的木质再坚硬，叶子无非是晚落几天，终究是没办法四季常青。娘默默地坐在门槛上，一会儿流泪，一会儿笑，一会儿嘟嘟囔囔地骂霍老黑。亚新把狗打得"汪汪"直叫……

天空已经暗了下来，深邃的苍穹，深不可测。大街上没了动静，家家户户都在做晚饭。桂花推开大门进来，亚新扔掉棍子，扑到桂花的怀里，继续哭天抹泪。二臭看不清桂花的表情，他只觉得桂花比刚才兴奋了许多。二臭又否定了那种感觉，我不能往坏处想霍城，他们那是嫉妒、造谣、捕风捉影。再说这事本来不怨霍城，事是桂花惹的，道一道歉也是应该的。现在正是做晚饭的当口，桂花不会是在大队找霍城的吗？想到这，二臭顿时颤抖起来，像重重地挨了一枪，有点心慌。于是追着桂花到了屋里，开开灯，好好看了看桂花，还是没看出个所以然来。二臭便半躺在炕上，说："哎，那狗东西把你怎么了？"

"胡说什么呀？"桂花放下亚新，对着灯光里的镜子梳理头发……

"霍城到底把你怎么着了？哎呀，我不让你去，你非去。"

"你怎么净瞎想？你看我是那样的人吗？"

"我心里早就明白，霍城霸占不了你，我就站不到讲台上去。"

"你别总把别人往歪处想，人家没那意思。"

"没那意思是什么意思？难道你明白那是什么意思？"

"二臭，你别和自己过不去好不好。"

"你们是不是已经那个了？"

"什么这个那个的。我去找霍城道歉，还不是为了你吗？"

"谁让你为了我？我说过，我就是不当老师了，也不去当王八。"

"谁让你当王八了，你怎么那么愿意当王八呢？"

这时候，二臭娘突然推门进来了，说："你们说什么了？什么王八不王八的。"

"娘，你好点了吗？我去找霍城了。你家二臭总把霍城往坏处想，还说我让他当'王八'了。"

"这个霍老黑，老流氓、老不是东西。怎么又打上你的主意了。不行，我还要骂他去，霍老黑不是人，是个畜生。"二臭娘又发起疯来，一边骂，一边出了屋子，从槐木梯子上了房顶，冲着霍老黑的院子里就大骂起来……

桂花说："二臭，赶紧把娘拉下来。"

二臭说："拉什么拉，骂几句就骂几句，骂出来就畅快了。"

"别胡说了，房上黑灯瞎火的，把娘摔着了怎么办？"

二臭磨磨蹭蹭不动地方，桂花从炕上拉下二臭，把他推出门外。二臭嘟嘟哝哝上到房上，娘已经骂了一场了。二臭拉娘坐在房上，劝娘下去，想骂明天再骂。霍老黑家的院里亮着灯，昏黄的灯光，和黑暗混搅在一起。霍老黑那边有点动静，好像是梅花和霍老黑的争吵声，紧接着就看到霍老黑家的木梯子颤动起来。二臭做好了准备，霍老黑要是敢上来耀武扬威，我就豁出去不当老师，也要教训他一顿。二臭看到霍老黑头闪了一下，就听到"扑通""哎呀"一下子，好像掉下去了。二臭也没有多想，他拉着娘下去。娘挺着身子，说："我不下去，我还要骂那狗操的，霍老黑不让你当老师，我就骂死他。"

桂花怕二臭火上加油，赶紧也上到房上。因为桂花已经答应霍城，以前的事就此打住，再不能让婆婆骂大街了。桂花像哄孩子似的说："娘，今天就算了，咱们明天再骂好不好？"

二臭娘说："不，我就想现在骂……"

二臭说："娘，算了，那就明天再骂？"

"霍老师，霍老师！"院子里传来校长的声音。

桂花说："二臭赶紧下去。娘，二臭又能当老师了！"

二臭说："行啊！校长来了。"

桂花上前拉住娘："娘，霍校长来了，走，下去。"

二臭和桂花把娘从房上架下来，把校长往北屋里让。校长说："霍老师，这就对了。这样骂多难听？"上前拉住二臭娘，"大娘，别把你气病了。"

二臭娘拍拍胸口说："哎！你是大臭吧？你说你刚娶了媳妇，跑什么跑……？"

校长说："我不是大臭，我是叫二臭回学校的。"

二臭娘说："你说什么？你爹和你媳妇光着屁股在炕上呢？"

校长说："别这样大娘。二臭是很有前途的老师，马上就要转正了。"

二臭娘突然老泪横流下来说："霍老黑！我只要二臭，只要你不杀我和二臭，你想和谁过就和谁过。"

校长说："哎，这大娘的神经是不是出毛病？"

二臭说："谁说不是，都是他们气的！"

6

梅花叫来了霍城，阻止住二臭娘的骂。她回到院子里，插上大门，跑到屋里生闷气。霍老黑蹶跶蹶跶坐在大圈椅上，抽着烟，听着大门外二臭娘的哭诉和二臭的踹门声，他们俩虽然各自心焦火燎，却都按兵不动。

"我的话灵验没有？"梅花阴着脸吼，"当初就是听不进我的话。这回好啦，引火烧身了。"

"这是桂花挑拨的。"霍老黑说，"有霍城给我们做主，她们要是再敢骂，公安局就会把她们抓起来。"

梅花撅着嘴抱怨："当初要是听我的，还会出这样窝心事？"

"二臭娘是欺负我老了。再倒退几年，吓死她也不敢和我叫板。她要是再骂，看我不拿刀子捅了她。"

"怎么，像跑了气的皮球似的，是不是有点舍不得啊？"

"我有什么舍不得的？"霍老黑起身向屋外走去。天黑了下来。霍老黑拉着灯，院里立刻辉煌起来。二臭娘也从来没有在大街上骂过他。虽然他早有准备，可仍然像一下子脱光了衣服，游街示众一般。别说梅花难以接受，他也接受不了。

霍老黑到了院里，开开院里的灯，从西墙跟下拿起扫帚，就着昏暗的灯光，茫然地扫着地下被霜打过，被季节吸干了水份，被虫子咬得千疮百孔的梧桐树叶。有的像麻花似的圈起来，把丑陋的面容包在里面。有的挺着枯干僵硬的身子，混杂在其中，做着最后的挣扎。西北风越发凉了，越刮越大，那棵一搂多粗的梧桐树上，叶子已经落得差不多了，那些铃铛似的圆球球却没下来的意思，随着风儿来来回回地碰着……时而发出干涩、仰天悲啸及不祥的响声。霍老黑抬起头来，看着树上的残枝败叶，和那一簇簇的圆球球，好像敲丧钟一般。

梅花抱着双肩斜靠在门框上，说："这件事不能传到我儿媳妇耳朵里……"

霍老黑没承诺什么，因为他不知道二臭娘还骂不骂。他倒不是不敢和她们打架，他就怕打不过她们。他只有装傻充愣，扮成一副很忙的样子，把梧桐叶扫到猪圈跟前。霍老黑拿起铁锨，他想把梧桐叶弄到猪圈里。狗觉得梧桐叶里藏着骨头，便仰着头"汪汪汪"地叫着……拉着绳子活蹦乱跳寻找着什么。

霍老黑觉得狗也是欺负他老了,胸中那股火一下子发在狗身上,抬起脚来狠狠地踹了狗几下子,"我让你馋,我让你馋?"那狗悲哀苍凉地叫了几声,倒在地上就死了。

梅花说:"狗是畜生,你的能耐呢?"她觉得大事不好,紧走了几步,亲眼看到狗很不情愿地合上了眼睛。梅花疯了似地在老黑身上捶打了几下子,让他赔狗。霍老黑猥琐、粗糙的脸上没有一丝表情,像哄孩子一样安慰梅花:"这都是让那老婆闹的,我的心糟透了,明天我再去给你抱一只来。"

"我不要,我就要这只,你赔我的狗。"

"我没觉得使劲,怎么就踢死了呢?"

"你就是个狠心贼,拿狗撒气算什么本事?"

"算了,狗肉大补。去,给我拿杀猪刀,趁狗还有体温,我得赶紧放血。"

"没见过你这心黑手辣的主,竟然把狗活活地踢死。"

毕竟是一条狗。梅花咂着嘴,拿来杀猪刀。霍老黑把刀咬在嘴里,拽着狗绳子,像杀猪似的,把瘦小的狗按在猪圈沿上,向狗脖子狠狠地捅进去。

霍老黑哪里知道,狗犹如怀着强烈的愤慨,他一刀捅下去,狗的热血便猛地蹿出来,一下子就喷射到他的脸上和身上了。霍老黑"哎呀"一声,前胸和满脸已经是狗血淋漓了。梅花皱起眉,背过脸去,撇着嘴跑到屋门口。就在这节骨眼上,二臭娘在房上又骂了起来。梅花心惊肉跳,说:"听到没有,你那老婆又开始骂了。"

"我耳朵又不聋。"霍老黑回应了一句,心里扑通起来。他拿着杀猪刀挺直了腰,仰着血淋淋的头颅瞅着房顶。心里说:你个狗操的,没完没了了。今天要是不给你一刀,我就不是霍老黑!

梅花看着霍老黑提着刀，说："真是气死人了……"

"我今儿非杀了这娘们。"霍老黑像化过妆的大红脸，带着血腥味走到梯子前，把刀还咬在嘴里，双手把住腐朽的梯子，一蹬一蹬地上房。"这个洋槐木梯子，还是和二臭娘分家那年做的，已有快二十年了。"前几天，梅花想换个新梯子，可霍老黑就是不换。他还说："你懂什么，这洋槐木梯子能用一辈子，你别看它表皮朽了，它的内心是硬的。"

霍老黑知道，二臭娘是个吃硬不吃软的主儿。必须要像那天晚上一样，拿出点狠劲来。霍老黑已经算计好了，到了房上，只要让二臭娘看到他血脸，恐怕就吓个半死。然后再把杀猪刀架在她的脖子上，那老婆子就老实了。于是他的腿像是加了润滑剂一样，蹬蹬地爬到顶端，刚刚看到二臭娘和二臭，脚下那根梯子蹬"咔嚓"地一声断了。霍老黑"哎呀"了一声，摔倒下来。

梅花"哎哟"着跑上去，哆嗦着小声说："他爷爷，没事吧？"

霍老黑把刀从嘴里拿出来，嗫嚅着说："梅花，我的腰、我的腿钻心地疼。我不行了。"

"别胡说，我架你回屋。"梅花拉着老黑沾满狗血的双手往起拽，霍老黑挣扎着挺了挺，便"哎呀、哎呀"地叫着，说："不行！我的腰疼，头也昏，我要死了。"

"那你就在这躺一会儿，我去请大夫。"

"不要。先把我脸上、身上和手上的血擦一擦，别把来人吓着了。"

"你看你，像鬼似的。"桂花一溜小跑，拿来温水和毛巾，蹲在霍老黑跟前，一边擦一边小声地抱怨："你就是不听我的，要早换了梯子，能摔下来吗？"

梅花没有别的办法，一时慌乱手脚，她只能轻轻地推开大门，稳稳关住，悄悄出来。她没闹出一点动静，生怕引起二臭家的狗叫。只要二臭家的狗开了头，街坊邻居家的狗都会一齐跟着叫。她怕二臭家笑话，骂她活该。因为她要请大夫，还要找人把霍老黑抬到屋子里，看来想瞒是瞒不住了。

夜幕已经盖住了整个天空，风还不停地刮着，大街上没有一个人。梅花站在门口，用手捋了捋干涩的白发，她还是想找霍城。她现在是烈属，儿子是地委干部，论公论私，找霍城都是理所当然的。另外，还有一原因，那就是臣雪和霍城是最好的同学。臣雪当兵之前，霍城经常到家里吃饭，梅花就坐在桌前，把煮熟的鸡蛋剥了皮，臣雪和霍城每人碗里都放两个。臣雪当兵之后，经常给霍城写信，也经常问起霍城。霍城入了党，当上支书，还是她告诉臣雪的。梅花和老黑从没拿霍城当过外人。霍城这孩子确实不错，稳重可靠，有情有义。不管有什么事情找到他，从来不打半点磕巴。

霍城带着四个男人和村医生海妹一起来了。他们进到院里，梅花赶紧把大门关住。那几个男人一进院门就嬉笑打闹，说话声太高，还是被二臭家里的狗闻出味来，警觉地汪汪起来。狗这个东西就是这样，只要开了头，别的狗便跟着叫。梅花的心随着狗叫声突突地跳着……

霍城他们把霍老黑抬到北屋炕上。霍老黑"哎呀，哎呀"地喊了半天。霍老黑毕竟是六十多岁了，连气带摔，又在院里冻了半天，躺在炕上就昏迷过去了。海妹检查了全身，除了头上碰破了一层皮之外，再没外伤。海妹在霍老黑的头上包扎了一下，打了消炎针，嘱咐明天一定要到大医院检查去。

那几个男人都特别好奇，谁都没来过霍老黑的家里。他们想象不出，霍老黑和梅花是同住在北屋里，还是分开睡。二臭娘没有公开骂之前，大家只能胡乱猜测。比如说，大臭和梅花之间究竟发生了什么事？新婚第二天，大臭怎么就舍得跑了呢？大臭到底上没上梅花的身子？但细心人怎么推算，臣雪也不会是大臭的儿子。关键是臣雪长得太像霍老黑和二臭了，简直就是霍老黑翻版。二臭娘为什么不是烈属？霍老黑为什么要和二臭娘分家？哪有两口子分家的？二臭娘怎么可能允许霍老黑和儿媳在一起过日子？

二臭娘开始骂霍老黑和梅花的时候，乡亲们心中的疑团终于被解开了。二臭娘不但为自己出了气，似乎也是为大家出了一口气。

等海妹走了，霍城问："怎么就从房上摔下来了？"

梅花说："别提了，二臭娘刚才又骂了半天，要是他爷爷没有从梯子上摔下来，说不定就用杀猪刀捅了二臭娘了。"

"那霍老黑可就是杀人犯了。一旦杀了人，你不后悔？"

"她要是再敢骂，我也恨不得捅她一刀。她不怕死，我也不怕，大不了一命换一命。"

"这是何苦呢？她不就骂几句吗？她骂你们，你们就不能骂她了？"

"她骂得那叫什么话呢？说实话，我真受不了。她要是再敢骂，我就和她拼命，她这么欺负人，谁都别想好。"

"千万别这么想。我停止了二臭当老师。二臭娘在她家里骂人，即使去告二臭娘，公安局能不能抓人，也很难说。"

"这还有没王法了？她骂的又是烈属，难道就没办法让她住嘴？"

"咱这是在家里说话。谁都清楚，二臭娘受的委屈也不小，发几句牢骚就发几句……"

"她有什么委屈呢？她是欺负我们老了。老黑年轻的时候，吓死她也不敢骂一句。"

"哎，你能这样想这就对了。"霍城说完有点儿后悔，但想挽回已经来不及了。于是又补充说，"让我说，你如果想出这口气，那就叫臣雪回来。臣雪年轻力壮，又是地委干部，臣雪一定有办法为你出这口气。"

霍城正戳在她的痛处。如果能让臣雪出面还用他说，梅花的情绪一下子降到零点。

"那我们就走了。听海妹的，还是让臣雪拉着爷爷到省城大医院看看去，恐怕骨头都摔坏了。"

"好吧！哎，那就麻烦你给臣雪打个电话，就说他爷爷摔着了，让他赶紧回来一趟，越快越好，我一个人害怕。"

"好吧，我赶紧打电话去，让他快点儿回来。"梅花把霍城送到门外，突然想起猪圈沿上那条被放了血的死狗。她叫住霍城："你们吃不吃狗肉？已经放过血，你们要吃就抬走吧。"

霍城不理解地说："好好的狗怎么就踢死了。"

梅花说："那狗叫得他爷爷心烦，他就拿狗撒气，几脚下来就给踢死了。"

霍城说："好吧！那我们就抬走了。"

梅花关上大门，拉灭了院里的灯。原来，院子这个阵地就是这样软弱，灯光刚刚撤离，黑暗就铺天盖地压下来。梅花关上屋子门，拉灭了灯，坐在圈椅上，合住眼睛在想往后的日子。仅仅一下午的时间，她家的情况就发生了天翻地覆的变化。老黑摔伤，死一般地躺在炕上。她的天，她的地，她的日子，顷刻之间就黑了。臣雪和娟子回来，一旦听到二臭娘的骂声，在儿子和媳妇面前，她和老黑的真相可就全盘托出了。她的自尊，她的名声，可就无地自容了。问题是老黑的老婆还在，还有二臭。事到如今，梅花才感到问题的严重性。屋里静得出奇，伸手不见五指。老黑无声无息地躺在炕上，一动不动。梅花在屋里坐着、想着，盘算着该如应付臣雪和娟子。

屋外边的风不怕黑夜，肆无忌惮地刮着。院里的梧桐树也不怕黑夜，来回摇摆，时而闹出冷嘲热讽的声音来。狗们也不怕黑夜，只要听到动静，便要汪汪几声。大街上偶尔传来脚步声和说话声。梅花不知道过了多长时间，才拉着灯来到炕前头，摸了摸老黑热乎乎的光头，吃惊地喊着："哎！你的能耐呢？哎呀！你是不是发烧了？"

霍老黑平躺着，嘟嘟囔囔说着胡话。梅花觉得发烧不能耽搁，她赶紧又拉着院里灯，拿着手电慌忙地跑出去请海妹。

大街上一片黑暗，没有月亮，没有星星。梅花喜欢夜间在街上行走，只有在夜间，心里才踏实。只有避开人们的眼睛，才能迈开豪迈的脚步。梅花没有一个交心的朋友，即使和别人说话，也从来不敢看对方的眼睛，她生怕别人窥探出她不光彩的灵魂。现在她拿着手电照着脚下高低不平的街道，轻轻地抬脚，慢慢地落下，生怕惊动临街家的狗，招来一阵狗叫。梅花刚走了一段，迎面正碰上医生刘海妹。梅花说："刘医生，我正去找你，他爷爷发烧了。"

"我知道要发烧的。我刚才是没带退烧针。如果今晚不去医院就得打退烧针。"海妹背着药箱子匆匆走到前头，梅花把手抄在袖口里，紧紧地跟在后面。

"这个老黑，怎么发起烧来了。"梅花觉得失口了，后悔不及，但想收回来已经来不及了。

"怎么不赶紧上医院？"海妹说。

"臣雪明天肯定回来。"梅花说："地委机关有车，让臣雪拉着他爷爷去医院。"

海妹手脚太重，"咣"就推开了梅花家的院门。门的响声，又传到狗的耳朵里，二臭家的狗又带头叫起来，街坊邻居家的狗们也跟着叫……

梅花就抱怨自己：我怎么没走在海妹前面？我应该轻轻地推开大门，让海妹进去，然后轻轻地关住，省得招惹这群狗。梅花跟着进来，尽管是在夜里，还是没关大门，干脆等海妹走了再关，千万别再招惹那些狗了。她都烦死了。她家的生活，她家的风吹草动，好像都和狗叫联系起来了。

海妹走到炕前头，叫了几声老黑伯。霍老黑昏迷不醒，没发出声音来。海妹试过体温，打过退烧针，说："后半夜如果再烧，你就去叫我，在村里也没什么好办法，只能退退烧，止止痛，还是赶紧去大医院吧。"

"我知道，臣雪一回来就去医院。"

梅花送走了海妹，在院子里站了一会儿，看着灯炮里放着凄惨的光芒，更加茫然起来。她觉得她在这灯光里，犹如尸体一般，肉已经脱离，骨头都落在外面，招来了好多苍蝇，恶心死了。她干脆拉灭院里的灯，又在屋子里转弯弯。要不是二臭娘当众捅破了那层窗户纸，她和老黑也许能对付着一起度过晚年。梅花怎么都接受不了这个变故。她第一次开始恨老黑，也恨她自己。当初怎么那么糊涂，那么无耻，明知道自己不对，却一错再错。得知大臭死了之后，她就该一走了之，一了百了，干嘛非要眷恋什么烈属？说到底，还是因为臣雪，才顺从了老黑的阴谋诡计，上了贼船，关起门来过日子。一旦敞开大门，或是走在大街上，她就心虚得要命。她现在恨不得霍老黑立刻就死。

她恨霍老黑当初不听她的劝告。如果干净利索和二臭娘离了，让她带着孩子远走它乡，哪会有今天这丢人现眼的下场呢？

她恨霍老黑花言巧语，明明梯子早该换了，他却百般狡辩，就是不换，才把他摔成这样。这个老家伙、老不是东西！梅花想着，就气嗟嗟地走到炕前，使劲地摇晃霍老黑的头吼道："老黑！你给我起来，你要是起不来，你就干脆死了得了。"梅花边哭便摇晃霍老黑。不管梅花怎么摇晃，怎么打他，怎么骂他，霍老黑也没有被摇醒，好像睡着了。正在这时候，梅花只听霍老黑浓浓地放了个响屁，一股臭气扑鼻而来。梅花捂着鼻子骂道："你个老东西，臭死人了，你不会是拉了一裤子吧？"

霍老黑依然没有回应。那股屎臭味，就像他俩的脏事，怎么也捂不住了。梅花撇着嘴、屏住呼吸上到炕上，掀开被子，解开霍老黑腰带，退下一截裤子，老黑的生殖器便直挺挺地出现在梅花的眼前。梅花除了感到恶心、丑陋、肮脏之外，没有一点儿别的感觉。老黑不仅尿了一大泡，还拉了一裤子，拉得很多，尿得也很多，连裤子带褥子都弄得水塌塌的，好像把一辈子的脏物，都排泄下来了。屎臭味和尿骚味，立即弥漫了整个屋子。那臭味犹如装在注射器里，穿透了她的肉皮，注射到她的身体里，渗透到五脏六腑各个器官里去了。她张着大嘴干咳了几声，想把那臭味吐出来。可梅花哪里知道，也就是一瞬间，那股尿骚臭味已经和她的血液融为一体，成为她生命中的细胞，想分也分不开了。她就迅速跳下炕来，撩起了门帘，她想让尿骚臭味赶紧跑出去。梅花简直就不敢相信自己的鼻子，她从来没有感觉到老黑的屎尿味是这么难闻、这么肮脏，这使她喘不过气来。她不敢相信自己居然能和这样的人过了这么多年。她蹲在黑黑的院子呕吐了几下子，什么也没有吐出来。院里出奇地平静，天空一片黑暗。村子的上空，时而传来狗的叫声。一股股清冷的风摇曳着梧桐树，几片僵硬的叶子落在地上。梅花把那股清风使劲吸进了肚子里，才感到有些舒服。

过了一会儿，梅花才恍然大悟，如果不清除了那摊臭屎，臭味是不能自动消失的。梅花气急败坏又放下门帘，不敢呼吸，歪着嘴，咧着牙，像是上刑场似的，很不情愿地上到炕上。那股臭味像蒸气一样，无遮无拦、惊心动魄地散发着肮脏、令她作呕的气息。梅花先脱掉老黑沾满狗血的棉袄，然后又退下沾满黄屎汤的裤子。由于梅花使劲过猛、脱得太快，裤子是脱下来了，黄黄的臭屎却粘在老黑的屁股上、腿上和褥子上，可把梅花腻歪死了。梅花一手捂着鼻子，一手提着裤子和棉袄，从炕上下来，把那脏衣服扔在一个角落里。然后端了温水，拿了条毛巾跪到炕上。肚子里再次有东西翻滚出来，她趴在炕沿上呕吐了半天。因为她没办法捂着鼻子，一手擦洗，一手要挪动老黑干瘦的肉体。霍老黑合着眼，"哎哟，哎哟"地叫着"疼死我了，疼死我了"。梅花没别的办法，在臣雪和娟子回来之前，她不仅要擦干净老黑身上的黄屎汤子，还要换上干净的棉衣和褥子，不能让娟子看出破绽来……

049

第四章

1

臣雪和娟子是早晨九点多钟到霍家庄老家的。天空还是阴沉沉的，西边封龙山和村子的上空，都被薄薄的白雾笼罩着。梧桐树和洋槐树下，又掉下一层叶子。粉红色的太阳在云彩里面，放射出淡淡的光芒。

臣雪从吉普车上下来，前去敲门。桂花家的狗又叫了起来，左右街坊家的狗都跟着凑热闹。梧桐树和洋槐树上的麻雀都被惊得慌乱手脚，上窜下跳，叽叽喳喳……

当臣雪再次像敲鼓似的把门敲得"咚咚咚"直响时，麻雀们才觉得出大事不好，一溜烟地嗡嗡嗡地飞走了。娟子说："会不会到医院去了。"臣雪说："不能。你看，门里边插着呢。"

"霍主任，我从这家上到房上，再跳到你家去。"司机小鲍观察了周围的地形，从邻居家房上可以跳进霍主任的家里。

"不用了。"臣雪摇摇头，"如再没人开，就踹开大门。"

桂花听到狗的叫声，又听到霍老黑的家门"咚咚"直响，她已经断定，是臣雪回来了。她便领着亚新出来，站着门口，沉下脸来看着臣雪他们敲门。这时候，以霍嫂为首的十几个女人，都远远地看着，指指点点、比比划划。桂花近距离再次对臣雪的音容笑貌和霍老黑、二臭做了对比，她觉得一点也没有错，臣雪就是霍老黑的儿子。围观的乡亲也感到蹊跷，霍老黑家的门怎么就敲不开呢？是不是被二臭娘骂怕了？

今天早晨，在睡梦之中，再次听到二臭娘的骂声，好多人就觉得二臭娘有点过分了，就你们家的那点破事，大家都知道了。这要细追究起来，还不怨你？要不是你没尽到老婆的责任，他俩怎么就弄到一起了。事到如今，你站在房上发疯地骂人，你就是把霍老黑骂死，管个屁用？霍老黑和梅花毕竟都是烈属，当烈属的人身和尊严受到攻击的时候，政府是要保护的，否则，霍城也不会停了二臭当老师。臣雪是地委干部，直接管着县政府和霍城。昨天和今天早晨，二臭娘骂了霍老黑，骂了梅花。今天早晨，臣雪就回来了。这一定是梅花把儿子叫回来为她出气的。在四周看热闹的人们，都为二臭家捏着一把汗，谁也搞不明白，臣雪是带来了炸药，还是带着打手来的。霍城罢免了二臭当老师，到底合不合理？要是二臭娘仍然不听劝告，天天这么没完没了地骂下去，公安局该不该抓人？大家都感到奇怪，霍老黑和梅花好像真是被二臭娘骂怕了，臣雪已经敲了几次门，为什么不开呢？

臣雪"咚咚咚"地敲了半天的门，就是没人给他开。

"别敲了。"娟子说，"还是小鲍说得对，就上到这家房上，从里边把门打开。"

霍城急急忙忙地过来，说："不要踹，我来想办法。你爷爷上房的时候，踩断了梯子蹬，摔下来了。哎，你娘呢？她怎么不开门呢？"他又敲了几下，还从门缝往里瞧瞧。

"谁说不是呢？都急死人了。"臣雪着急地说，"我看就撞开得了。"

"别！我试试看。"霍城说着，就从桂花的身边挤进她家里。桂花瞪了一眼。霍城做了鬼眼，走到二臭家院子里，上到房上。原来，霍老黑家的梯子上就断了一根蹬。霍城到了院里，发现大门里边不仅插着，还用一把锁头锁着。霍城喊了婶子，依然是没有回音。霍城一撩开西厢房的门帘，看到梅花躺在炕上，嘴角流了粘液，一动不动，腰带上绑着钥匙。霍城也管不了那么多，从梅花的腰带上解下钥匙，开开大门。臣雪、娟子和司机小鲍进去。霍城赶紧又把钥匙绑回梅花的腰带上。

臣雪见娘躺在炕上，怎么也叫不醒。臣雪很平静，他用手按住娘的脉搏，却"腾腾"地跳着。他又到北屋里，叫了几声爷爷。臣雪走到近前，用手摸摸爷爷的脑门，已经像冰块一般了。臣雪知道娘还活着，爷爷是死了。根据他的经验，闹不好娘是脑中风什么的，必须赶紧送医院抢救。

"臣雪，怎么办？"娟子看到这样的场景，不知道如何是好。这时候，娟子暗自抱怨，后悔没让丁厂长一起来呢？丁厂长什么都经历过。在娟子的心里，丁厂长就是神仙，什么事都能处理……

"能怎么办？先送娘到医院。"臣雪走到院里说。

霍城走到门外，叫来四个男人，把不醒人事的梅花抬到车上。臣雪让小鲍赶紧送到省医院。小鲍一上车就加大了油门，吉普车发出粗犷、嚎叫的声音，大街上扬起了高高的尘土。好多狗又叫了起来，树上的麻雀似乎知道出了大事，"嗡嗡嗡"地都飞了。

2

桂花确定霍老黑死了，梅花病得不醒人事。她的脑子"嗡"地一下子，心里"扑腾"起来。她哪里想到，这事越闹越大，怎么会是这样？完全不像她预想的那样，霍老黑和梅花怎么像纸糊的，一捅就破，说死就死，说病就病了呢？霍老黑一死，梅花半死不活，霍城恐怕有了借口，二臭能不能继续当老师又有了问题。事到今日，桂花才觉得对霍城勇敢地献身是正确的。原来，她从来就不是一个优柔寡断、害羞的娘们。事是她惹出来的，那她就要想办法化解。要想达到目的，那就不能只靠两片子嘴，要有诚意，要拿出个姿态来。既然霍城抱住她，干脆就随了他，省得让自己后悔。再说，霍城根本不给她时间考虑，没让她选择。拒绝，对于二臭就是死路。桂花当即就做出决定，只有牺牲自己，来成全二臭。她没有挣脱，没有扭捏，免得那个老滑头再和她耍什么花招……时机就是命运,地点也是命运。同样是这件事，如果错过了时机，那就会得到相反的结果。正好是傍晚，天刚好黑下来。村委会的院里没有一个人。风，卷着树叶在草丛里来回滚动，把它吹到哪里，它就滚在哪里，在这个院子里烂掉，变成粪土。

霍城搂住她的腰的时候，桂花想到了梅花，想到了霍老黑。当初，梅花是不是也是这样被霍老黑猛地抱住呢？梅花也许像她现在一样，本来也是能选择，能抗拒，可选择和抗拒都比较困难。桂花一旦决定顺从，就依偎在霍城的胸膛里，面对霍城强大的男人魅力，刹那时就被化成一滩软泥。桂花任凭霍城的手穿过腰带伸下去，在她的大腿中间摸来摸去，然后就让她趴在桌子上，褪下裤子。由于霍城的速度强烈，桂花犹如腾云驾雾一般，根本没有顾着说话，就"哎哟哎哟"起来了。霍城问

第四章

她好不好，桂花点了头。于是，面对霍老黑的死和梅花的病，桂花并不害怕。因为她顺从了霍城。霍城很满意，夸她识时务。回味昨晚的一幕，她没吃亏，值了。否则，霍城说不定会想出什么花样来折腾二臭的。桂花回到了屋里，有气无力地说："梅花病得不醒人事，霍老黑已经死了。"

二臭娘坐在圈椅里，嘟囔说："霍老黑没有死，我还要骂他们。"

二臭气汹汹："桂花，我给你说，这事是你挑起了的，你是罪魁祸首，不但气死了霍老黑，我娘也被气病了，你说这事怎么办？"

桂花心慌意乱："怎么办？凉拌。霍老黑是从梯子上摔下来的，与我没有关系。二臭，你是不是心疼你爹？也难怪，他毕竟是你亲爹。你要是想尽孝子之意，就赶紧跪到你爹的椑前，披麻戴孝、打幡摔瓦送你爹入土为安。"

"你放屁，我没爹，我爹早就死了。霍老黑就是死了，我也不会掉一滴眼泪，更不会给他披麻戴孝、打幡摔瓦。我给我娘发过誓，自从他和娘分了家，我就没爹了，你说是不是，娘？"

二臭娘咧了咧嘴，没有反应。好像不是在给她说话。霍老黑是死是活，与她没有任何关系。

"这事由不得你。即使和霍老黑办了脱离父子关系的法律手续，那也没用，你永远是霍老黑的儿子。"

"你这话是什么意思，还用办法律手续？霍老黑是不是我爹，那是我和我娘的事，与别人没一点关系。你简直是胡诌瞎扯。哎！你是不是很希望我去给霍老黑打幡送殡去啊？"

"哎，二臭，你就看着，大管事的马上就要找你来了。因为你是霍老黑名正言顺的儿子。你爹死了，这幡就该你来打。臣雪就是想打，他还没资格呢。"

"你别你爹你爹的好不好？我一想到他是我爹，我就恶心。"

"你再恶心他也是你爹。我是想说，如果你想打幡去摔瓦，我就是再恨、再委屈，再不情愿，我和亚新也会跟着你一起去。"

"我有病？死有余辜！想让我给他打幡，除非太阳从西边出来。"

"好好好。这可是你说的。我也想开了，我既然嫁到这样的家里，我就得接受。你是男人，决定由你来做，不要为难自己。"

"为难？那样的人早就该死。我给那样的人打幡，那就是说我神经不正常，我是不会和那样的人为伍，你把心放到驴肚子里去吧。"

霍老黑的家门敞开着，门外聚了好多人。小亚新像没事人似的，轻松自如地在人群中穿梭。有个乡亲拦住亚新："你小子还乱跑，你爷爷死了，赶紧哭。"

"我没爷爷，我爷爷早死了。"

"亚新，那是他们骗你。你爷爷是被你奶奶骂死的。你奶奶真得好厉害，竟然能把活人骂死。"

亚新癔症地瞪着他们，不知怎么回答。他一溜烟地跑回家。一跨进门槛就喊："霍老黑被奶奶骂死了，我奶奶真厉害，竟然能把活人骂死……"

"胡说，别听他们胡诌。霍老黑是摔死的。"桂花扭着亚新的嘴说。

"娘吓唬人，今天早晨，奶奶还骂霍老黑。"亚新闪着眼睛辩解着，"奶奶昨天下午也骂霍老黑了。霍老黑昨天还活着，还和奶奶吵架。今天怎么就死了。霍老黑就是被奶奶骂死的，没想到奶奶真厉害，能把活人骂死，谁要再说我是畜生的孙子，我就让奶奶骂死他。"

"亚新！桂花瞪着眼吼道，你要是再听他们瞎说，小心我打烂你的屁股。"

亚新撇撇嘴，做了个鬼脸，又跑了。他再次跑到大门口，一会儿钻到霍老黑的院里，一会儿又跑到大街上，在乡亲们中间钻来钻去。亚新看到阴阳爷爷用白纸剪了一个像灯笼穗似的白幡，吊在大门口。霍支书是大管事的，他让一人放了几个大炮，那二踢脚，便拉着颤音，发出清脆悠长的响声。亚新知道那白穗似的灯笼是死了人才吊的，别人家死了人也吊这种东西。这炮声是提醒全村的男乡亲，又有人死了，都要做好抬着棺材转大街的准备。亚新知道，爹经常给别人家抬棺材。亚新还问过，为什么要去给别人家抬棺材？爹说，傻小子，我现在给别人家抬棺材，等奶奶、爹、娘死了，才有人给我们抬。我要是不给别人家抬棺材，就没有人愿意给我们抬棺材，懂不懂？

亚新点点头，似乎是懂了，其实就是互相交换的意思。亚新现在就有点担心霍老黑了。听说那个穿着黑大衣的是臣雪，比爹长得威风多了。有的说他是霍老黑的儿子，又有人说是霍老黑的孙子。亚新现在还闹不清为什么既是儿子又是孙子。也搞不明白，既是哥哥，又是叔叔。听说臣雪在省城，国家干部，就是整年不回来。村里死了人，既没有吊过孝，随过礼，也没有抬过棺材，亚新倒是想看看爹说得对不对，乡亲们会不会给霍老黑抬棺材？

亚新看到，霍城和阴阳爷爷，在臣雪和娟子面前比比划划，讲了很多道理。臣雪和娟子的脸上尽管阴云密布，嘟嘟囔囔，但还是跟着霍城和阴阳爷爷走到了他家。亚新紧跟着进来。阴阳爷爷让臣雪和娟子跪倒在他家屋子门口。奶奶、爹和娘就坐在屋子里，不管霍城和阴阳爷爷怎么喊，他们身子像坠着铁块，就是不挪地方。好像霍老黑的死和他家没有一点关系。霍城和阴阳爷爷到了屋里，奶奶仍然坐着圈椅上，不但不看他们一眼，一句话也不说。爹拉着奶奶坐到炕沿上，让霍城和阴阳爷爷坐圈椅上。

"小嫂子，还生气了？"阴阳爷爷对奶奶说，"人都死了，你就高抬抬手，让二臭给他爹打幡去，免得乡亲们看笑话。"

奶奶像是聋子，哑巴似的，根本听不懂阴阳爷爷说什么。奶奶的眼睛时睁时合，目光凝聚在地上，嘴唇时动时停，自言自语，谁也不知道她在嘟囔什么。

"哎，二臭啊，你娘是不是病了。"阴阳爷爷吃惊地问。

"可不，都是让霍老黑气的。"二臭叹了一口气说。

"那就直接和你说。"阴阳爷爷紧抽了一口大烟袋，"你看，你侄子、侄媳妇在外边给你磕头呢。老话说，近了远不了，远了近不了。你和臣雪，就是砸断骨头，筋也连着呢。你大哥走得早，你爹这幡就该你去打，谁让霍老黑是你爹了？"

"我爹早死了。我没有那样的爹，我是不会给那畜生打幡的。"

"霍老黑没死。"奶奶自言自语地说，"我非骂死这对狗男女。老黑就是死了，我也不让二臭给他打幡摔瓦。"

"二臭。"阴阳爷爷慢条细理地说，"现在可不是赌气的时候。你娘糊涂了。你可不能糊涂。霍老黑就是再不好，那也是你爹。你是知识分子，又是教书育人的老师，你不能这么固执，你就是不给霍老黑面子，也得给我们个面子吧？"

"这不是面子的问题。我没赌气。我很清楚，我有霍老黑这样的爹，是我最大的耻辱。我要是给他打幡送殡，我怎么对得起我娘啊？"

"二臭。"霍支书说，"都什么时候了？还说这些。桂花，你是明白人，我希望你能劝劝二臭。先把你公公埋了再说？霍老黑风光了，你们也就风光了。"

"我听二臭的。二臭答应什么，我就跟着去做。"

"好，这也算是一句话。"支书狠狠地瞪了桂花一眼，有点生气地说，"该说的我们都说了。你们不怕乡亲们笑话，那我们走了。"

支书和阴阳爷爷到了院里，把臣雪、娟子拉起来，垂头丧气地走了。二臭娘、二臭和桂花泥塑般没动地方。亚新又偷偷地跟了出来。他发现，霍老黑的院子里多了好多男人。支书摆着手让大家静一静，说："我简单地说几句。臣雪是咱们地委的干部，也是我的发小，我要负责到底。由于臣雪工作忙，整年不在家，不了解村里埋人的风俗。丧事上有什么问题都直接找我。做饭的，端盘子的，放炮的，打墓的，报丧的都要各负其责。争取要把丧事办得圆圆满满、热热闹闹、风风光光，不能让九泉之下的烈士寒心，大家说对不对？"

大家抽烟的抽烟，说小话的说小话。老厨师开玩笑似的说："行了，别在这做战前动员了。这是丧事，什么热热闹闹的，你家办丧事才热闹。"

第五章

1

在爷爷的丧礼现场，臣雪刚从泥坑里出来，便听到从人群中爆发出不抬霍老黑这个畜生的喊声。臣雪管不了那些礼节了，赶紧回到屋子里，暖着泥水般的衣服，哆哆嗦嗦，喘着粗气，坐在炕沿上。

娟子说："怎么办？泥坑都跪了，怎么没人抬？都丢死人了。"

"臣雪，"霍城也跟着进来说，"这样的情景还从来没有过的。你不要着急，我现在就找车，只能用车拉了。"

地委的领导，臣雪的朋友，娟子的朋友都围住霍城，你一言我一语抱怨起来。现在都什么年代了，怎么还用这样原始、古老的葬礼。真是刁民啊！不抬就早点说。臣雪在雪地里跪了半天，又跪了泥坑，这不是要笑人吗？干脆叫火葬场的车拉走得了。即使闹丧，也没有这么闹的。

"算啦！算啦！"臣雪气急败坏、果断地说，"那就让火葬场来车拉走吧，省得这么多麻烦。"臣雪拿定了主意，心情平静下来。他把满身泥水的衣服狠狠扔在地下，换上一件旧衣服，用嘴里的热气吹着手。臣雪不想丢人现眼了。他突然发现这个和自己血肉相连的村子，其实已经和他没有任何关系了。明明知道爷爷的所作所为，竟然相信了霍城的鬼话。臣雪不再犹豫，快刀斩乱麻，赶紧把尸体和棺材都拉到火葬场，将骨灰装进骨灰盒，就寄放在火葬场里，既文明又省事。他永远也不想回来，这个村子有什么可留恋的？

"好。"娟子附和说，"那我赶紧找人打电话？"

"快打，越快越好。"臣雪的肺都要爆炸了。他怎么都没想到，爷爷和他娘的事，竟然惩罚到他的头上来了。

"臣雪别这样。"霍城说，"闹丧是村里的风俗，好多家都闹过。墓已经打好了。我马上找车拉棺材，很快的。"

"算了。"臣雪不再相信霍城。因为这不是他的地盘。他不想再出现预想不到而令人尴尬的事情了。他是有尊严的地委干部，他无论走到哪个县里，都像钦差大人一样，是很风光的。火葬场的情况他是了解的，地委机关死了人，他联系的也不少。只要电话打过去，火葬场就派车派人过来，用不着自己动手，不用和谁说什么好话。臣雪也深深地感到，他的娘梅花，就是死了也不能回来了，只能呆在公墓里了。

雪，又下了起来。做饭的、烧火的、打墓的、放炮的都没有走。他们都沉着脸坐在雪地里的凳子上，抽着烟，谁也不说话。一直等到火葬场的车来了，霍城和大家把棺材一起抬到火葬场车上……

大街上的人都躲得老远。火葬场的车缓缓地开着，颠簸在高低不平的土路上。棉花朵似的雪花，纷纷扬扬地飘落下来。霍城想为臣雪尽最后一点责任，他不想让霍老黑没有声响地离开村子。他指挥着唢呐在灵车前面使劲地吹，炮手不停地放炮。车前是唢呐声声，车后炮声隆隆。狗们都叫起来，麻雀们都飞走了。棺材前边没孝子打幡，车后面也没孝女们送殡，霍老黑一个人躺在棺材里，被拉出了村子，消失在雪路上……

臣雪耐着性子，等着霍城和那些帮忙的乡亲们，拉走了锅碗瓢勺。又把屋子里的柴草弄到大街，点着火烧了。臣雪将原有的锁子，锁上大门，悲凉地坐上汽车，一句话都不想说。大街上一个人也没有，汽车辗压在雪地上，轮胎"吱吱"作响……

2

霍老黑出殡的前一天，二臭娘的神智已经彻底不清了。好像进入一个安静去处，和人间隔离开来，活在一个人的世界里。二臭很吃惊，很害怕。娘到哪里坐下，他就跟着坐到那里。一墙之隔的炮声，震得二臭惶惶不安，心惊肉跳，耳朵嗡嗡直响，坐到哪里也不舒服。二臭时而离开母亲，在院子里乱走。时而捂着耳朵、合上眼睛，无法忍受那边震耳欲聋、连续不断的炮声。那炮声离他太近了，是横着炸开的，炸得他前胸、后背来回颤抖。他知道霍城是故意的。像上甘岭上的王成，一齐向我开炮一般。二臭感到被炸得千疮百孔、粉身碎骨。但他没办法制止那响彻天空的炮声，也没有地方躲避。他只能在院里、屋子里乱转。可娘的耳朵似乎聋了。这近在咫尺的炮声也没有把娘惊醒。母亲的脸色煞白，没有一点表情，眼睛直直地瞪着某一地方，嘴里时而嘟嘟囔囔地骂几句，声音很小，自言自语，专门给自己听的。看着母亲的样子，二臭只能不停地抱怨桂花，这都是桂花逼疯了母亲。他早就知道母亲的怨气，犹如一颗装满炸药的炮弹。桂花点着了导火索，引爆了母亲，被炸到另一个星球里了……

　　夜深人静，街上没一点声响，一天的炮声，把二臭的神经系统，震得失去了控制功能，血管里的血液，犹如高速公路的车流，"嗡嗡嗡"地来回流动着……

　　隔壁家里也听不到声音。狗、猪、鸡和树上的麻雀都钻进自己的窝里。二臭抽着烟，嘚嘚不停地呲打桂花是魔鬼，就是掏屎勺子，把家搅得臭气熏天。

　　桂花刚才又梦到霍城了。霍城再次把她抱住，让她摸着那硬邦邦东西，竟然没感到一点膈应。她觉得没有吃亏，脑子和身子都在想霍城。霍城还是不停地骂她，这事怪了，霍城越骂她，她身子就越软，像抽去了骨头，任凭霍城摆布了。霍城不愧为干部，真懒，他躺到炕上，指挥着她骑到他的身上，让她自己干。桂花虽然很笨，还不熟练，但她感觉很好。二臭的"呲打"声让桂花从梦中惊醒。有话就说，有仇必报，这就是最真实的自己。至于婆婆疯了，梅花不省人事，霍老黑突然死亡，她也不愿意看到。按说，那对狗男女那样欺负婆婆，就该给他们点颜色看看。否则，他们就不知道天有多点高，地有多厚。桂花也没想到婆婆和他俩是那么弱不禁风，婆婆刚骂了一场就气疯了自己。霍老黑本来上房是和婆婆打架，却从梯子上掉下来摔死了。梅花也被气得口吐白沫、昏迷不醒。

　　桂花觉得对不起婆婆，那对狗男女是罪有应得，自己不应该受到谴责。想到这，桂花从被窝里坐起来，说："二臭，你别没事找事，就算我是搅屎勺子，那你家就是装满臭屎的大池子，越搅当然越臭了。你家要是一池清水，我再怎么搅和，臭味也不会冒出来。"

　　"就算我家有臭屎池子，要是没人搅合，那臭味永远也不会出来的。我娘虽然心里苦点，还能平静的过日子。可是如今，家里被你搅得乌烟瘴气，这都是你办的好事。"

"哎！二臭。我要早知道你家这样肮脏、混乱。我就是再喜欢老师，我也不会嫁给你的。"

"我的家是有点特别，我也恨我的家庭。我也不想有那样肮脏的父亲，可我没有选择父亲的权利。但我娘是一位好母亲，她把我养大。我还没来得及孝敬她老人家，娘已经变成这个样子。我真得很痛苦。我不希望娘活在那样充满愤怒、仇恨的世界里，你懂不懂？"

"好了二臭。等明天埋完霍老黑，你去当老师，我领着娘看病去，我一定想办法把娘的病看好。"

"我娘病成这样子，我就是站在讲堂上，也没有心思讲课。"

"二臭，你别这样好不好？相信我，我一定想办法给娘看好病。我好不容易说通了霍城，你如果不去当老师，那我的劲不是白费了？"

二臭没有再说什么，他不想再去琢磨桂花如何说通了霍城，霍城为什么爱听娘们的。校长说得对，我不去当老师，是太可惜了。我已经快转成公办老师，眼看就挣到国家的工资了，这不是我正想要的吗？

桂花觉得二臭已经困了，赶紧拉着二臭躺在炕上。二臭倔强地甩掉了桂花，自己合衣躺下。桂花拧着二臭的鼻子："不准睡，干完你的活再睡。"

"我不。"二臭打掉桂花的手，翻过身去。

"这可是你说的。你要是不干，我明天就像梅花一样，让你也当王八。"桂花说完这话就后悔了。

"你是不是让霍城给干了。这样的话，竟然从你的嘴里说出来？"说着二臭就骑在桂花的身上，掐住她的脖子。

桂花被二臭掐得喘不上气来，她用膝盖顶了二臭裆里一

063

第五章

下。她并没有觉得使劲，只是本能往上顶一下，迫使二臭松手。二臭"哎哟，哎哟"地捂着裆里败下阵来。桂花赶紧把手伸进去，轻轻地按摩起来。二臭立刻冷静下来，那不争气的老二却钢铁般地硬起来。桂花不容分说，扒掉二臭的裤子，自己爬上去。二臭被压在下面，他不相信桂花会这样，像脱了胎换了骨，变了一个人似的。他和桂花已经做了八九年的夫妻，桂花从来没有主动要过，更别说上到他的身子上面。这是谁教的？难道是霍城？二臭开始骂她："我真没想到你这么不要脸。"桂花说："我和我男人在一起，有什么不要脸。梅花那才叫不要脸。梅花没了男人，就向老公公发骚，梅花才是真正的骚货……"

鸡刚叫过三遍，天还没有亮，白蒙蒙的雾气笼罩着村子的上空。二臭娘就从槐木梯子上，颤巍巍地上到房顶上，面对霍老黑家的院子，跳着脚，挥舞着胳膊，使出全身的力气，全神贯注，拉着长音开骂了……

桂花被惊醒了。村里的狗和鸡都先后叫了起来，紧接着，麻雀也在槐树上跳来跳去、叽叽喳喳地叫个不停。桂花推醒了二臭，让他赶紧把娘搀扶下来。霍老黑都死了，还骂什么骂？

二臭上到房上，把娘扶下来，为了不让娘再到房上去，他把梯子弄到一边去。娘要是想骂，就只能在院里骂了。

二臭跑到屋里，脱了裤子又钻进桂花的被窝里。门外的炮声响起来，隔壁的院子有了动静。二臭现在管不了那么多了。他自己爬上去，使出全身的力气……

炮声把窗户震得直响，桂花的呻吟声从被子里传出来……

这一上午，大门外唢呐声声、炮声长鸣。那炮声好像在天空高声呐喊：霍老黑死了！霍老黑死了！

二臭和桂花好像蜜月里的一对恋人，抑制不住的笑容透过两个人的脸皮荡漾出来。二臭好像是桂花手里的风筝，她把线紧紧地抓在手里，并且又缠了几遭，生怕一松手就飞了。二臭在屋子里她也在屋子里。二臭拉着娘坐在院子，她也坐在院子里，像一个勤快的丫头，不停地给二臭和婆婆倒水。亚新在门外玩耍，看热闹。二臭脑子里又滋出王八这个词来了。于是说："哎，你是不是让我当了王八？这么勤快。"

"别放屁了。"桂花说，"你再说我可就走了，再也不管你了。"

"那太阳打西边出来了？"二臭戏谑说，"像个跟屁虫似的，你从来没有这样过。"

"你说呢？"桂花神秘地说，"我也不知道，我现在恨不能贴在你身上，变成一个人。哎二臭，我从来没有发现你长得这么好看，我真是太喜欢了。"

"哎，我看你就是贱骨头，谁弄和谁亲。"

"那我就不知道了，反正我现在觉得就和你亲。哎二臭，让娘在这坐会儿，到咱们屋子里，我有话给你说。"桂花不由分说拽着二臭就走。

"你是不是又想了？"

"去。"桂花撒娇似地说，"我是想问你，你爹是不是也爱骂人，你爹肯定特爱骂人，一定是一边骂，一边霸占了梅花。"桂花又想起霍城来了。霍城也是一边骂她，一边使劲戳她。那骂声，像粘了糖的箭，刹那时就穿透了她的五脏六腑。她不敢回骂霍城，她只能暗自品那其中的味道。现在回想起来，那真是太好了。霍城越骂她，她就感到特舒服，好像鱼到了水里，鸟飞上天空。最后霍城拉着她的手，说你狗操的就放心吧，只要你听我的，我就让二臭当老师去。

"你别你爹你爹的，我没有爹！"

"没爹，那你是石头缝里蹦出来的？"

"我宁可是石头缝里蹦出来的，我也不要爹。"

"好好，不要爹了。你还没有回答我的话呢？"

"你那叫废话，我怎么知道呢？"

"哎二臭，细想起来，这梅花很不简单，竟然在家里找男人，又不用出门，还能得到想要的东西，娘真是太可怜了。"

"行了，你能不能不说他们。"

"我就想说，如果霍老黑死了也就罢了，偏偏跟儿媳妇就睡在隔壁。娘守了好多年的活寡。要是换上我，我早杀了那狗男女了。娘都是为了你才忍到现在的，娘内心的仇恨，一定像火山似的由来已久，一旦爆发，便无法扑灭。我承认我是导火索，但根子在霍老黑和梅花那里。"

"也许是吧。"二臭双手捂着脑袋，脸上没了笑容，"桂花，你看着娘，我想睡会儿。我全身像是被抽去了骨头，软得像面条儿。"

"好。"桂花给二臭脱了鞋，把他顺在炕上，在耳边说，"睡吧，晚上接着操练。"

"你给我滚。"

"好好好。我滚，我滚。"

门外的炮声接连不断，二臭似睡非睡地躺着，犹如躺在炮火之中一般。今天是星期天，门外就是葬礼现场，唢呐吹着，炮火连天，人声嘈杂。他家的狗也不甘示弱，跟着凑热闹，不停地叫着……他只是感到很奇怪，臣雪就是再有钱，也不能放起炮来没完没了。在二臭的记忆里，谁家埋人也没有放过这么长时间，放过这么多的炮。这恐怕都是霍城的馊主意，故意向他示威的。二臭茫然地躺在炕上，他有点迷惑、恍惚，还有点后悔。他拒绝给亲爹送殡打幡，到底对还是不对？霍老黑再不办人事，再不是东西，那毕竟是自己的亲爹。二臭是为娘打抱不平，用这种方式来羞臊霍老黑。但是他如此对待死去的亡灵，是不是也是畜生所为。二臭有点谴责霍城了，抱怨霍城根本不会办事。不具备具体问题具体分析，具体实施的能力，怎么能当大管事的呢？你干嘛那么一本正经、那么严肃？这是严肃认真的事吗？如果你连说带笑、连打带闹地拉上我就走，我能不去吗？我记得外国小说里，人在死之前或死之后，都可以为自己生前所犯下的罪恶忏悔。可以是自己忏悔，也可以请牧师帮着忏悔，祈求上帝来饶恕生前所犯下的罪恶。可是在我们村里，从没有忏悔不忏悔这一说，只有闹丧的风俗。

　　二臭瞪着房顶，像挺尸似的挺着，内心随着炮声、唢呐声和狗叫声跌宕起伏，浮想联翩。天上突然下起了大雪，这是二臭没有想到的。二臭目不转睛地看着窗外的雪花，纷纷扬扬、飘飘然地布满天空……二臭就那么听着连绵不断的狗叫、炮声和唢呐的声音，看着朵朵雪花，挂满洋槐树上的枝枝枝枝杈杈，在残留树叶的衬托下，犹如开满枝头的棉花，奇特极了。二臭突然惊诧地坐起来，他越看越想，就越害怕。因为槐树上的朵朵白雪，交错着吊在树枝上，多么像孝子肩上的白幡啊！二臭的感觉越来越糟糕。难道老天爷要羞臊我，惩罚我，我不给亲爹打幡，那就让村里所有的树木戴上白花，大地披上素装，来为霍老黑送终……

　　炮声停止之后，雪花也停了下来。二臭知道这是要请乡亲了，他的心越加恍惚起来。二臭在炕上喊了几声桂花，没有得到应答。桂花幸灾乐祸地跑进来，说："臣雪已经跪到了泥坑里，狼狈极了，还是没人来抬霍老黑的棺材。这可太好了。乡亲们这样闹丧，说明你没有错，也替娘出了口气。"

　　"那当然了，大家的心是透亮的。"二臭有气无力地说，"这说明不认这个爹是对的，不给这个畜生披麻戴孝、送殡打幡也是对的。这就是闹丧的神奇作用。我怎么就没有想到。原来，乡亲们在这等着霍老黑和臣雪的。可是娘已经疯了，享受不到这种快乐了。"

"好了二臭，娘的面子已经争回来了。"梅花把霍老黑从娘的身边拉走，"娘又没找过别的男人，娘的心里已经没了爱，只有恨。娘就是希望霍老黑像死猫、死狗一样不得善终。这不是都实现了？娘要是能清醒过来，说不定多高兴呢。"

"难道你找过别的男人？你的心里充满了爱？"

"你看你，怎么总往我身上扯。"

"你的意思是说，没找过别的男人的女人就没有了爱，只有恨？你怎么这么内行呢？你是不是已经找过别的男人？"

"二臭，你东一榔头、西一棒槌的，胡说些什么？"

"我现在的感觉很不好。你说下雪意味着什么？"

"下雪就是该下了，冬天到了呗？"

"我觉得不对。你看那树上的白雪，犹如白幡上的白花，是不是都在给霍老黑打幡送殡啊？"

"你不愧为是老师，真能想象。你怎么不想老天爷和乡亲们一起来惩罚霍老黑呢？你怎么不想，只要霍老黑和梅花被清理出村子，从今往后，霍家庄的天上和地下，就犹雪地一般纯洁干净。"二臭点点头，再没有说什么。

第六章

1

　　梅花被小鲍送进医院里抢救。医生说是高血压，半身不遂，通过三个多月的住院治疗，已经能下地走路，耳朵也是好好的，就是栓住了半边嘴脸，嘴角歪歪的，说起话来，嗓子里发出来的声音，到了嘴里就跑完了。只能像哑巴一样比比划划呜里瓦啦。出院之后，一直住在臣雪的家里。到了饭桌上，梅花总是不甘寂寞，嘴里时而发出令人朦胧、反感、怪异的声音。着急的时候，胳膊到处挥舞。臣雪和娟子就像聋子、瞎子，懒得猜她说的是什么。

　　麦收之前，地委机关，在招待处召开五天的三夏会议。臣雪是会务组的，只能住在会上。娟子没有办法，中午回来做饭。婆婆就是再不好，也不能饿着。娟子哪里想到，她一个人面对婆婆的时候，要多腻歪有多腻歪。那种腻歪，是发自内心的。这天中午，在饭桌上，娟子故意挑衅，问臣雪到底是谁的儿子？是不是她和霍老黑的。梅花的脸立刻被黑云遮住，像做错事的孩子，低着头摆弄着衣角，不敢正眼看娟子。

　　"臣雪是不是霍老黑的？"娟子咆哮起来，"我不明白，你逼着人家和老婆儿子分了家，你还是不是人？你们造的孽，

069

第六章

不但毁了你，也毁了臣雪。霍老黑的葬礼，弄得臣雪抬不起头来，你知道不知道？"

梅花吃惊地瞪了瞪娟子，她说不出话来。

"乡亲们尽管闹了丧，臣雪也跪在泥坑里，棺材还是没人抬。大家都骂霍老黑是畜生，就是不抬畜生。我和你儿子在乡亲们面前犹如脱了裤子，丢尽了脸面，恨不能找个地缝钻进去，你知道吗？"

梅花嘟囔着，突然疯了似的就往出跑。娟子跑到门口，像抓小鸡似的抓住梅花，拽到她的床上，继续吼道："现在知道哭了。"

梅花趴到床上，"呜呜呜"地大哭起来……

"你知道你为什么嘴歪，不能说话吗？"娟子靠在门口，"这是老天爷在惩罚你，因为你就是畜生，竟然能和老公公过这么多年……"

娟子说得太对了，就是，我怎么就和老黑过了这么多年呢？在臣雪刚和娟子结婚的时候，梅花总担心娟子知道他们的事。看来臣雪还是聪明的，很少让娟子回来。娟子只要少回来，或者说不回来，就很难弄清楚她和老黑具体的情况。梅花为此常常和老黑唠叨。可老黑却满不在乎，他说那是你心虚，和自己过不去。娟子再聪明，也不会想到臣雪是我的儿子。梅花说但愿如此，不过我还是担心。梅花一提出和老黑分家另过，他就暴跳如雷，骂她，还威胁她。说你自己过过试试。如今看我老了，想甩掉我了。你如果非要这么做，我就给娟子实话实说。事到如今，梅花和霍老黑的事，终于在葬礼上让娟子知道了真相。这是梅花没有料到的。梅花哪里知道，霍老黑死了，乡亲们闹了丧，臣雪都跪到泥坑里，还是没人抬他的棺材，还骂他是畜生，惩罚了臣雪和娟子。让臣雪和娟子在村里抬不起头来。那我死了也不会有人抬我的棺材，我和霍老黑是一路货色，都是畜生。梅花摸了摸腰带上的家门钥匙，这么多年来，家门钥匙都是绑在腰带上。霍老黑的腰带上也有一把。梅花是想，等她再好一点，就要回老家去。梅花早就不想看娟子这副嘴脸。梅花知道，娟子这是逼她走，她也没脸面对儿子和孙子了。梅花还不能自理，回到老家也是死路一条。在儿子家住下去也得被活活气死。梅花想从儿子家里跑出来再说，跑到哪就死到哪？主意拿定之后，梅花就止住了哭声，胸脯一挺一挺地爬到床边……

晚上，娟子下班回来，竟然没有听到梅花的动静。平时的时候，娟子一回来，就看到梅花看电视，或者拿着抹布擦擦这，摸摸那。但现在没有，娟子里里外外又找了一遍，当确定梅花确实没在屋里的时候，才打电话告诉了臣雪。

臣雪在电话里就抱怨娟子："你在娘面前说了什么？"娟子怒气冲冲，说："你放屁，我能说什么？"

当晚，臣雪请了假，和娟子在马路上找到半夜。第二天，会议散了，臣雪立马坐着汽车回到霍家庄。他觉得娘即使往回走，也该到家了。如果娘愿意在老家度过晚年，他可以为娘请一个保姆。可是老家的门依然用那把老锁子锁着，锁头上盖着厚厚的尘土。过了几天，臣雪又回过去一次，门还是那个样子。臣雪没让小鲍停车，也没有和任何人打听。

从那往后，臣雪再也没有见到娘。娘究竟跑到哪里去了，谁也不知道。臣雪这一家人，在霍家庄就像消失了一般。由于霍老黑的葬礼没有办好，霍城觉得对不住臣雪，一直也没好意思和臣雪联系过。

071

第六章

麦收过后，就是夏天了。一连下了十几天的大雨，村北的小沙河又发水了。河水像黄泥汤似的，翻着滚着流过去。水里飘着柴草、树叶、檩条、椽子。很多人赤身裸体下到河里，捞檩条和椽子。

霍家庄塌了好多土坯房子。臣雪家的房子也在倒塌之中。这土坯房子就是这样，越是没人住越容易坏。土坯房子最怕的就是掉泥皮。房子盖好之后，首先要抹一层黄泥，然后再抹一层石灰。石灰是沥水的，只要有石灰泥皮在，雨水就渗不进土坯墙里。可是这石灰有它的特性，和泥土总结合不到一起，即使当时抹得再好，时间一长也就两层皮了。霍老黑死了之后，二臭发现有的孩子们在抠霍老黑家墙皮玩。二臭当场训斥过孩子们，又在课堂上点着学生的名字讲了讲。孩子们有他们的想法，我们又没抠你家的泥皮，你又不是他的儿子。你要是他的儿子，哪有儿子不给爹打幡摔瓦的，我们抠的是霍老黑家的泥皮，你管得着吗？

于是二臭越批评，他们就越和二臭打游击。到了傍晚，有的在大街上放哨，其他的伙伴继续抠泥皮玩，直到把霍老黑家后墙和围墙上的泥皮都抠完才肯罢手。臣雪家的房子没了石灰泥皮，由于雨水过大，时间太长，又是风搅雨，雨水都渗透到土坯里。在那个雷雨交加的晚上，霍老黑家的屋子，在大雨中倒塌了……

霍老黑和梅花一辈子的生活都埋在里边了。檩条、房梁、椽子，有的落在外面，有的被埋在里边。凡是露在外面的，没几天都被偷走了。

大雨过后，空气突然就暴热起来。玉米猛蹿，杂草猛长，好像疯了一般。整个地面上，包括沟沟坎坎，边边沿沿，都被盖上绿绿一层。霍老黑家那颗梧桐树，依然是郁郁葱葱，一副遮天蔽日的神态，高低不平的土疙瘩上，参差不齐地长满了草。

伏天一到，从霍老黑倒塌房子的空隙里面，突然生了好多绿豆苍蝇，"嗡嗡嗡"地飞到墙头上、梧桐树上。霍老黑的院里好像蜂场一般。然后就有臭味飘到大街上，只要从二臭家门口走过，都不由自主地捂着鼻子。

霍城得到反映，立刻带着人来到现场，已经倒塌的大门虽然被土压着，但明显地看到已经没有锁头。霍城断定，霍老黑的家里，一定是有人住过，说不定是有人死在里边了。蜜蜂大的苍蝇"嗡嗡嗡"地飞来飞去，刺鼻的臭味涌上来。霍城发现，苍蝇是从屋里炕上位置，透过乱七八糟的缝隙里飞出来的。霍城亲自上前又拽了几下，顶鼻子的臭味和苍蝇"嗡嗡嗡"地飞出来。

"哎，这会不会是人死在里边了。"霍城疑惑着说。

"怎么可能是人？会不会是狗、猫钻死到里边了。"有一位男乡亲推测说。

"不可能，死狗死猫不会发出这么大的臭味。"

"会不会是梅花？"有一位乡亲说。

"别瞎猜，怎么可能是梅花。"霍城满有把握地说，"臣雪是地委干部。即使梅花死了，最坏也是进火葬场，怎么会臭在家里呢？"

"那要不就是疯子、要饭的、杀人犯、流窜犯躲在这屋里死了。"

霍城还是拨通了臣雪办公室的电话。虽然还没有确定是不是人死在里边，但那毕竟是在臣雪的家里，借此机会，和臣雪通通电话，缓和一下关系。电话倒是打通了，可就是没人接。

　　尽管臭味扑鼻，还是有好多人围着，捂着鼻子，不肯离开。霍城打电话回来，赶紧派拖拉机拉土，好多人都用铁锨和粪篓子，把土背到上面，凡是有缝隙的地方，犹如往里灌水一样往里灌土，用脚踩实，切断苍蝇来往的通道。果然，臭味没了，苍蝇也没了。紧接着又连续下了几场大雨，新土里也长出密密麻麻的杂草，有野蒿子、大叶菜、辘轳草、野苍谷，随高就低，将废墟般的院子盖了个严严实实。梧桐树上的麻雀，倒是满不在乎，时而飞到草丛里，摇头晃尾，叽叽喳喳……小蜜蜂在花蕊上飞飞停停。到了秋天，枝叶茂盛的梧桐树下面，美丽得像花园一般。

　　二臭家里的房子也是土坯房子，由于后墙受到了石灰泥皮的保护，才侥幸躲过了那场大雨，但二臭和好多家户一样，还是把土坯房子全部拆掉，翻盖成砖墙，空心板盖顶，水泥抹墙，再大的雨水也不怕了。而且把屋子里的地面垫得高出地面五尺，把房子盖到最高，从院里进北屋，得上九层台阶，像上楼梯似的。顺着东边是三间东厢房和大门。东厢房是为亚新娶媳妇准备的。霍老黑家那边是高高的墙头。从远处看，二臭家的房子像炮楼一样。二臭觉得很得意，这盖房子就得要有远见，一次性到位，房子又不能三年两年地翻盖，即使臣雪回来再翻盖房子，高度也不可能超过他的房子。

　　在翻盖房子之前，桂花没少和二臭恼气。因为西邻就是霍老黑的家，虽然杂草把"废墟"盖得严严实实，但都认为里边埋着尸体，可是时间一长，大家好像都不在乎，左近的邻居们，把霍老黑的院子当成了垃圾场。什么蜂窝煤的炉灰、生活垃圾，一齐倒在那里，变成半道街的垃圾场了，五颜六色的塑料袋子，像天女散花一般，布满了各个角落以及杂草之中。有一家养牛的，竟然把水湿的牛粪储存在那里。这又不是二臭家的地方，他还说不得，管不着。特别是到了夏天，可以说垃圾满地，杂草丛生，苍蝇飞舞，臭味扑鼻。可把二臭家腻歪坏了。

3

二臭又回到了学校。桂花和二臭又如胶似漆地过了起来。桂花尽管很想霍城，特别是二臭进入她的身子时，霍城就会出现在眼前。她不但脑子想，身子也想。她没办法管住可恨的脑子，只能管住自己的身子。她就是再想霍城，在众目睽睽之下，也没有勇气主动去找。二臭也不给她提供和霍城联系的机会。霍城也没有再找桂花。

二臭娘再也没醒过来，第二年的春天就死了。在为二臭娘举行葬礼的时候，霍城仍然是总管。抬棺材的架子摆放在那里，大门口依然挖了泥坑。泥坑里照样灌满了水。二臭已经做好了准备，他不管乡亲们让不让他跪到泥坑里了，自己都要跪进去。按说在请乡亲的时候，孝子要先跪在地下。如果男人们都不到家里抬棺材，那才往泥坑跪。

当霍城领着二臭到大街上来请乡亲的时候，霍城只是轻轻地一喊，二臭就直接跪到泥坑里，弄得满身是泥。二臭这个举动，有点儿出乎乡亲们的意料。当霍城把二臭从泥坑里拉上来时，男人们像一阵风似地涌上来，争前恐后地为二臭娘抬棺。

二臭打着白幡，在棺材前面哭。桂花披着大孝在后面哭，他们整整哭了两道街……

第七章

1

　　到了九十年代，臣雪已经成为省城水产市场上的个体批发大户了。

　　爷爷死了之后，老天爷对他进行了一系列的报复。先是娘的走失，再就是他终于发现，霍明不是他的亲儿子，紧接着就赶上机构改革，地委和市委合并，人员分流。当他接到去县城工作的调令时，说什么也不想去。他气冲冲地和组织部左部长理论，情绪激动地质问说为什么让他下县？为什么让他分流？他是烈士的后代。左部长先是好言相劝，讲了好多干部管理体制改革的重要意义，到县城不是下岗，而是让有前途、有实力的年轻干部充实基层，只有在基层才能学到真才实学。这将作为市委今后选拔干部的基础。雪臣根本接受不了。左部长在没有办法的情况下，才从档案袋里拿出那张纸条来，递在臣雪的手里。臣雪惊奇地发现，那张纸条上面写着，"臣雪不是烈士的后代，是儿媳妇和老公公乱伦所生，道德败坏，不能重用。"

　　臣雪始终也没有弄明白，有人竟然用这种方式陷害他。无奈之下，他只有下海经商。

自从娘离家出走，臣雪在看报纸时候，凡是有寻人启示、尸体招领的字样，他都要详细看一遍。特别遇到无头尸体、无名尸体、腐烂尸体，臣雪还是要看。臣雪脾气变得暴躁起来，乱发脾气，完全不把娟子放在眼里。娟子自知理亏，没和臣雪正面再发生冲突。但娟子咬定，什么也没有说，什么都没做，又死无对证，臣雪拿她一点办法也没有。

随着改革开放，经济搞活，城市的各项配套措施都在发生变化，更换户口本是其中一项。凡是城市居民，都得抽血化验血型，重新登记，统一入微机管理。各个居委会为了圆满完成这项任务，特邀请医院在各个小区现场抽血，回去化验，然后由居委会统一到医院将各个居民的血型等数据取回来直接交给派出所。臣雪就是这个时候，发现霍明的血型和自己不符的。

那天晚上，霍明睡着了。娟子洗完澡，裸体躺在臣雪的身边，身上和头发都是香味。臣雪把户口本从枕头下拿出来，指出其中的问题。娟子拿着户口本，光着身子跑到灯底下看了看，就傻在那里。我怎么能这么粗心？竟然忘记验血是能验出霍明的血型的。如果霍明的血型与臣雪不符，霍明的出生之谜就会暴露出来。这个秘密就像一粒草籽，一直埋藏在她的心里，但最终还是发出芽来。娟子并没害怕，也没后悔，她就是爱丁厂长，她就是喜欢丁厂长。刚怀上霍明的时候，娟子就告诉了丁厂长。她哪里想到，丁厂长撇着嘴，说你可别吓唬我，不定是谁的。娟子脸立马沉了下来，她没再和丁厂长提过这件事。既然和丁厂长走不到一起，不提也罢。

娟子自知理亏，她不想和臣雪吵架。她穿好衣服，想出去躲一会儿。一是避免吵架，二是想找丁厂长赶紧改过来。可臣雪把户口本夺过去，问她想干什么？是不是想毁掉证据？

"什么证据，这肯定打印错了。"

"不可能！你们的本事我知道，只要你拿着户口本出去，霍明的血型，肯定就变回来了。"

"臣雪你说什么了？派出所又不是我家开的。"

"你想得美。你一撅屁股，我就知道你拉什么屎。"

娟子又脱光自己，钻进被窝里，趴在臣雪的前胸上，光溜溜的大腿压住他身子，嬉皮笑脸地说："别把我想得那么坏，等查清了再下结论。"

"哎！别这样！"臣雪推开娟子，"我享受不了你这美人计，要是放在以前，我会很感动。"

"滚蛋！"娟子翻过身去，给了臣雪一屁股。臣雪坐在床上，数落娟子一番，但娟子一言不发。

第二天下午，娟子想趁臣雪上班的时间，把户口本拿出来，再做打算。可是一进家门，臣雪也在家里坐着。臣雪先是冷嘲热讽，不依不饶，喋喋不休，没完没了。臣雪是想让娟子承认，霍明是丁厂长的种还是另有其人。可娟子不上圈套，等着臣雪提出离婚。她不怕离婚，她还想让臣雪到法院起诉她，只要臣雪起诉离婚，丁厂长就无话可说。

娟子忍了又忍。她要是承认霍明是丁厂长的儿子，臣雪恐怕杀她的心都有。她嬉皮笑脸，软磨硬抗，她只想赶紧把霍明的血型改过来。面对臣雪咄咄逼人，得理不让人的态度，娟子还是没有忍住。"既然你那么在乎，不但可以重新化验血型，还可以做亲子鉴定，在没有拿到证据之前，我希望你要尊重我，不要侮辱我的人格。"

"不管用什么方法，最后确定霍明不是我的儿子，你可就别怪我狠心，我要杀了你和那狗东西。"

"你别得意太早了。"娟子强做镇静，"我要是怕重新验血，我就是你孙子。我把丑话说在前面，你这样伤害霍明，侮辱我，不相信我，毁坏我的名誉，小心我扒了你的皮。"

"有骨气，有种。你简直就是煮熟的鸭子，肉烂嘴不烂。我劝你不要这样死不认脏。你如果能如实坦白交代，我倒想给你一条路走。"

"我用不着你这恶人发善心。"娟子已经无法控制，什么解气说什么，专捅臣雪的痛处，"你是你娘和你爷爷的，在你的内心深处，根本就没有什么善心可言。我怎么这么命苦，挑来拣去，偏偏挑了你个脏人。你流的全是霍老黑肮脏的血液。我现在改变主意了，我倒希望霍明不是你的，验血的结果是正确的。我不喜欢霍明是你的儿子，我不想让你的脏血，一代一代地污染下去。"

"好，你终于实话实说了，那就谈谈条件。我知道你们都好强，要面子，自尊心也很脆弱。只要我把你们的脏事公布出去，那你们在厂里，在工业局，在你们城中村，唾沫星子也能把你们淹死。丁厂长的老婆也不是省油的灯，你能想象到最后的结果。丁厂长肯定是撤职、离婚、下岗，闹得鸡飞狗跳、鸡犬不宁。只要你们答应我的条件，那我就当这个王八了。因为我喜欢霍明，儿子是无辜的。我可以将对你们的恨埋在肚子里，在霍明没有结婚成家立业之前，我们也没有必要离婚，咱们的恩怨不能影响到霍明成长，一切都等霍明长大成人之后再做了断，你看怎么样？"

娟子瞪着臣雪，她不敢相信他在说什么？她想象不出臣雪想要和她谈什么条件。这样的事，还能通过谈条件来解决？那可就太好了。霍老黑的葬礼上所发生的一切，二臭娘鬼哭狼嚎的骂声，时常在娟子的眼前晃动。她真没想到，村里对霍老黑痛恨到那种地步，把他列入畜生一类，人死了还要闹丧，臣雪在门口跪半天，又跪到泥坑里，还是没人来抬他的棺材。于是当娟子一个人看到婆婆歪着嘴脸，在她眼前晃动的时候，她就恨得咬牙切齿……

如果娟子非逼着丁厂长离婚，她在城中村也会像梅花一样，臭名远扬，也给爸妈招来骂名。如果真像臣雪说的那样，能找到一个两全其美的方法，那是最好的结局。她倒想听听臣雪能给她要什么花招，提出什么让她意想不到的条件来。"好啊！我尽管知道你很无耻，但毕竟是地委干部、转业军人，受党教育多年。为了儿子，为了这个家，我愿意同你和解。但愿你别太过分，我只要能做到，我会考虑的。否则，我会和你势不两立……"

"那就说明你默认了霍明不是我的儿子，愿意接受我的条件，内部解决。"

"臣雪，我再说一遍，我没有承认。你说是为了霍明，我从心里感谢你。霍明像一张白纸，我不允许任何人伤害他，我完全是为了儿子。"

"看来你还是很聪明，很痴情的。宁可答应我的条件，也要保护丁厂长的名誉。丁厂长能遇上这样的情人，即使做了鬼，也没有遗憾。"

"你别扯任何人，这和别人没有关系。为了儿子，我什么都愿意做。我倒想听听你能给我提出什么条件来，你到底想用什么样的恶毒方法讹诈我、恐吓我。"

"好，痛快。那我就实话实说，我已经不是地委干部了。现在地市正在合并，我就着特大优惠政策，买断工龄，我要下海做生意了。"

"那又怎么样，只要你喜欢，想做你就做呗，我又没有干涉你。再说，你已经做出了决定，还和我说这些干什么？"

"差矣！我的意思是你们要借给我一百万元，我现在缺少流动资金，霍明的事我再也不提。你们做你们的瓶盖，我做我的水产批发，仍然保持着婚姻关系，就是经济分开，互不干涉。"

　　"狐狸的尾巴终于露出来了。那我就给你三个字，办不到！"

　　"哎！别那么激动好不好？"

　　"你想要钱就说要钱，干嘛那么多弯弯绕？我们是夫妻，你做生意，我要是有钱，我可以给你。你何必用儿子的血型来恐吓、讹诈我。我没想到你竟然和你爷爷是一路货色，一样卑鄙、下流。"

　　"哎，别说得那么难听好不好？我首先说明，我这是委曲求全。我不忍心让霍明在混乱的家庭里长大，也是在拯救你。"

　　"行了，谁家也没有你家混乱。"

　　"娟子，你别不知好歹，我不是在讹诈你，我这是在和你做经济上的切割，也是离婚前的分家。你们这对狗男女，要为你们龌龊、肮脏的行为付出代价，用一百万元来买十几年平安的日子，难道你还觉得吃亏不成？"

　　"你想得美。如果在没有怀疑霍明的身世之前，别说一百万，两百万也没问题。我即使没有钱，我可以给别人下跪，为你借钱。我可以说服我爹娘，把房子抵押贷款。可是如今，我要是给了你一百万，就等于我买了你嫁祸在我头上的屎盆子，承认了你的栽赃陷害。不就是离婚吗？你吓唬谁呢？"

　　"先不要这么快下结论。你把话说绝，这样对你，对丁厂长，对霍明，都是很不负责任的行为。我为了做到仁至义尽，容你们商量之后给我答复，免得你们后悔。我就是这么宽宏大量。我有事先走了，我等着你的好消息。"

"你个流氓，无赖，你这个骗子，卑鄙的小人，有本事给我回来。我早就想和你离婚了。我不是你的傀儡，我不会上你的当。我就想和你真刀真枪地干下去，我要是怕你，我就是狗娘养的。"

"不要那么激动好不好？你要是不想和丁厂长张嘴，我可以亲自和丁厂长的老婆谈一谈，我想，丁夫人一定比你懂事。"

"你敢！你敢去我就和你拼命！"

防盗门"咣"地一声，已经关上了。娟子还是骂个不停……

2

娟子坐在丁厂长的办公室里。阳光透过玻璃射到桌子上。马路上车流不息，"嗡嗡嗡"地响声接连不断……

臣雪变成一只狐狸，简直不像个男人，不是干脆利索地和她离婚，而是拿着一把尖刀，捅到她的软肋上。为了不让自己后悔，娟子和丁厂长说了臣雪讹诈她一百万的经过。娟子的意思是他俩要统一口径，不能暴露他的血型，他和臣雪的婚姻不管恶化到什么程度，完全由他一人承担，绝对不连累丁厂长。

丁厂长靠在老板椅上，望着耀眼的阳光，听着隆隆不断的汽车声，悠然抽着烟说："那倒没有必要，既然你说霍明是我的，那我就不能袖手旁观。"

"什么叫我说霍明是你的，本来就是你的。"

"哎！"丁厂长摆摆手，"我没有不承认的意思，我是说，没事咱不惹事，有事不怕事，臣雪提出来借一百万元，我看没什么大不了的，不就是要钱吗？你答应给他不就是了。"

"我是想说，祸是我惹的，我是自愿的，我就是爱你。你尽管放心，就是刀架在我的脖子上，我绝不会抱怨你，要是把你的家搅乱了，那我还是人吗？"

"大可不必，有条件就好。"丁厂长眯缝着眼睛，"不就是想要钱吗？钱是王八。那就把这顶帽子送给臣雪，让他好好地戴着，我看他还能耍什么花招来。"

"坚决不能给。我是不会让他的阴谋诡计得逞的，再说，这不是钱不钱的事，这是我和儿子以及咱俩的名誉问题。臣雪是个无赖，像他爷爷一样，什么事也做得出来。我们要是给了他钱，就等于跳进他给我们挖好的泥坑里……"

"行了，就按他说得办。我既然敢做，我就敢面对。否则，那还算什么男人。现在科学这么发达，难道你不承认就查不出霍明是谁的种了？我的意思是，要是钱能解决，那可就太好了。"

"我宁可离婚，血战到底，也不能给钱。你放心，我不会给他做任何检查的机会，我不允许任何人伤害我们的儿子。"

"我还是那句话，如果钱能解决，我就烧了高香了。时间能化解一切矛盾，只要答应了臣雪条件，就有十多年的回旋余地。也就是说，为了儿子，也为了我，你必须要和臣雪恢复成正常的夫妻关系，就是不能离婚，你听到没有？"

"臣雪要是再敲诈怎么办？你是不是害怕、心虚，还是被气糊涂了？"

"你才糊涂了。我合着眼也比你清楚。"

"臣雪太损、太阴、太流氓了。我不，我宁可离婚，我和儿子自己过，也不能中了臣雪的奸计。"

"我看你把简单的问题复杂化了。你就认为，臣雪从地委下来，情绪低落，困难时期。你做为妻子，鼓励他做生意，就这么简单。你到底明白了没有？"

083

"是我不明白，还是你糊涂？臣雪这是借机敲诈，勒索，你懂不懂？"

"那又怎么样？既然提出了条件，那就说明他现在确实有困难，急需我们帮助。他还是个明白聪明人。要是把事闹大了，对谁都没有好处。特别是在这些事上，根本就没理可讲。这就像霍老黑和梅花一样。梅花要是到外边乱找男人，那还不如找霍老黑呢，这事要放在城里算个屁事。"

"我看你和霍老黑是一路货色。你要是死在村里，恐怕也没有人抬你的棺材。"

"我是流氓、无赖，我承认。可我没有那么傻，更不可能和老婆儿子分家。"

"呸呸呸！终于说实话了。你就是想着你老婆。你就是怕我离婚。你就知道牺牲我，来成全你的好日子。"

"让我说，你别笑话梅花和霍老黑，我看你坏起来比流氓还流氓。"

"胡说！那都是因为我爱你，你别不知好歹。"

"你要是处在那年代，说不定还不如梅花呢。让我看梅花还是不错的，她并没到外边乱找男人。她只是就地取材，废物利用了一下。梅花有梅花的自由，她有权利选择自己的生活，怎么就碍着别人哪儿疼啦？"

"就地取材，废物利用。哎！我这是不是就地取材，废物利用？"

"胡说，就地取材尚可，废物利用，就不准确了。"

"哎！和你到了床上，我那副傻样，都是跟着你学的，也是你逗出来的。"

"你又胡说，我有那么大的本事吗？女人就是虚伪，就爱装腔作势。女人要真坏起来，十个男人也拿不下来。"

“你把女人都当畜生了？我看男人才是畜生，是女人都想上。好了，不和你说了，三句话不离本行，我走了。”

“你给我站住，那一百万就从咱们小金库里出得了，省得再滋生出什么枝枝杈杈来。”

“你把心就放到驴肚子里去吧，在你这流氓的教育下，我知道怎么办了。”

“听我的没错，因为我是男人。男人有男人的尊严，只要满足了他，臣雪既能安安稳稳地做生意，又能随随便便地找别的女人，这有什么不好？”

“哼！我还不知道你的花花肠子。你宁可出钱，也要保住你的小家庭，同时霸占住我，坐稳你的官。你就是怕你老婆顺藤摸瓜……”

“行啦，你即使离婚，我也不离婚。这是有言在先，我可有录音证据。”

“有就有呗。那话是我说的。这话我可以说，你要是重复出来，我就伤心了。说实话，我就希望你也离婚。即使你离不了，我也想和你天天在一起。”

“我只是让你清楚，千万别抱什么幻想，那样做只能伤害你自己。我这是对你负责，我要经常提醒你，警钟长鸣，千万不能做傻事。”

“真要是到了那份上，恐怕就由不得你，也由不得我。狗急了跳墙，猫急了上树。我也会耍流氓、无赖那一套。你要是不管我和儿子，我可以到法院起诉你，做亲子鉴定，看你怎么收场。”

“哎，我没有不承认，我没说不负责任。我再说一遍，即使你和臣雪有离婚的那一天，我也不会和你结婚的，明白不明白？”

"你早就不想和我结婚，你早就舍不得你老婆。我怎么这么命苦，我怎么那么贱，明明知道人家是有妇之夫，我还死心塌地地跟着人家。"

"好了！现在不是讨论这个问题的时候。娟子，你就听我的，这钱我出了。但要让臣雪承诺，霍明在没有结婚之前，他不能提出离婚……"

"我就是不明白，你为什么非要把我绑在臣雪的裤腰带上？你有这一百万，为什么不能给我买一套房子？我想换一种生活方式。我想和儿子过清净的日子，谁也不来打扰，难道这都不行吗？"

"不行。我是为霍明负责，也是为你负责。霍明不能没有爸爸，不能生活在单亲的家庭里，你怎么就不明白我的苦心呢？"

"你是为你的老婆，为你的面子，为你的官位。你从来就不考虑我的感受。"

"好了，快去。我心里有数。"

娟子尽管很委屈，但还是听丁厂长的。丁厂长就是她的天，她的地，她的精神支柱，她不能没有丁厂长。她不能忘本，不能没良心，没有丁厂长哪有她的今天。丁厂长虽然是动用小金库里的钱，但娟子也心疼死了。小金库的钱是由丁厂长支配，但在某种意义上，那钱就是他俩的。娟子断定，钱一旦到臣雪的手里，他就不会履行诺言。她明明知道是火坑，丁厂长让她跳下去，哪怕被烧得粉身碎骨，她也只能闭住眼往下跳……

第八章

1

　　臣雪并不后悔，虽然在仕途上没了舞台，一败涂地。虽然在霍家庄弄得狼狈不堪，没了自尊，没了人气。虽然和娟子过上了同床异梦的日子，却得到一百万元的流动资金。臣雪发现他做生意特有天赋，人气和财气都变成了胳膊，变成了手，呼啦地都来帮他。一登陆水产行业，非常顺利，也有利可图。臣雪已经是省城水产市场批发鱼类的大商户了。

　　当然了，这都得感谢广东战友林元通。在地市合并，档案事件正闹得臣雪焦头烂额，动员他到县级政府，或者到企业去这节骨眼上，林元通从广东找上门来。林元通最初的目的，是想在他们省城水产市场寻找合作伙伴，推销进口带鱼和他的养殖鱼。当了解到臣雪的苦衷，便趁机劝他就着地市合并的特大优惠条件，干脆买断工龄，下海经商。只要他答应做水产生意，保证他能挣到大钱，而且其乐无穷。林元通为了说服臣雪下海，考察完省城水产市场，又带着他到了南方水产市场和他的养殖基地进行考察。然后住在最豪华的宾馆，天天换着漂亮的小姐，从灵魂深处触动臣雪。有林元通给他拉皮条当保镖，臣雪就放开胆子，好好地风流了风流……

　　通过南方小姐的洗礼，臣雪对娟子有了重新的认识。臣雪把娟子看成野狗，他承认自己也和畜生一样，已经变成了脏人。但他仍然不能原谅娟子，一想到娟子在没和他结婚之前，就在丁厂长面前脱掉裤子，让丁厂长为所欲为，而且还有了孩子，他就恨得咬牙切齿。于是便寻求机会，臣雪不是不想离婚，他是想先用经济手段来制裁娟子，不能便宜了那对狗男女，要让他们的所作所为付出应有的代价。倘若为了脸面、为了尊严，一时赌气，草率地和娟子离了婚，那就太便宜她了，他就是天大的傻蛋。

　　臣雪知道，时下的一百万元，如同从他们身上剜下一块肉来，让娟子感到疼痛难忍。他正好用这笔资金来发展自己的事业。在当时的情况下，尽管林元通准许他拖欠货款，卖完鱼再汇款过去，可臣雪觉得不好意思，他想多弄点流动资金，只要有了足够的流动资金，那利润就像流水似的流到他的账上，然后再慢慢地收拾那对狗男女。臣雪早就断定，娟子和丁厂长一定会给他的。丁厂长是法人代表，娟子是财务主管。只要他俩同意，再多的钱也能借到。丁厂长和娟子的娘家都住在一个单元里，这个小区都是娟子和丁厂长老婆城中村里的人。一旦和娟子撕破脸皮，就等于揭开了他们体面的面纱，脱掉了他们的衣服。那时候，丁厂长恐怕就惨透了。丁厂长和臣雪一样，都是城中村的女婿。臣雪现在已经不缺女人，缺的是流动资金。果然就像臣雪预测的那样顺利。娟子在给臣雪一百万的时候，却给臣雪提出一个意想不到又令他兴奋的条件，那就是让她的小妹叶子给他打工。因为叶子没有考上大学，一直在家里呆着，找了几次工作，都没有成功。

　　臣雪心里想，那可就太好了。臣雪早就感觉到，叶子特别喜欢自己。臣雪在娟子家里住着的时候，房间里一旦没有人，叶子总喜欢趴在他的肩背上，搂住他的脖子，像孩子似的粘着他，就是不想下来。霍明的问题，就是叶子说给他的。臣雪激动不已，这可是你把你妹妹送上门的。放心吧，到嘴的鸭子怎么能让她飞了呢。臣雪故弄玄虚："我之所以答应你，那是看爸妈的面子。这和你借给我的一百万没有一点关系。我希望你能再给我重复一遍，我向你借钱的前因后果？"

"重复你娘个蛋。你他妈的不就是想讹诈我吗？我是看在夫妻一场和霍明的面子上才给你的。这是第一次，也是最后一次。但愿这一百万能帮你渡过难关，化解咱们的恩怨，好好过我们的日子，也祝贺你的事业早日成功，发扬光大。"

"哎娟子，你这样说就没意思了。我们这叫等价交换，不要抱有任何幻想，我们之间的恩怨，不是一百万就能化解的。"

"我可给你说清楚，这一百万可不是咱们家的财产。那都是银行贷款。借条上都写明白了，你是要付利息的。你也别忘了我们的约定。即使有离婚的那一天，你就是卖房子卖地，一个子也不能少的。"

"好，我答应你。我不希望叶子是你派到我公司的间谍，来窃取我的业务情报。但我还是愿意接受，就算是我为二位老人家尽一点孝心吧。"

"哼！别说得那么冠冕堂皇！一百万已经到了你的账上。你就把你的脏心，放到狗肚子去，我窃取你的情报干嘛？"

"对呀。你窃取我情报干什么？我有什么可以让你报复的。我母亲就是有一万个错，那也是由于特殊原因造成的。一个人就是犯了死罪，政府还给出路呢。而你却趁我不在家的时候，做出让我遗憾终身的事来。还有你和丁厂长乱搞。说实话，要不是我受党教育多年，要不是为了霍明，我会亲手杀了你们，解我心头之恨！"

"臣雪，你越说越不像话了。你要早一天这么说，我宁可让霍明生活在单亲的家庭里，我也要和你离婚。你这个过河拆桥、卸磨杀驴的家伙。我再给你说一遍，你母亲走失，与我没有关系。你说我和丁厂长的事纯属谣言，你不能把屎盆子往我头上扣。我早就知道你和你爷爷一样，是个骗子，无赖，流氓。我只是不甘心，我为什么会落在你这样人的手里……"

"因为你心里有鬼。你究竟办了什么伤天害理的事，只有你自己知道，苍天是不会饶恕你的，你要为你的所作所为付出代价。"

"你也不是什么好东西。你利用儿子威胁我，骗走我一百万元。倘若你不履行你的诺言，你也得不到什么好下场。我相信苍天是公平的，你也要为你的行为得到应有的惩罚。"

臣雪和娟子吵不出个所以然来，值得庆幸的是，他的第一步计划已顺利实现了。

2

细想起来，林元通确实够朋友。当臣雪决定下海做水产批发之后，林元通就用火车把带鱼等水产品从南方发过来，还派来两个人做现场指导。不但把臣雪扶上马，还要送一程。他又让臣雪学会了开车，嘱咐臣雪一定要先买车。因为每天都有大量的现金流动，没有车是很危险的。臣雪回到省城之后，赶紧办了驾驶本，买了一辆桑塔纳。臣雪的感觉很好，像做梦一样。

开张之后，臣雪和叶子就坐在市场上学习批发鱼类。因为鱼类有好多个品种，好多个规格。同样是带鱼，就有大带、中带和小带。又有 A 级 B 级之分。还有国产与进口、国家与国家的区别。大带有大带的价格，小带是小带的价钱。A级有A级的标准，B级有B道理。每一件都是20公斤。规格不同，产地不同，价格也不同，不是三五天就能记住的。于是臣雪管收钱，叶子管开票，一边在水产市场卖鱼，一边熟悉品种和价格。臣雪怎么都想不到，每天要卖掉五六吨带鱼，两三吨杂鱼，三五天准卖个车皮，每天销售额都在五万以上。晚上下班之后，臣雪和叶子回到家里整钱。他们把乱七八糟的钱都倒在中厅的桌子上，在里边把防盗门锁好，生怕有强盗入室抢劫。在水产市场上，刚发生一起入室抢劫案。臣雪为了安全，征求了岳母岳父的同意，让叶子就住在他的家里。家里要存放大量现金，多住一个人，就多一份安全。尽管娟子内心不乐意，但也无话可说。

娟子和霍明总是在岳母家吃完饭才回来。家里就是孤男寡女两个人。臣雪挑钱，叶子数钱。银行有规定，一百的、五十的、十元的、五元的、两元和一元的，新版和旧版都得分开，一百张一沓，要整得齐齐的。尽管臣雪和叶子很累，但越整钱就越高兴，边整边说笑，时而发出"咯咯咯"地笑声。

叶子已经快二十四岁了，她上初中的时候就暗恋姐夫。她曾幻想着，她也能找到像姐夫一样成熟、精干，又在机关工作的男朋友。叶子就是看不惯大姐一只脚踩两只船的德行。在城中村里，谁都知道姐姐和丁厂长的关系。叶子还常常讽刺姐姐，替姐夫打抱不平。叶子相信，姐夫是金子，到哪都发光。姐夫刚辞职下海，竟然能挣到这么多的钱，简直就乐晕了。

"姐夫，你太有才了。叶子一边整钱一边笑着说，如果每天都卖这么多钱，你得挣多少钱呢？"

"挣不了多少。"臣雪漫不经心，"这每天也就是两三千。"

"那一年你就成了百万富翁了。哎，姐夫，你挣这么多钱都准备干什么呢？"

"买房子，换好车，娶媳妇。"

"啊！娶媳妇？你想当皇帝，娶三房四妾啊。"

"对呀！我虽不能娶三房四妾，养几个美女瞎用还是能做到的。悲哀啊！男人离不开女人，女人也离不开男人，这就像吃饭一样，吃了拉，拉了吃。"

"哎呀，恶心死了。当着我竟然说出这样的话，你就不怕我告诉我大姐？"

"怕什么？我和你姐早晚要离婚的。我想找谁就找谁，她找谁我也不管，我们都是自由人。"

"那为什么不离婚呢？这样凑合在一起，同床异梦，相互折磨，有意思吗？"

"为了霍明，我暂时不想离婚，一切等霍明结婚之后再说，我答应你大姐的。"

叶子点点头，继续点钱。脸上时而显出抑制不住的笑容。

"怎么样？愿意不愿意嫁给我？你要是有这方面的意向，我可以先给你保留一名额。这也叫内部优先。哎！我可不是吓唬你，想嫁给我的人，已经排成一个加强连。"臣雪想利用叶子报复娟子，他早有十分的把握，叶子迟早会上钩的。他就是喜欢看到娟子欲哭无泪、欲罢不能的那副可怜兮兮倒霉蛋样儿。

"你胡说什么？"叶子扔下手中的钱，一下子就跳到臣雪的后边，在臣雪的后背上，狠狠捶打了几下。然后搂住臣雪的脖子，在后背上趴了一下。她特想像那几年一样，让姐夫背起她来，在屋子里转一圈。但这次和以前的感觉有所不同，内容也不同，也神秘了。叶子控制住自己，松开了臣雪，红着脸说："不理你啦！"之后她坐回椅子上，眼泪流了出来。叶子虽然感到姐夫对她有欺辱的味道，但她喜欢。她的脸潮热，内心激动，不敢再看姐夫，任凭眼泪"吧嗒吧嗒"地掉在钱上。叶子分明感到姐夫那句话，要了她的命，像一根水做的绳子，勒紧了她的全身，又像一根导火索，一下子就把她的秘密点着了。她感到全身燥热，血液疯了似的往上涌，形成了惊涛骇浪，翻滚飞舞，沸腾起来，又刷地坠落，又被羞怯填满了胸口。

"哭什么？我是跟你闹着玩呢。说实话，你想嫁给我，我还不一定要呢。"

"有你这么闹着玩的吗？你要是再这么说，我就和你急！"

"好了，都怨我。我也不知道我到底怎么了，到了南方几次，我已经脱胎换骨。我如今才像个男人。真的，我就是想把我真实的感受说出来，我不想再让自己后悔，也不想让你后悔。"

"我有什么后悔的？"叶子哭泣着说。

"我要换一种方式活着。我不想活得那样虚伪。我刚才说的都是真心话。你如果想嫁给我，你就不要结婚。我一定会和你姐离婚，你明白我的意思吗？"

"不明白！你让我等你十年啊！十年之后，我就成老闺女了，还有人要我吗？再说，我不想掺和到你和我姐的事儿里去。她毕竟是我姐，你明白不明白？"

"好吧，可是我控制不住自己，我知道你也喜欢我。"

"知道就好，但不能说出来。说出来就不灵了，要记在心里……"

"不，我要说出来。我就是要你知道，我想我一定能征服你！霸占你！我可提醒你，你要是不想被我征服，被我霸占。那你赶紧离开公司，躲得远远的，否则，我一定要把你吃到肚子里。"

"哎呀！我怎么觉得我掉进狼窝里了？"

"哎，你就是一块肉。我看你呀，你不是钻进狼窝，就得掉进虎口。这是命中注定的，你还是嫁给我吧。这叫肥水不流外人田。"

"美得你！又胡说。我不信我就那么惨。我对自己很有信心。你有青面獠牙，我有铜墙铁壁，你就死了你那条心吧，我这堡垒你是攻不破的。"

"不可能。你可别忘了，我是军人出身，研究过兵法，再坚固的堡垒，我也有办法攻下来。"

"好啊！我就喜欢有人追我，要是没人追，没人进攻，是不是太失败了？"

"那好，我就进攻你。不许叫姐夫，就叫我臣雪，或臣总。"

"臣总，有意思。哎！你怎么改姓了？为什么不叫霍总，我那么叫觉得别扭。"

"别打岔，你准备好了没有？我已经开始进攻你了。"

"就凭你？别做梦了。"

这时候，家里的电话响起来了。臣雪让叶子接电话去。叶子瞪了臣雪一眼，放下手上的钱，接电话去。放下电话，她说："妈想用你的车，他们要去给爷爷烧纸去。"臣雪说了一句没问题，立刻沉下脸来，好像突然切断了电源一样。臣雪从来没给老人烧过纸，因为他恨他们。从记事起来，就知道霍大臭不是他爹，尽管大臭是烈士，就葬在四川泸州的哪座山上。他没有去过，也没有见娘和爷爷去过。臣雪没有想过大臭，家里连个照片也没有，他不知道大臭长得什么样子，即使在当兵的时候，也从来没有因为有个烈士爹而光荣和自豪。臣雪对他们只有恨，而没有爱。臣雪又想起母亲来了。母亲到底到了哪里？你为什么那么狠心？你为什么不能相信我？你就是受了天大的委屈，也要等我回来。我不管你做了什么，儿子也会原谅你……

叶子感到奇怪。姐夫这是怎么了？她低下头瞧了一眼：
"哎！怎么了？还真生气了？如果我哪句话说错了，我不是有
意的，我向你道歉好不好？"

"那倒没有，我现在想起我娘来了。"

叶子像是被什么东西捅了一下。她知道，包括爸妈都相信。
大姐一定是在大娘面前说了什么，大娘才离家出走的。这大娘
也是，就是受了儿媳妇天大的侮辱，也不能不辞而别。你不相
信谁，也应当相信儿子。叶子现在也不知道如何劝姐夫，她只
知道她一定要说服妈，再给爷爷烧纸，千万不能再用姐夫的汽
车，免得引起姐夫伤心。

这时候，防盗门的锁芯响了几下，紧接着就传来娟子"咚
咚"地踹门声和霍明的叫门声。叶子放下手里的钱，跑去开开门。

娟子和霍明进来。霍明说："小姨，你们又整钱了？"说
着就跑到臣雪的怀里，抱住脖子亲了亲脸："爸，你给我买好
吃的了吗？"

"当然了。怎么能不给我儿子买呢？你猜我给你买什么
了？"

霍明摇摇头说："不知道。"

"我给我的宝贝买肯德基了，你要不要？"

"当然要了，我最爱吃肯德基了。"

"那好！就放在厨房里，自己拿去好不好？"

"好！谢谢爸。"霍明从臣雪身上下来。

"不许吃。"娟子吼了一声，"你刚吃饱了又吃，撑死你。"

霍明撇着嘴说："妈不让吃。"

"那就一会儿再吃。"臣雪再次抱起霍明说，"来，帮爸
和小姨一起整好不好？"

"好啊！"霍明爬到桌子上，抓起一把钱来，用舌头舔了舔手指头，大模大样地数起来。

"霍明，你给我下来。"娟子又大声地吼着，"你知道那钱多脏吗？还往嘴里舔手指头。"娟子不由分说把霍明抱起来，在霍明的手上"啪啪啪"就是几巴掌。霍明"呜呜呜"地哭起来。娟子把霍明拽到洗手间洗手。

娟子从洗手间里出来，看到叶子和臣雪面对面地坐着，离得那么近，又说又笑，恐怕唾沫星子都喷到脸上了，而且还锁着门。她的火就熊熊地燃烧起来。那时候，她和丁厂长经常在办公室里打情骂俏的。娟子知道这锁门包含着什么意思。打完了霍明，又鼻子不是鼻子脸不是脸地冷笑着说："你们两个人在屋子里，还上什么保险呢？"

"哎大姐，你怎么像吃了枪药似的？看谁都不顺眼？这么多钱，要是有人入室抢劫怎么办？"

"我就不信，会有人抢到政府宿舍里来。"

"政府宿舍就没人敢抢了。银行有那么多人把守，怎么还有人抢呢？都知道杀人偿命，怎么还有人杀人呢？"

"不做亏心事，不怕鬼叫门。"

"大姐，你的意思是我们做亏心事了？"

"就你话多屁稠。我说一句，你顶我十句。你说你就不能温柔一点。像你这么凶，我看哪个男人敢娶你？"

"没人娶就不嫁，谁稀罕那些臭男人，白给我还不要呢。现在单身女性多着呢！"叶子说着冲臣雪撇撇嘴，做了个鬼脸。

"胡说！"娟子已经脱了外衣，就站在他们眼前说，"咱妈都说了，也不知道你这小妮子整天都瞎琢磨什么？你是越说越不像话，你迟早得把咱爸妈气死！"

"你说话注意点好不好？我到底怎么了？我不就是看不上那些俗不可耐的臭男人吗？我这就能把爸妈气死了。我看爸妈让你气死还差不多。"

"哎哎哎！叶子。"臣雪插话说，"你就少说几句，赶紧整钱。"

"姐夫。我到底怎么了？我不就把门上了保险吗？你要再说，我不干了。"

"好了。"臣雪赶紧说，"我不说了。"

"不点拉倒。"娟子说，"你还是早点回家，省得让爸妈为你担心上火。"

"哎大姐！你可要搞明白，我可是给你家加班呢！是爸妈让我住在你们家的，哎，我这人就是这毛病，你越赶我走，我还就是不走。"

"脸皮怎么那么厚，还就是不走了？"

"大姐，你可别忘了，我是姐夫请来为你们家壮胆的。有我在，强盗就不敢来，我姐夫还答应给我加班费。现在想反悔，晚啦。我可不是属软柿子的，你想怎么捏把就怎么捏把。"

娟子被叶子说得理屈词穷，心里冒火，眼里冒烟，再也找不出词来。

窗外车水马龙，隆隆作响，闪电般的灯光斑斑点点，透过卧室的门，在中庭里一扫而过，屋子里的气氛一下子紧张起来。

臣雪只管整自己的钱，低头装成傻瓜，心里窃喜笑着，看来娟子还是有体会的。我就是这样往你心上捅窟窿，上个保险就把你急成上树爬墙的样子，好看的戏还没开始呢。我既是编剧，又是导演，还是一号演员。我就是要这样的事态继续发展下去，逐步推向高潮。咱骑着毛驴看唱本——走着瞧。

第九章

1

　　二臭和桂花过了十几年安稳日子。二臭已经转成公办老师，每月挣着工资。承包地里的活，桂花一个人就忙过来了。亚新上到初中，说什么也不上了。亚新的理想是开汽车周游全国。随着改革开放，经济搞活，霍家庄已经形成远近闻名的运输村。各式各样大货车有好几十辆，村里的年轻人，几乎都办上驾驶本，开上大货车搞运输，既能挣工资，又能免费到全国各地到处看看。二臭没有办法，只能顺从了亚新。亚新不够办驾驶本的年龄，二臭为亚新买了假身份证。亚新十七岁就一蹦三跳地开上汽车，到广州、昆明、云南和东北。亚新感到很幸福、很充实，美中不足就是回家太少。二臭和桂花一两个月才能见到儿子一面，家里边太冷清了。

　　这天夜里，桂花心血来潮，辗转反侧难以入睡，又想起隔壁那具生蛆发臭的死尸来。她想象着，那尸体上的肉，一定和久卧在床病人身上的褥疮一样，先是一块一块发黑、发酸、发臭、腐烂，再往后就是从骨头上脱落下来，生了蛆，爬满了苍蝇，越想越膈应，越想越瘆人。桂花亲眼看到，梅花是被吉普车拉走。霍老黑是被火葬场的车拉走的，霍老黑家的房子在没倒塌之前，从没听到过有什么响动，怎么就会有人呢？是谁钻进霍老黑的屋里？是谁躺在霍老黑的炕上，被砸成肉泥呢？看来岁数大了，说什么也不能一个人住在屋里，即使死了也得有人在。如果像那具死尸一样，不能及时火葬，或者入土为安，任其在炕上腐烂、发臭、生蛆，犹如一摊臭狗屎一般，那真是太惨了。

细想起来，这人活一生，实在是太不容易了。特别是年老之后，就应该和儿女生活在一起，一旦死了，起码有个收尸的，哪怕是火葬或者埋在地里，最好是举行一场像样的葬礼，千万别把自己的臭肉暴露出来。只要乡亲们都认为自己还是个人，哪怕没有功，也不能有过。男人们就会主动抬着你的棺材转大街，全村的人都为你送葬，来结束自己的一生，那实在是太好了。看来，人死并不可怕，可怕的是没人埋你，就像那具死尸一样。

霍老黑家里那具尸体，霍城他们用土埋在那里就不管了。虽然都过去好多年了，现在想起来，好像昨天发生的事一样，怎么想怎么恶心，犹如一条毒蛇盘在桂花的心里，随着她的心跳而蠕动着。她不明白别人是怎么看这件事的，她隐隐约约地感到那具尸体与她家似乎有着扯不明、道不清的关系。她似乎感觉到那具死尸和霍老黑的臭名，直接影响到亚新娶媳妇了。桂花立刻做出决定，不能干等着，要主动出击，赶紧给亚新定上一门亲事，以最快的速度娶个儿媳妇回来，来缓解家里的冷清局面，不能让霍老黑遗留下来的恶果，来祸害亚新这一代人。

桂花知道亚新从事的是高危职业，犹如在战场上打仗一样，一旦发生交通事故，她家就断了香火，想到这，桂花拉着灯坐起来，弄醒正在熟睡的二臭。桂花把心事全盘端了出来。二臭睡眼朦胧说："对是对，可是亚新才二十岁，还不够结婚的年龄。"

"事在人为嘛！"桂花说，"亚新的同学们，都是先结婚，后领证，有的孩子三岁了才领结婚证。"

"好啊！那你就看着办着。"

"好，那我明天就找媒人去，就凭你是挣工资的老师，咱家的房也不错，亚新又是司机，相貌也不丑，我就不信娶不回一个好媳妇来。"

当时在翻盖房子的时候，她就想和霍城重新要一块宅基地，远离这个晦气的地方。她相信霍城，只要她提出要宅基地来，肯定会给她的。可是桂花刚提出要宅基地，二臭一口拒绝，而且还黑着脸骂她别有用心，不让她和霍城有任何接触的机会。桂花有了短处，没有坚持到底。二臭把地面抬高五尺，房子也盖到最高的尺寸，外观确实很雄伟，大家都说盖得很好。可是盖完之后，桂花经常想起那具尸体来。亚新到了定亲的年龄，桂花才叫苦连天。桂花说："我看亚新越大越像霍老黑了。"

二臭说："你胡说什么了？你怎么拿谁都和霍老黑比呢？"

"也许是跑车跑的，亚新越来越不是东西了。"

"就你是东西。羊圈怎么就跑出你这头驴了？"

"你也别不服，女人脏就脏一个，男人要脏，脏好几窝，好几代。"

二臭翻过身子来，训斥着说："那咱们家就一个儿子。"

"那还不怨你。"桂花打断二臭说，"要不是为了你尽快转正，我还要多生几个。"

"我是说，亚新要是脏了，那就是你脏的。"

"我怎么脏了？你爹是不是脏人？你爹脏，你就是脏人，亚新脏了，也是因为你。"

"我爹脏我就脏了？你把我和霍老黑放在一起也就罢了，还拉上亚新，你到底想干什么？有这么咒自己的儿子的吗？"

第二天，桂花在村子里，凡是能说上话的媒人都说了。她又到她的娘家、七大姑、八大姨家跑了一趟。好像打渔撒大网，网撒得越大，网住鱼可能性就越大。果然。第二天就有人上门说亲来了。桂花别提多高兴了，她已经卯足了劲，亚新这次回来，要让他多谈几个。她要帮着好好参谋参谋，挑一个既漂亮又温柔的好媳妇。但都得等亚新回来，当面锣，对面鼓，先见面才定亲。可是桂花哪里想到，还没等到亚新回来，都纷纷黄了，到最后，竟然没有一个闺女肯撞进她的网里。桂花担心的事终于发生了。谁也不愿意把心肝女儿嫁到这样混乱的家庭里。桂花把责任都推到二臭的身上，天天晚上和二臭吵架。她气哼哼地说："都怨你，当初你要听我的，咱到别处盖房子，离开这鬼地方，亚新能娶不上媳妇吗？"

　　二臭说："当初要不是你从中挑事，我娘也疯不了。霍老黑也摔不死。梅花还在家住着。霍老黑的房子也塌不了，那具死尸也不会臭在炕上。你和霍城也弄不到一起。"

　　"呸呸呸！谁和霍城弄到一起了？你别这样好不好？再说，我还不是为了你才找霍城的吗？要不是为了你，我干嘛……"

　　"干嘛什么？"

　　"什么什么？你怎么总把我往坏处想？挑事就算都是我的错，那也是先有你爹和梅花在家里作乱。"

　　"好！敢承认就好。"

　　"我承认什么了？我都是为了你，为了娘。当初就算是为了亚新，都应该到外面盖房子。可你就是一根筋，钻牛角尖，说什么也不让。"

　　"我宁可让亚新打光棍，就是不给你们提供有接触的理由，明白不？"

　　"德行！我不是那种人。我要是那种人，我就不能自己找机会了？真是的。"

"终于说实话了。"

"我这不是被你逼的吗？你少给我掐头去尾。你想让儿子打光棍，我可不想。"

"你也是的，亚新才二十岁，你着哪门子急呢？我不相信，就因为亚新是霍老黑的孙子，就因为咱们和那具尸体为邻，亚新就娶不到媳妇。"

"你没有长眼吗？和亚新一般大的，定亲的定亲，有孩子的有孩子。"

"我给你说，亚新回来之后，别他娘的胡说八道。"

"我傻啊！你不嫌丢人，我还嫌丢人呢。"

亚新这次回来，桂花觉得亚新的心情很不好。在饭桌上，桂花问亚新在外面有没有女朋友，什么时候能给他带回一个儿媳妇来。

亚新说："你如果要，那我就带一个回来。我保证，无论从身材、皮肤，还是气质，绝对比咱们村里的姑娘都漂亮。农活会不会干我不清楚，南方人，名字叫阿华。"

桂花连连说好，再三嘱咐亚新："那你就赶紧带回来。你爹也有这个意思，希望你能从外面带一个媳妇回来。我给你说亚新，姑娘在外地是一块宝，在当地就是一棵草，你明白娘的意思不？"

"不明白。"亚新摇摇头，故作镇静，一脸迷惑不解的样子。

"我是说，如果阿华愿意，你就大胆地带她回来，我和你爹保证都喜欢，让咱们村的人都大吃一惊，你这傻小子，明白不明白？"

亚新仍然摇摇头，看着桂花。

"怎么连这个也不明白？"

"我明白，娘，我是霍老黑的孙子，房里又埋着一具尸体。在咱们村里人的眼里，我就是一棵杂草。我们同岁的同学和发小们，结婚的结婚，定亲的定亲，有孩子的有孩子。就我在咱们附近村里，娶不上媳妇。"

"怎么可能呢？霍老黑是霍老黑，你是你。你怎么能把霍老黑和你联系在一起？三十多年前，咱就和霍老黑分了家，早就和他划清了界限，老死不相往来了。霍老黑和那具尸体，与我们有什么关系？"

"娘！我什么都明白。那不是奶奶和霍老黑分家，那是爷爷要和儿媳妇在一起，是霍老黑不要我爹了。再说，那只是分家另过，并没有脱离夫妻和父子关系。在法律上，霍老黑和奶奶还是夫妻。霍老黑和爹依然是父子，我就是霍老黑的孙子，这是没有办法改变的事实。"

桂花犹如诈尸一般，吃惊地瞪着亚新："难道你是这么认为的？"

"不是我这么认为，是大家都这么认为。即使我爹和霍老黑办了脱离父子关系的法律手续，那也没用，乡亲们根本不认。再过几十年，我老了，在乡亲们的心里，我爹还是霍老黑的儿子，我仍然是霍老黑的孙子。"

"可是霍老黑根本没有养过你爹，是你奶奶把你爹养大的。他和儿媳妇混在一起，你就一点也不恨霍老黑吗？"

"恨！当然恨了。我要是奶奶，我要是爹，我就用绳子捆着他，堵住他的嘴，毒打他们。他要是还不改，我就是杀了他，也不能让他和儿媳妇过在一起。爹和奶奶既然没有捆他，没有杀他，那就是奶奶和我爹默认他们在一起的事实。霍老黑死了，那就应该给他打幡摔瓦，送葬。这是做儿子最起码的本分。"

"你这个脏儿子，你在抱怨你爹？你是嫌你爹没有给霍老黑打幡摔瓦？"

"假如你有个宝贝女儿，你愿意把你的宝贝女儿，嫁到老公公和儿媳妇过，儿子不给爹打幡摔瓦，造成霍老黑的棺材没人抬，不忠不孝，道德沦丧，关系混乱的家庭里来么？"

"亚新，你怎么能这么想？"

"我怎么不能这么想？难道这不是事实吗？"

"可是……"

"可是什么？我爹也是的。老话说，人死为大。既然人都死了，以前的恩怨，都应到此为止。现在想起来，我爹做得有点过分。当初我爹就是给霍老黑打打幡、送送殡又怎么了？我爹真是清楚一世，糊涂一时。

"亚新！"桂花心惊肉跳地瞪着儿子，她做梦都不会想到，亚新会这么想。原来，这个脏儿子已经长大了。她赶紧岔开话题："上辈子的事就让它过去，谁是谁非，不提也罢。特别是家务事上，就像一团乱麻，永远也捋不出个头绪来。"

"其实，一点也不乱。你当初也不劝劝我爹，由他办出那样的事来？"

"哎！亚新。难道你是说，大家都认为你爹不孝？"

"当然了。就是我爹不对。我奶奶死了。我爹感到大事不好，还算聪明。为了不让乡亲们闹丧，便直接跪到泥坑里了。"

"亚新……"

"我说错了吗？那是我爹心虚，算他有自知自明。否则，乡亲们还不定怎么闹丧呢。再说，霍老黑死了，我爹不去打幡，却让臣雪来请乡亲们，那叫什么事呢？霍老黑不是没有亲儿子。乡亲们一看到臣雪，一定会想，说儿子不是儿子，说孙子不是孙子。尽管闹了丧，臣雪跪到泥坑里，到最后，还是没有来抬霍老黑的棺材。"

"好了。"桂花打断了亚新，"咱们不提霍老黑了。我还是搞不明白，阿华为什么想嫁到北方来？广州不是很好吗？"

"娘，阿华是南方农村里的人，广州再好也不是她家。"

"那可太好了。哎，那你就赶紧带阿华回来，让我和你爹看看。我可给你说定了，既然你喜欢阿华，咱们就娶阿华，我可希望快点抱孙子呢。"

"好！我就答应你。我会让阿华尽快来一趟，看看咱家，拜见你们二老。"

"那就赶紧给阿华打电话，让她订车票，就越快越好。"

2

晚上，二臭放学回来，亚新已经出车走了。听说亚新找了一个南方媳妇，二臭愣了半天。桂花气急败坏地抱怨说："南方的媳妇怎么了？只要亚新喜欢，长得好看，能生孩子就行。"

"你知道什么，二臭若有所思，我是在想一个问题。南方的媳妇都不安心过日子，说不定哪天就跑了。"

"行了。那也不是绝对的，你要说是骗婚，或是买卖婚姻，男的不是傻子就是残疾，要不就是家里穷，吃了上顿没有下顿，这事要是我遇上我也得跑。就拿我跟你来说，尽管我也有上当受骗的感觉。你好歹不是残疾或傻子，你又是老师，对我也不错，我才留下来了。否则，我早跑了。亚新和阿华是你情我愿、郎才女貌。除了霍老黑那点事，像咱们这样的家庭，她就是打着灯笼也找不到，还跑什么跑？"

"可我就是不甘心。难道亚新就是娶不到咱们当地的媳妇？非得找一个外地的？我就不相信，霍老黑还能祸及到我的子子孙孙。"

"二臭，既然亚新愿意，我们何不来个顺水推舟。既能遮住家丑，亚新和阿华又都满意，岂不是皆大欢喜。"

"我们家有什么丑要遮掩？你为什么那么心虚？难道是你做了丑事，脏事？"

"你怎么就变成一条疯狗？你爹不是你家的人吗？你爹办的事不脏吗？"

"我没有爹，我家里没脏事，不需要遮掩。要有也是你有，我看你是想遮掩你的丑事吧？"

"好好好！那你就说句痛快话，亚新和阿华的亲事，你到底同意不同意？"

"找个南方儿媳妇，我怎么想怎么别扭。我娘地下有知，也会不高兴的。越想越有低人一等的感觉，就好像我们家都是脏人，不管我们怎么清洗自己，再怎么委曲求全，我们是干净不了了。他们不但歧视我们，还歧视我们的子孙！"

"是啊！你爹做了孽，几辈人替他还债。"

"我早就和霍老黑划清了界限。他死了我就没给他打幡，我还能怎么样？"

"哎！当初你就是不听我的。这不，亚新还抱怨你。说你不给你爹披麻戴孝就是不孝，还说你心虚，再埋他奶奶的时候，你才跪到泥坑里去的。这可是你儿子说的。你这头犟驴，一条道跑到黑，现在后悔了吧？"

"我有什么后悔的！让我给那畜生打幡，那是亚新放他娘的臭屁！"

"二臭啊！我觉得亚新说得对。你说你和你爹划清界限，霍老黑是你爹这个事实，永远也改变不了。你不给你爹打幡送终，是有点儿不孝。"

"你怎么总是你爹你爹的？"

"哎！这可是你儿子说的，又不是我说的。"

"亚新知道个屁，他还想教训他老子，下辈子吧！"

"二臭，既然本村和附近村子的闺女们都不愿意和咱们攀亲，那就让亚新娶一个外地的媳妇，既能满足娘的心愿，恰好又弥补了我们家的缺陷。阿华长得又漂亮，又能干。只要亚新愿意，咱们为何不成全他们，这次再不听你的。我要快刀斩乱麻，越快越好，一了百了。"

"你现在总用娘来压我，我们家到底有什么缺陷？难道我娘愿意亚新娶个南方媳妇？"

"因为我答应过娘，我不能让娘在地下寒心。"

"你现在别逼我，我得好好想想。"

"行了，你别没事找事。亚新已经长大了。我看儿子没白走南闯北，说出话来就是有道理的。"

"有个他娘的屁道理。老子喝的墨水，比他喝的水还多。"

这时候，电话响了。二臭还在那生气。电话是亚新打来的。亚新告诉桂花，他已经和阿华谈好了。阿华愿意嫁给他，提前看个好日子，越快结婚才好。

"我知道了。那也得把家里收拾收拾，干嘛那么急？"

"娘！说实话，阿华怀孕了。我正为这事发愁呢，我怕爹骂我在外边胡搞，不同意找个南方媳妇。谢谢娘了，替我谢谢爹。我以后会好好地对待二老的。"

桂花放下电话，回到饭桌上，怪怪异异地说："你看，还真让我猜着了。要不这男人到了外边，没有女人管着，没有一个好东西。"

"你是好东西，你到外边了吗？我看住你了吗？你就在我眼皮底下，不是也那个了吗？"

"哎！我哪个了？你看到了？"

"我要是看到了，我早就杀了你们，你还能坐在这儿？"

"对呀，看是看不住的。当初你娘要是能看住你爹，那该多好。男人要是那样的人，想看是看不住的。"

"你也别只说男人，女人也是一样。"二臭沉下脸来，气呼呼说："梅花不是女人吗？哎，你说，这阿华会不会是小姐？阿华怎么就和亚新搞到一块去了？我越想越腻歪，我们家的历史上，不会再增加一个小姐吧？"

"二臭，你胡说什么？什么小姐。你把我往坏处想也就罢了，你怎么能把儿子往坏处想呢？我相信儿子的眼光，我也相信阿华是个好姑娘。我现在只能这么想，因为我快要抱孙子了……"

二臭心里不痛快，低着头吃饭，只能任事件继续发展下去。

亚新这趟根本就没有出车。亚新给阿华打完电话，就直接到省城火车站等着阿华。第三天一大早，亚新就把阿华带回来了。阿华像回到自己家里一样，轻松自如，先叫娘后叫爹，可把二臭和桂花乐坏了。二臭一看阿华，简直惊呆了，不敢相信自己的眼睛，仿佛做梦一般，果然像桂花形容的那样标致，举止大方，特有礼貌。好像在哪见过，原先的担心早就跑到九霄云外。

二臭趁热打铁，干脆来了个速战速决。第二天，便把霍城请来，还请了好多帮忙的。大门口贴上喜字，挂上红帐子。在院子里垒砌锅灶，鞭炮齐鸣，通知亲戚朋友都来，大张旗鼓地请客一天，办了一个土不土、洋不洋的婚礼。二臭家像过庙会一样着实地热闹了一天，还没等人们搞明白阿华的来历，有机会说三道四，阿华已经是亚新的妻子了。

第十章

这一天夜里，娟子梦到了梅花。她觉得婆婆变成一条蛇，这条蛇不咬人，只是缠绕着她，围绕着她的心爬来爬去缠得她透不过气来。娟子害怕这条蛇了，惊叫了一声坐起来。臣雪被惊醒了，拉着灯，看到娟子满头汗水、喘着粗气，半天没缓过来。臣雪说："这伤天害理的事做多了，就爱做噩梦，说不定哪天你就被魔鬼拉走了。"

"放屁！你才做了伤天害理的事了。"娟子稳稳了心神，狠狠地说，"我可警告你，我越来越感到你和叶子的关系不正常，你如果想报复我，尽管来。你要敢对叶子下手，我可饶不了你。"

"我们正常的很，即使有了关系，那也得感谢你。"

"我不会让你得逞。你看着，我明天就不让叶子到你公司。"

"我无所谓。女人我有的是，也不在乎叶子一个，就怕你的指挥棒不灵了。"

"我能让她来，我就有法让她走。别忘了，她是我亲妹妹。"

"叶子是女人，就像当年的你一样，一旦爱上一个男人，什么事都做得出来，根本不考虑什么后果，恐怕八头牛也拉不回来了。"

"你个流氓，畜生。我告诉你臣雪，你在外边怎么找女人我不管，你就是不能像你爷爷一样，在自己家里找女人。"

"我没有，是叶子非找我的。"

"你胡说！我怎么这么糊涂，把妹妹送进狼嘴里了。"

"对了。这就叫请神容易，送神难。"

叶子恐怕就像娟子想象的那样。臣雪这是在报复她，利用叶子让她难堪。娟子心烦意乱，她直挺挺地躺在床上，没一点睡意。她家的窗外，已经由一片庄稼地变成一条宽阔的大马路，而且还是十字路口。白天和晚上，都会有好多汽车开过去，开回来，发出接连不断令人心烦的响声。那朦朦胧胧的灯光，透过路边的树木射进来，像一架架探照灯似的，无情地在屋里扫射着。娟子早就反感透了，尤其那似有似无、变幻莫测、时隐时现的灯光，还有汽车的噪音。这些声音已经震撼到她的神经系统，搅和得她常常失眠。娟子几次催臣雪买房子，可臣雪却按兵不动，推三躲四，迟迟不买。她特想搬到一个居民小区里住，千万不能再守着这喧闹的公路过生活了。这些噪音，已经把她的神经搅得乱七八糟。现在，娟子先要解决叶子的问题。叶子只要在臣雪公司干一天，就有可能被臣雪干掉。男人那点德行，她都清楚。这个傻妹妹，你已经是盲人骑瞎马，夜半临深渊，却不知道处境的危险。是姐对不起你，是姐把你引入危途的，姐一定要让你脱离虎口。天没亮，娟子就再也躺不住了。她来到叶子和霍明的房间，拉着灯，推醒了叶子。自从叶子到雪臣公司上班以来，一直和霍明睡在一个房间里。每天早晨，叶子都坐在臣雪的轿车里，一起上班，中午一起吃饭，晚上一起回来整钱记账，大有夫妻和睦、买卖兴隆的味道。

娟子本来就明白这其中的内容——男人和女人是经不起在一起来回折腾的，时间一长，准能折腾出点问题来。男人和女人说到底就是路边的闲地和野草，只要不被人踩车压，再下几滴雨，准能长出郁郁葱葱的杂草来。特别是到了第二年，那草根早就和地纠缠在一起了，再想往外分它们，那就难了，也分不干净了。男人和女人就是没有道理可讲。她和丁厂长就是个例子，霍老黑和梅花更是个教训。男人女人一旦掺和到一起，别管是什么辈分，什么惊骇世俗的事都能干出来。为了以防万一，娟子尽量推掉丁厂长的活动，晚上早早回来，监督他们，尽量不给他们提供单独在一起的机会。尽管如此，她还是不放心，心惊肉跳的。

叶子揉揉眼睛，看看黑乎乎的窗外，迷迷糊糊说："哎呀！姐，你神经了？天还没亮，你还让不让睡觉了？"

"叶子你快起来，姐和你有话说。"

"有什么好说的？你不睡你就折腾别人。"

"不行，你听姐的，你到我们厂上班来吧。我给丁厂长说好了，特聘你当会计，给你交养老保险，医疗保险，你看怎么样？"

"姐，就你们那快倒闭的破瓶盖厂，产品积压，资金周转不灵，银行已经不给你们贷款，你们都快下岗了，还让我去，你就给我个副厂长我也不去。"

"叶子，别听你姐夫瞎说，我们毕竟是国营企业，产品积压、资金周转不灵，那都是暂时的。那五十亩地皮可是我们自己的，最后就是把地皮卖给房地产，职工工资和福利待遇还是有保障的，总比你给个体户打工好吧。"

"好了姐，你就别替我操心了。"

"不行，姐不管你谁管你。你跟个体户干有什么保障呢？谁给你交养老保险、医疗保险？你老了怎么办？你病了怎么办？姐还能害你？"

"我说姐啊，你就爱多管闲事。你还是好好想想你和姐夫的事该怎么办吧。"

"你胡说什么？是不是你姐夫和你说什么了？我给你说，你可千万别听你姐夫胡扯八扯，我们俩的事你少掺和。"

"哎！你不是要和姐夫离婚吗？"叶子又打了一个哈欠，合着眼说，"让我说，要离就早点离，长痛不如短痛，干嘛那么拖拖拉拉？"

"哎！谁说我要离婚？"娟子推了叶子一把说，"姐为了霍明，为了这个家，我一定要和你姐夫对付着过下去。你就听姐的，姐是为你将来着想，这也是爸妈的意思。姐又给你介绍了个男朋友，今天你一定得见一面。这女人岁数一大可就变成处理品了，姐是怕把你耽误了。"

"你离不离婚我管不着，我搞不搞对象那是我自己的事。"

"你又在胡说。你为什么总希望我离婚？我离不离婚和你有关系吗？难道，你盼望我和你姐夫离婚？"

叶子把被子披在身上，她觉得有必要和大姐说清楚，她不想再遮遮掩掩、拖拖拉拉的。这话迟早要说，迟早要面对的，那就不如早点让她清楚，也省得躲躲闪闪、忐忑不安地过日子。于是叶子说："姐，我知道你想说什么，你干嘛那么多弯弯绕呢？你不就是不放心我和他吗？那好，我今天就给你说明白。我已经喜欢上姐夫了，我就是当着爸妈也敢这么说，我就是在等着你们离婚。"

"终于说实话了。"娟子顾不得正在熟睡的霍明，大声地吼着，"我没有想到，这样的事你也敢想，你怎么能喜欢比你大十几岁的姐夫呢？你怎么能当你姐的第三者呢？"

"妈，你还让不让睡了？要说要吵，到中厅里。"霍明终于被惊醒了，睡意朦胧地抱怨了一句，翻了身，面朝墙去了。

娟子恶狠狠地指点着叶子，恨不能打她一个耳光。

这天早晨，娟子送走霍明，依然买回来油条、豆浆，让臣雪、叶子吃早饭。娟子面沉似水，泥塑般坐在桌子上。

叶子和娟子装糊涂："哎！姐，怎么了？谁又惹着你了？"

"你少给我装。你说句痛快话，你到底想怎么着？"

"我能怎么着呢？叶子笑了起来，我是说疯话，开玩笑呢。"

"但愿你是开玩笑，我可告诉你，你要是骑在我头上拉屎，小心我和你拼命。"

"哎，你们俩这是怎么了？"臣雪被她们俩弄得摸不着头脑。

"吃饭也堵不住你的嘴。"娟子戗白了臣雪一句，我姊妹俩的事你少掺和。

"好了姐，我怕你还不行吗？"

"那你就答应我今天见面去，我和对方说好了。"娟子态度缓和下来说，"小伙子是机械厂的技术员，工作好，有学历，长得又帅，保证你满意。"

"姐，不是机关干部，免谈。"

"你还是醒醒吧？再说了，你连个正式工作都没有，还想找政府机关的？"

"那好，我们今天很忙，要卸两个货柜，确实是顾不过来。"

"别，搞对象是大事。卸货柜的事我来安排。"臣雪撇撇嘴，"这终身大事不能耽搁。"

"姐夫，我姐不是说了吗，我姊妹俩的事你少掺和。"叶子放下碗筷，瞪了臣雪一眼，"哎，姐，你慢慢吃，我先走了。"

"给我站住！你到底是见还是不见？"

"姐，改天，改天我见。"叶子单手贴到唇边，来了个飞吻……

叶子刚到公司之时，臣雪天天故意挑逗叶子。臣雪哪里想到，叶子就像窗户纸一样，一捅就破，这才三年多的时间，叶子就真心地爱上他了。臣雪和叶子俩人单独在家里的时候，叶子仍然喜欢趴臣雪后背上，时而在臣雪的脸上亲一口，抱住他不想松开，把乳房紧贴在臣雪的后背，来回摩擦。臣雪便把叶

第十章

子抱在怀里，把嘴放在她的嘴上，没完没了地亲吻，亲累了，就推开叶子。叶子就狠狠地捶他的肩膀，一边捶一边说，我让你给我装傻，我让你故意气我。

叶子坐在汽车里，沉默不语，周身的血液呼噜呼噜地涌到喉咙里。早晨的阳光，淡淡地照在玻璃上，反射在叶子扭曲的脸上。马路上车水马龙，按着一定的轨道，很有次序地涌动着。臣雪一边开车一边说，"哎，你姐给你介绍对象，我看条件还是不错的。"

叶子鼻子里"哼"了一声，"看把你乐的，终于有甩掉我的机会了。"

"那倒不是。你要是离开我，我会哭死的。"

"那你还幸灾乐祸，煽风点火？"

"逢场作戏呗。"

"我姐已经察觉出咱俩的关系了。大清早就把我叫醒，非要让我到她厂里上班去，说让我当会计，给我交养老保险，医疗保险。你说，我姐的神经怎么那么敏感呢？"

"女人都是敏感的，因为你的心事都写在脸上和眼睛里了。"

"是吗？我怎么不知道。哎姐夫，你知道吗？我就是觉得你特帅，特有气质，我就想看你，越看越出神，我已经离不开你了。"

"对呀！就因为你的眼神，你姐才感到咱们那个了。"

"那好！再当着我姐的时候，我不说话，不看你，装成一副死相，你看怎么样？"

"我看你还是赶紧搞个对象。你已经二十八了。咱俩是不可能的。"

"姐夫，这可是你说的，你真得舍得让我走？"

"我不舍得又能怎么样？要走就趁早儿。"

"想得美！"叶子狠狠捶打着臣雪，"你想赶我，我就是不走，气死你。我就是一贴狗皮膏药，你要想揭下来，那可就粘下一层皮来。"

"我为什么要往下揭呢？我就喜欢你这贴狗皮膏药，这贴膏药是哪儿疼贴哪儿，又止疼又暖和，还是免费的……"

"看把你美的。哎，姐夫，你说实话，你现在是不是特怕我？"

"你又不是老虎，我为什么怕你？"

"你是不是巴不得我走呢？"

"那倒没有。我只是不想和你过早地有什么扯不清、道不明的瓜葛。"臣雪实话实说，"万一你大姐要耍赖皮，不和我离婚，那不就坑了你嘛。"

"你是男人，我是女人。男人需要女人，女人也需要男人，就这么简单。"

"行了，别胡说了。我还是找别的女人好，省得那么多麻烦。"

"不行，我不准你再找别的女人。我就想做你的女人。我就是盼着我姐早点和你离婚……"

"这要让你姐听到，那还不气疯了。如果我以前说话使你产生了误会，我现在向你道歉。你姐说得对，你已经耽搁不起了。"

"你胡说！你真舍得让我嫁给别的男人？你要再说一遍，我就跳出去，让车轧死。"叶子说着就开开车门，一副往下跳的架势。

"好了，别耍孩子脾气了。"

"不，我是认真的，你再说，我就跳了！"

115

第十章

"你听我说，我是不想让你来趟我这锅混水。"

"我不管，今天早晨，我已经将我喜欢你说给了我大姐，气得我姐推了我一把，还想打我的耳光，说我是她的第三者。"

"你看看你，就是沉不住气，这样的话怎么能说给你姐呢？事到如今，你就听你姐的，如遇着合适的人就先结婚，骑着驴找马嘛。"

"我不骑着驴找马。我要骑在马上，气死驴。你要是敢娶别的女人，我就和你白刀子进去，红刀子出来。"

"你说你也是的。哎，先找一个男人结婚，然后再和我好下去。你说，那样不是很好吗？"

"姐夫，这可是你说的，只要你舍得我，我就去找别的男人。这样总行了吧，即使我嫁给一只猪，一条狗，一头驴，也不会再找你这马……"

"对不起！对不起！"臣雪赶紧道歉说，"我不是有意的，开个玩笑嘛！"

"有这么开玩笑的？"叶子擦着眼泪说，"你拿我当什么人了？你以为我和我姐姐是一样的人吗？"

"好了，好了。"

"我让你坏！"叶子挂着泪花，狠狠地敲打着臣雪，打得手都疼了。叶子甩着手继续说，"我告诉你，你现在不能娶我，我就等。我不结婚，你看我做到做不到。"

臣雪把车停在市场停车场，又叹了一口气，说，"叶子，你怎么这么傻。"

"我愿意，你管不着，胆小鬼。"叶子做了一个鬼脸，"我很开心，我是为我的幸福而努力，除非你不想要我。"

"那好！我会努力的，行了吧。"

"这还差不多。"

第十一章

1

亚新娶了阿华安定下来之后，就又跑车去了，仍然是两三个月回来一次，即使回来，也就是在家住一天两天，等老板配好货就又走了。阿华肚子已经鼓起来了，并不慌着亚新。

阿华从南方来到北方，和亚新家里的生活习惯格格不入。这一点出乎桂花的意外，简直达到无法接受的地步。阿华见面熟，而且爱打麻将，一有空就去打。阿华并不懒，勤奋、手巧、干净、爱动，最要命的就是爱换着花样做着吃。

一般的农户，都是靠着种地打工能挣钱，即使有大货车的户和司机，也没有像阿华这样爱吃的。大家都愿意把钱花在盖房子娶媳妇上，在吃饭上从来不讲究，没有人攀比谁谁家吃得好，穿得好，都是羡慕谁谁家房子盖得好。老百姓省吃俭用，为的就是翻盖房子。谁舍得把钱用在吃喝上呢？都是什么菜便宜买什么，从来不讲营养不营养的。可是阿华，总是两天一小变，五天一大变，自己主动向二臭要钱赶集买菜。桂花一看到阿华大包小包往回买肉和菜，都心疼死了。可是二臭喜欢吃，亚新也喜欢吃。二臭为了支持阿华，自作主张，开了工资，干脆都给了阿华。阿华就这样当起家来了。

刚开始时，桂花尽管心里不痛快，但逢人就夸，不管是下地还是外出，一回到家就能吃上可口的饭菜。可是时间一长，就受不了了。她变成一个闲人，被架在空中。要是细琢磨起来，内容就多了。这不是有权没权的问题，而是有没有地位，有没有尊严，拿不拿自己当主人的问题。于是到了床上就喋喋不休地和二臭唠叨。二臭不耐烦地训斥说："你说你天生就是操心受苦的命，这样精明、勤快的儿媳妇上哪找去。每天能让咱们吃得这么好，你还不知足。自从阿华做饭以来，我不但长了好几斤肉，我这身子也比以前硬朗了许多，难道你没有感觉到吗？"

"胡说！我怎么不知道呢？"桂花撇撇嘴说，"那是你在做梦，要不就是跟别人干了，反正我没有感觉到。"

"你真是傻娘们了。好了，你既然不承认我也没办法。要说阿华做的饭菜，全村也找不出第二个来。我就喜欢吃阿华做的饭菜，这是咱们的福气，你还是好好地享受吧。"

"你就知道吃吃吃，也不怕别人笑话。你怎么不说，她比别人家多花多少钱呢？吃饱了就去打麻将，这叫不会过日子，败家子，这谁不会呢？她怎么不想着挣钱去呢？"

"你净说废话。阿华怀着孩子，能挣钱去吗？再说，阿华打麻将从来不贪，到点就回来做饭，厨房的卫生也是干干净净。亚新天南海北地在外边跑车，阿华像守活寡似的，你不让她打打麻将、散散心，天天憋在家里，能受得了吗？"

"守在家里怎么就受不了呢？庄稼主不都是这样过吗？那她怎么就不知道到地里干活呢？地里的活你不干，亚新不干，她也不干，就活该我一个干？"

"你越说越不像话了。阿华是南方人，又怀着孩子，能去地里吗？"

"怀着孩子就不能干活了，谁不知道越干活越好生。"

　　"你少啰嗦！一切等生了孙子再说。"

　　桂花为了孙子忍气吞声，无话可说。一直忍到阿华月子里。阿华躺在床上还是不肯放弃当家的权利。天天指挥桂花买什么菜、买什么肉、买多少、做什么饭。而且次次都和桂花核对一天花了多少钱，剩了多少钱，都记在本子上。到了晚上，桂花就把怨气噼里啪啦向二臭发泄出来。二臭还是振振有词："这就对了。因为你不知道做什么饭，炒什么菜嘛，阿华好心好意告诉你，这不是很好嘛！省得你做出来的饭像猪食似的。"

　　"你别太欺负人了。"桂花愤怒起来，血液都涌到嗓子里，喉咙火辣辣得难受，眼里爬出湿漉漉的东西。她用枕头打着二臭吼着说："你这个没良心的，挨千刀的。我做的饭你吃了二十多年，亚新就是吃我做的饭长大的。现在我做的饭怎么就变成猪食了。好，我不做饭了。我不能让你吃猪食，我怕你变成猪了。"桂花说着就"呜呜呜"哭起来。

　　"哎哟！我的姑奶奶。"二臭赶紧捂住桂花的嘴，钻进桂花被子里，像哄孩子似的说，"我这不是给你开玩笑吗？阿华愿意当家，做饭，咱们就满足她。我这不是向着你，让你少操心，少干家务吗？没想到你却是个吕洞宾。你就是看在小孙子的份上，也不能和阿华计较什么，一切等阿华满月之后再说好不好？"

　　"你想憋死我啊！"桂花掰开二臭的手，"生了孩子就有功了？有了孙子我就得任她摆布？我做的饭就变成猪食了？她凭什么在我眼前吃五喝六的？我为什么非要听她的？好！这可是你说的，阿华满月之后，咱就和阿华分家，各过各，阿华就是天天吃山珍海味我也不眼气。"

"可我眼气。我就想吃阿华做的饭菜，哎，我真比以前有劲多了，难道你没感觉出来？"

"你少转移目标。那好，那你就和儿媳妇过，我看你就和你爹一样，爱打儿媳妇的主意。"

"你又胡说。在咱们村，哪有一个儿子分家的，你也不怕别人笑话。"

"离我远点。"桂花推着二臭，"我不怕，你要是不和阿华分家，我天天这样生闷气，我往后的日子怎么过啊？"

"行了，别和自己过不去。难道我的劲儿都用在狗身上了？"

"你别放屁了。你的意思说，自从你吃了阿华做的饭菜，你的劲变大了。我从来就没有感觉到你的劲大。我再给你说一遍，你要是不和阿华分家，我可就走了。"

"往哪儿走？说实话，我的身子比以前确实好多了。主要是一想就有，运用自如。特别是早晨，早早就挺起来了。哎，我在吃你做的饭的时候，早晨从来就没那么挺过。没想到这饮食确实是强身之本，我现在仿佛年轻了许多。"

"我才不信呢，我也实话实说。相反，我觉得你的劲儿比以前还小了呢。"

"那说明你变坏了，你的岁数越大就越没够了。"

"哎，你少拿那事糊弄我，我现在已经老了。你有就要，没有就不要。咱们还得说分家的事。我的意思是，阿华坐完月子，咱就和她分家，你开了工资就交给我。亚新挣的钱给她，她愿意怎么花我不管，这还不行吗？"

"那不行，你忘了。我不就是担心这南方媳妇不好留住吗？阿华现在已经有了儿子，再让她当家，这是信任她、尊重她的结果。阿华也能按照自己的想法过日子，我这不是为了拴住她吗？"

"那好，等阿华满月之后，我就到北京我姨家住去。让我姨给我找个当保姆的差事，我挣了钱也交给她，就让阿华好好地当这个家，我倒要看看能不能拴住她。"

桂花对于阿华做饭、搞家务，那种勤勤奋奋、孜孜不倦的劲头，确实从心里佩服。要是让她按照阿华的样子做饭、搞厨房里的卫生，她还真做不到。桂花知道分家也不是最好的选择。她明白二臭就是想留住阿华。可她就是受不了被阿华呼来喝去的感觉，她要是非要分开吃饭，那分明是和阿华过不去，让阿华难堪，乡亲们也笑话。说不定就给阿华提供离家出走的机会。于是桂花琢磨再三，为了减少麻烦，还是自己脚底下抹油——一走了之，到北京去，她也去挣钱去，省得在家里碍手碍脚，生闷气。

"你说什么？你还想真去？"二臭吃惊地说，"你走了我怎么办？"

"怎么办？凉拌！"桂花沉下脸，"我要去看看我姨，我小时候，我姨最亲我，现在我姨老了，而且有病在身，天天想我，我能不去照顾她几天吗？那你就好好吃儿媳妇做的饭吧。我给你机会，让你跟你爹学。但愿我再回来，能看到像猪一样的你，白胖白胖的……"

"什么乱七八糟的，你放着好日子不过，到底想干吗？你这样对得起娘吗？"

"亚新娶了媳妇，又有了孙子，你又让阿华当家，我已经对得起她老人家了。"

"你要到北京去，就是对不起我娘。"

桂花拿定主意，立刻平静下来，任凭二臭喋喋不休地数落，自己一言不发。

婚礼上的战争

娟子坐在办公桌上，强烈的阳光从窗外射了进来。马路上喧闹的车声搅得她烦躁不安，娟子越来越烦这汽车的噪音。她心想我怎么就这么倒霉，家里宿舍后边变成市区的主要干道，办公室的窗户也靠着马路，车辆越来越多，愈演愈烈。这汽车的噪音，已经渗透到她的血液里，和骨肉都连在一起，每一声车鸣，每一阵颤动，都能使她的神经和肉体，紧张、收缩、颤抖起来。

她靠在椅子上，闭目养神。叶子的一举一动仍然在她眼前晃动，搅得她难受。凭着娟子的感觉，叶子已经喜欢上臣雪了。叶子看臣雪的眼神，像火光一样热烈，恨不得点着臣雪，也把自己燃烧了，就像当年她看丁厂长的眼神一模一样。尽管臣雪迟早是要和她离婚的，但她也不想让叶子和臣雪搅合在一起。她简直不能想象，姐夫和小姨子弄在一起。她怎么想怎么恶心，就像她不能想象霍老黑和梅花搅在一起一样。霍老黑就是畜生，梅花也是畜生。这不是她下的结论，是霍家庄的乡亲们公认的。臣雪要是和叶子搅合到一起，那比霍老黑和梅花也强不到哪儿去，难道这事还能遗传？臣雪怎么就和他爷爷一个德性，专门在家里找女人，真是气死她了。

娟子深知臣雪是利用妹妹来宣泄私愤，故意让她在城中村丢人现眼，抬不起头来。如今娟子依然觉得自己没有错，尽管她和丁厂长的老婆是一个村的，还住在一个单元楼里，但并不是亲戚，而且是平辈。即使他俩天天搅合在一起，也只能说作风不正，行为出轨，但不存在一点点乱伦的嫌疑。她和丁厂长相爱在先，她之所以暗地里和丁厂长在一起，那是她不忍心去破坏对方的家庭才委屈自己嫁给臣雪的。再说她一直是光着身子睡觉，只要臣雪有性欲望的蛛丝马迹，她就是再不想做，也每次都满足他。一个男人生理上满足了，那不就得了。

"咚咚咚"，敲门声把娟子惊醒了。丁厂长进来说："怎么了，在想什么？"

"胡思乱想呗。"娟子瘪塌塌地说，"有什么事？"

"税务局要查账了,要是查出两本账和小金库,谁也跑不了。"

"只要你身边的小妖精不举报，谁也查不出。"

"别胡说，你都三十好几的人了，让我说你个什么好呢？"

"我是老了。我是既不中用也不中看了……"

"说正经的。你也该到美容院美美容，做做护理，拉个皮什么的。不相信科学是不行的，做了拉皮就是看着年轻。你看看你眼角上的皱纹，像爬着虫子一样。"

"终于说实话了。你老婆早就拉皮了？你老婆已经敲锣打鼓地让我看了。"

"我那是拿我老婆当试验品，如果好我再带你去，没有想到好心却当成驴肝肺了。"

"哎，我小妹已经喜欢上臣雪了，都快急死我了。"

丁厂长大笑起来。

"看你那流氓德性。"娟子沉着脸说。

"哎，我怎么就没这么好的艳福呢？这天下的美事，怎么都挑着捡着、打着滚地往臣雪家跑呢？老公公和儿媳妇，姐夫和小姨子。我要是早知道有这样的结果，我哪怕让她当副厂长……"

"你别放屁了好不好？你要再敢拿我妹妹耍笑，我就把你的事捅出来……"

"好了，我的姑奶奶。我不就是觉得好笑嘛。看来啊，在特定的情况下，人和畜生一样，没什么长辈、晚辈、大小之分。

男人需要女人，女人也需要男人，就这么简单。"

"哼！说得简单。叶子要是你妹妹，你不打烂他才怪呢？"

"那倒是。你如果在乎，你的爸妈也在乎，那就让你弟弟找人把臣雪打个鼻青脸肿。再不行，就砸了他的鱼摊子，把他赶出水产市场不就完了。"

"这还差不多，领导就是领导。今晚，我回去和我爸妈商量一下，给叶子来点硬的，实在不行，再给臣雪点儿颜色看看，不能让叶子像我一样糊涂……"

"哎，这事可不是闹着玩的，弄不好可是要出人命的。"

"我敢断定，他俩恐怕谁也离不开谁了。"

"你最好是拿出点儿证据，否则，等闹出人命来你就后悔了。"

"你的意思是说，要抓住他俩在床上的证据？那不可能。一旦到了那时候，再想拆开他们，恐怕就来不及了。"

"那要有轻重缓急，先好言相劝，动员叶子回家睡觉。然后赶紧让叶子找一个男朋友。这事我来安排，第一次见面，就把叶子干掉，还怕她不老实？小样，我还整不了她个丫头片子。"

"胡说！你把我妹妹当什么了？你少拿那些歪门邪道来对付我妹妹。"

"好好好！算我说错了。不过这女人我可了解，一旦爱上一个男人，就昏了头了，甚至于连命都不要了。"

"你了解个屁！"

"好了，不说这些了。根据内部情报，税务局这几天就来。通知财务科，一律进入一级战备状态。我还是那句话，谁做的凭证出了事，谁就下岗，绝不迁就。"

"滚你的。自从我当财务主管，什么时候出过事呢？"

"哎，别骄傲。出一次事就悔恨终生了，我的姑奶奶。"

第十二章

1

　　阿华生了孩子之后，还和以前一样勤快。一有时间，便抱着孩子到大街玩耍。到了做饭的点，就回来做饭，还是那么很有耐心、不厌其烦地换着花样地给二臭和亚新爷俩做饭。只是在阿华做饭、刷锅、洗碗的时候，二臭和亚新就得抱着小霍军。

　　有阿华操持家务，二臭回来，依然能吃到可口的饭菜。就是到了晚上，偌大的床上就他一个人，连个说话、吵架的也没有，才感到寂寞、空虚了。

　　桂花和他都睡在床上时，经常为你挤我、我挤你吵架，早晨起来还相互抱怨几句。桂花常说那好，明天我就往中间放个枕头，井水不犯河水。二臭说谁要不放谁就是王八。等到了晚上一切都烟消云散了。可是现在没人和他为地方吵架了。他一会儿斜过来，一会儿横过去，像热锅上的蚂蚁，翻来覆去，难以入睡。越是没女人的时候，他的家伙越是来劲。二臭脑子里想，身子也想。桂花在的时候，从来就没有这么想过。二臭没有办法，只好夹枕头使劲。可是枕头不是那中用的物件，再怎么想，再怎么使劲，也解决不了问题。于是二臭就发疯地想桂花，他越想就越生气，你最好死在外面，永远别回来……

亚新开车走了，家里就剩下阿华和二臭，桂花倒是经常打个电话回来，二臭问她什么时候回来，桂花总是找各种理由搪塞。到了一个月头上，麦地里该浇水施肥了。二臭做梦都没有想到，桂花却给阿华寄回来一千块钱。汇款单上写着阿华的名字。就这一千块钱，可把阿华乐坏了。二臭当着阿华就暴跳起来，在屋子里来回转圈，不干不净地骂着他娘的。这也太不像话了，竟然打着看她姨的幌子，溜之大吉了。我怎么办？我怎么办呢？

"哎？爹，你是不是想我娘了？"阿华撇着嘴说，"你要是真想让我娘回来，就给娘下死命令，她就是挣金山银山咱也不稀罕。"

"我才不想她呢，她有什么可想的？哼！最好永远别回来，死在北京！"

"如果不想，发这么大的火干什么？"阿华捂着嘴笑起来，这就是北方男人，想女人又不承认，自己发牢骚，管什么用呢？

"我不是想她，我是在讲这个道理。她不应该糊弄我，想出去就直说，为什么要骗我。她拿我当什么了？这也太欺负人了。"

"爹，既然你不想，就由娘去吧。再说，娘又不是玩去了。总比那些天天打麻将的娘们好。我是有孩子缠着，想走也走不了。等孩子大一点，我也出去挣钱去。"

"那倒不用。"二臭听到从阿华的嘴里蹦出挣钱几个字来，暗暗地吃了一惊，悚然生出些恐惧。于是赶紧把话题转过来，满不不乎地说："阿华，你的任务就是花钱。你娘走了我倒心静，不但能给家增加收入，还省得和我吵架。"

"爹，你如果能这么想就好了。既然娘能在北京找到工作，那就让娘为家里多挣钱。我给你说爹，现在像娘这样的人不多了。我觉得什么事都能克服，凡是为家里挣钱的事都应该支持，你说对吗？"

"对对对。我有什么事不能克服呢？阿华你说得太对了。你就是有经济头脑，不管黑猫白猫，能抓住老鼠就是好猫嘛。"

"这就对了。霍军，让爷爷抱抱，我给你们做饭去。"

二臭接过孩子，来回悠着说："对，咱们不要你奶奶了。咱们就让你奶奶给我们挣钱去。你奶奶就像一只母鸡，是母鸡就得下蛋，不下蛋的母鸡要她干什么？你说对不对？"孩子咧着嘴笑起来。

2

晚上桂花打电话过来，没当着阿华，二臭先是没鼻子没脸地又发了一顿牢骚。桂花在电话那头，只是"咯咯咯"地笑，任凭二臭大发虎威。二臭吼道："我跟你说桂花，赶紧给我滚回来，麦地里马上就该点玉米了，麦子都黄了，眼看就是麦收，这些活你想让谁替你干？"

二臭还是拿地里的活来和桂花说事。自从包产到户之后，地里的活全都是桂花的事。说实话，他家的地在哪，究竟有几块地，多宽多长，都种了些什么，他确实不知道。

"那好办，该种你就种，该收你就收。"桂花谈笑风生、轻松自如地说，"你不是让阿华当家吗？钱在她的手里，想怎么花就怎么花，想吃什么就买什么，那就叫当家？那谁不会？再说，你也挣钱，我也挣钱，亚新也挣钱，你凭什么让我回去种地？你就不能种地了？阿华就不能种地了？亚新就不能种地了？"

"你这不是胡搅蛮缠吗？地里的活是你一直不让我干的。你现在突然让我干，我哪会呢？你先回来一趟，你把地块都在哪儿，都种了些什么，给阿华交代清楚了就走你的。"

"你想调虎回山。这些事，在电话里几句话就交代清楚了。不过我现在想开了，种地也收不了几个钱。你们想种就种，不想种就包给别人。我既不吃家里的，也不喝家里的，又往家里交钱，还不看别人的脸色，这可比在家种地强多了。我以前真是太幼稚、太傻、太没境界了。我咋没早点儿出来？我干嘛要回去呢？我要是再做那赔本的买卖，我就是有病。"

"你听我说，这不是钱多钱少的问题。咱生在农村，长在乡下。咱是农民，又有地，那就得种。倘若把地荒了，或者包给别人，岂不让乡亲们笑话。"

"现在是啥社会？谁笑话谁呢？走自己的路，让他们说去。我的上半辈子是为你和儿子活着，为脸面活着。现在，我要为自己好好地活几年。如果老天有眼，就让我在北京多待几年，我也算没有白活一回。有一首歌唱得好，潇洒走一回嘛。"

"你能不能听我说完？咱不能只看眼前，不要学臣雪那狗日的，连老家都不要。霍老黑不就是个很好的例子吗？咱不但要考虑到活着的时候，还要考虑到死了怎么办？咱要埋在哪儿？谁为咱抬棺材？谁为咱打幡摔瓦，养老送终？难道你想像霍老黑一样，死了没人给你抬棺材，骂你是畜生。像梅花和霍老黑一样，做一个孤魂野鬼，最后连家都回不了。"

"二臭啊！看来你真是井底之蛙。你一点儿也不了解外面。现在看来，臣雪不要老家的做法也不是没有道理。哪儿的黄土不埋人？考虑那么多干什么？活着的时候，要尽情地享受人间快乐，至于死了埋在哪里，有没有人抬自己的棺材，谁给打幡送终，现在考虑有点早。再说，我不是不要老家了。人家臣雪那才是不要老家的典范。房子已经变成一片废墟，里边还埋着一具尸体，和村里人没有任何联系。可我有家啊！我家里有房子。房子就是家的象征。我家里有老公，有儿子和儿媳妇，还有孙子。我不过是想在首都住几年，既挣着钱，又享受一下现代生活罢了。"

"别说了。看样子你已经找到下家了。"二臭觉得桂花已经鬼迷心窍，讲道理是讲不通了，便开始讽刺、挖苦着说，"那我就成全你，我和你离婚，我让你好好地潇洒潇洒，另外我也赶紧找个后老伴，或者先找个相好的，我不能总过这活光棍的日子，我也要潇潇洒洒地过我的后半辈子。"

"那就是你的事了。你是老师，又有工资。你愿意找谁你就找谁吧。"桂花突然嚎叫起来说："我不过是在不少挣钱的前提下过一过北京人的生活而已。我又不是不回去了。什么离啊离，死啊死，埋啊埋的？你就不能说点好听的？你就盼着我早死呢？"

"那好！既然你已经做了决定，家里的事你就不必操心了。婚我是一定要离的。家里有你不多，没你不少。我哪怕不当老师，哪怕不让亚新跑车，也不能把地包给别人。你就好好享受你的北京生活吧！你最好就嫁在北京，死在北京。你就像梅花、霍老黑一样，永远也不会有人请你回来。"

"好啊！想离就离。有什么大不了的，谁怕谁呢！"

"这可是你说的。那你就给我滚回来，谁要不离婚谁是王八！"二臭说完把电话狠狠地摔下去，喘着粗气，坐到了椅子上。停了片刻，二臭的心情稍微稳定了下来，却突然特别想喝酒，他从来没有这么想过。他从橱柜里拿出一瓶酒来，像喝水似地，"咕咚咕咚"喝了半瓶子，拉灭灯仄仄歪歪地倒在床上，但眼睛就是合不住，一种从来没有过的炎凉与悲愤在五脏里翻腾起来，憋得他喘不上气来。最后还是酒起了作用，没多长时间，便融入到血液之中，通过血液的急速流通，渗透到各个器官里，将二臭的愤怒、焦急、跃跃欲试的神经麻痹下来。

二臭睡着之后，也不知道几点，被噩梦惊醒了。二臭"腾"地从床上坐起来，明明知道做了噩梦，居然还害怕了半天。他梦到隔壁那具发臭生蛆的死尸体了，满头白发，没有鼻子，没有脸面，摇摇晃晃地站起来，走到他的床前，竟然把他的手脚捆起来，像提猪一样提起来就往外走。二臭想喊，却喊不出声来，想动也动不了。二臭瘪怔怔地怎么也想不通，桂花刚决定留在北京，他就梦到那具尸体了。尽管都十几年了，再也没人提起过。二臭从来没有做过如此的噩梦。臣雪一家人就像从村里消失了一般，只有那颗梧桐树无可奈何地戳在那里。二臭现在才感觉到，他家的房子，一直是和一座阴森森的坟墓为邻的。桂花在家里的时候，后悔没到外边盖房子去，可二臭从来没有感到有什么不妥，还常常用最解气的话呲打桂花。过了好一会儿，二臭平静下来，重新躺下，心里惶惶不安，五脏六腑错了位置，浑身不自在，脑子里像流水一样清晰，怎么也睡不着了。

3

桂花出走的理由，让二臭、亚新和阿华都无可挑剔。在孙子霍军两个月的时候，亚新在家休息十天。也正是春闲的季节，家里就那么三亩地，桂花往把麦地里打了除草剂，浇了两遍水就走了。

说实话，桂花是赌气来到北京小姨家的。当时的想法，就是想在小姨家住个十天半月，看看小姨，唠唠家常。可是小姨、姨父根据家里的实际情况，劝桂花留下来。说你就一个宝贝儿子，二臭已经把工资给了儿媳妇阿华，那就让她痛痛快快地当家，你就到老范家当保姆，管吃管住，每月一千元，省得回去生那闲气了。

桂花听小姨的，如果能干、顺心，就留下来，要是干不了就只有认命，赶紧回去，老老实实地过眼下的日子，断了和阿华分家的念想。第二天，桂花到了老范的家里。桂花瞪着眼看了半天，不敢相信自己的眼睛。因为老范的个头、胖瘦、神态，除了穿戴有点洋气之外，简直和霍老黑一个模样！老范该不会是霍老黑的孪生兄弟吧？姨父只管喋喋不休地介绍老范这好那也好，有点像说媒，真心希望桂花俩成了。说老范和他都是煤矿文工团的干部，戏剧学院毕业，当过演员，写过电影剧本，退休金四五千元。老范有俩儿子，早就分家另过了。她主要就是照顾老范的疯老婆，做饭、洗衣服。晚上给疯老婆带上一个尿不湿，就甭管了。

要不是老范和姨父是同事，又住在一个小区，打死桂花也不敢和陌生人住在一个单元里。晚上睡觉的时候，桂花躺在双人床上，紧张得要命，头几天，总是不能安心睡觉。

早饭都是老范往回买，什么豆浆、油条、煎饼、豆腐脑，等等。主食、肉食也是买现成的，每顿就是炒一青菜，或是熬一锅稀饭。老范果然不错，家务活从不分给桂花，像什么擦地啦，擦桌子啦，疯老婆去厕所，换尿不湿，都是由他来做。

饭桌上三个人吃饭，疯老婆好像是另一个星球的人，不挑不捡，能填饱肚子就行，根本听不懂桂花他们在说什么。老范到底是有文化的人，不但出手大方，待人热情，说话特有意思，而且生活中的情趣也比二臭高出好多倍来，常常逗得桂花捧腹大笑。这时候，桂花就拿老范和二臭对比起来。二臭是小学老师，也算是文化人，桂花从没有被二臭逗得捧腹大笑过……

每天，老范和桂花一起搞完家务，就坐下来看电视，聊天，特别尊重桂花。这和在家里的感觉，简直是天壤之别，不但能挣到钱，还开心了许多。吃过晚饭，老范便催促桂花到外边走

131

走转转，熟悉一下周围的环境，看看北京的夜景。桂花走在北京的大街上，看着灯火辉煌、五色缤纷的夜景，好像是在梦里，别提多美了。犹如从泥坑里，跳进糖池子里……

　　桂花时而突发感慨，我怎么就那么傻，那么糊涂？哪知道城市的夜晚是这个样子？我为什么总舍不得家里那点破权利？如果在结婚之前，就多往小姨家跑跑，说不定早就嫁个城市人，如今已经变成北京人了。我的理想，我的青春年华，怎么就偏偏地葬送在霍家庄了呢？

　　没有几天，桂花怎么都没有想到，老范竟然把采购的钱交给她，就像二臭把钱交给阿华一样，让桂花到市场买菜买肉去。老范让桂花别误会，他是想让桂花到外边转转，不但要熟悉北京的晚上，还要熟悉北京的白天，感受一下和乡下有什么不同。家里有他，不要怕花钱，想买什么就买什么。为了联系方便，又送给桂花一部手机，随便打……

　　老范好像是桂花肚里的蛔虫，太出乎桂花的意料了。桂花含着泪花，不知道说什么好。老范想得就是周全，能理解人，不像二臭那么愚蠢，糊涂。你们说，哪有把自己的工资都给了儿媳妇的？在这件事上，桂花绝不让步。这不是钱不钱的问题，这是拿不拿她当主人的问题。二臭要是不把工资给她要回来，或者和阿华分家，她就是不回去……

　　桂花吃过晚饭，装着手机，在灯火辉煌的马路上，遛着弯，一边给二臭打电话。桂花先是说小姨病重，正在住院治疗，桂花负责白天，表哥负责晚上，就像上班一样。姨父还给了桂花一千元。

　　二臭没有被一千元所打动，骂骂咧咧，让桂花赶紧滚回去。即使小姨住院，表哥表姐好几个，她算哪根葱呢？桂花最不能容忍的是，二臭根本不让她说话，竟然拿离婚来恐吓她，还说姨父是个老流氓，根本没安好心，就是要得到她的身子。

桂花都被气炸了，哪有这么说话的？你还是教书育人的老师，竟然没有一点素质，满嘴放屁。那你把工资给儿媳，你是不是流氓？这简直是要无赖、要流氓！

桂花知道，这是二臭想她的缘故，想就说想，干吗那么多弯弯绕呢？我何尝不想你呢？你应该向老范这样，对我要尊重，百般呵护，说点好听的。如果你打着看小姨的幌子，到北京来接我，为了家庭、儿子和孙子，我会跟你回去。可桂花一想到他把工资给了阿华，她买东西还得向阿华要钱，她马上又赌起气来，惹不起，还躲不起……

到了月末，桂花拿着老范给她开的工资，感觉真是好极了。当桂花决定留下来的时候，才和二臭说了实话。说姨父已经帮她找了工作，在老范家当保姆，工资还是那么多……

二臭一听，还是不让桂花往下说。依然是胡咒乱骂，还是用离婚逼桂花回去，竟然说老范和姨父都是一路货色，他们都是在琢磨她的身子。她是盲人骑瞎马，夜半临深池，还是醒醒吧。

桂花撇着嘴，十个不服，八个不愤。桂花也懒得给二臭解释，继续赌气，不就离婚吗？谁怕谁呢？

这天晚上，桂花就感到特别奇怪，二臭骂了半天，桂花倒开始想他了。到了床上，面对宽敞的大床，静静的长夜，好像魔鬼附体，脑子里全是二臭，怎么都删除不了。在睡梦中，二臭三下两下脱掉她的衣服。桂花扭捏了几下，让他滚，少动她的身子。谁知道二臭学会耍赖皮，要不要脸了，强行把桂花的腿劈开，一上去就大刀阔斧地行动起来，好像没见过女人一样。那撞击力犹如一把弹簧锤子，桂花成了肉砧子，狠狠往死处砸桂花，并发出"啪啪啪"的响声。桂花合着眼，紧咬牙关，有点儿招

第十二章

架不住。桂花心里说活该，就得好好憋憋你，否则，你就不老实。桂花说我可告诉你，你要是不把钱给我要回来，不答应和阿华分家，就永远不让你动我的身子，憋死你。于是桂花把腿一劈再劈，恨不得从中间撕开，把她最丑陋的样子，都展现在二臭的面前。桂花只希望他慢一点，多干一会儿。可那二臭，只顾自己，上下翻飞，不停地舞弄。自从嫁给二臭，就是在新婚之夜，桂花也从来没有享受过如此地动山摇、欲死欲裂的感觉。

　　说实话，桂花就是看不上阿华那种爱吃、爱喝、爱花钱的臭毛病。可是二臭就喜欢吃阿华做的饭菜，还说桂花做的饭像猪食，他已经不想吃了。为此桂花和二臭没少生气。最终，二臭还是把他的工资给了阿华，剥夺了桂花当家的权利。一气之下，桂花打着看小姨的幌子，跑了出来。现如今，二臭的身体竟然如此强壮起来，比以前厉害多了。看来，这饭是男人的根本，省吃俭用，再强壮的男人也会垮掉。女人要想得到应有的东西，那就得变着法子把好食物灌到男人的肚子里。桂花感到一股强烈的热流爆发在身体里，终于"哎哟"了几声，昏死了过去。

　　桂花躺了一会儿，睁开眼睛，依然是一片黑暗。星星那点亮光，被窗帘遮住了。这时候桂花才猛地清醒过来，刚才的梦是那么美，怎么像真的一样？要是永远活在梦里，那该多好。桂花突然觉得裆里有粘液流出来，也没了内裤，这才明白过来。桂花不是在做梦，她是被老范强奸了。因为这单元里的男人只有老范。桂花"腾"地坐了起来，拉开灯，老范就在边上。桂花哆哆嗦嗦地发着怒，老范……

　　"拿住，这是给你的。"老范塞给桂花一沓钱。

　　"老范，你拿我当什么了？"桂花拿着钱，怒不可遏，"我可不是那种女人，你这个畜生！你让我以后怎么做人啊？"

　　"行啦！你要是那种女人，白给我也不要。"

"果然像二臭说得那样，你就是个老流氓。"

"什么？二臭说我是流氓？好，我流氓还不行吗？我承认，是我不对。这是第一次，也是最后一次，这一千元就算是你的精神损失吧。"

"谁要你的臭钱！"桂花把钱撒到空中，"我就是再穷，也不卖我的身子。我告诉你老范，你别觉得我好欺负，你看着，我和你没完，你给我滚出去！"

老范蹲到地上，蹶哒蹶哒地把钱一张一张拾起来，说："你别这样，那就再给一千。"老范又拿出一沓钱都放到床头柜上，然后就出去了。

第二天早晨，老范买油条豆浆回来，哼着小曲，像什么事也没发生过一样，拉着长声喊桂花，说太阳都晒着屁股了。说着就来到床前，桂花把身子翻过去，给了老范一个屁股，生着气让他滚出去，不想看到他。

"还生气呢？"老范嬉皮笑脸，"我都道歉了，你要还不原谅我，那我就给你跪下了。"老范说着，就仄仄歪歪地跪在床沿下。

"起来，谁让你跪下了。我给你说，你如果再这样，我可就翻脸了。"

"知道了，我有钱，女人遍地都是，我能找到女人。"

"你有钱那是你的。我就不明白，你都快入土的人了，怎么还能办这事，你为什么不找你老婆？"

"哎呀，你哪里知道，我老婆早就不让干了。我的问题都得到外边解决，不信你就摸摸，一看到你，又硬邦邦的了。"

桂花打掉老范的手："谁摸你那脏东西？只要你不找我就行。"

到了早饭桌子上，疯老婆依然是没心没肺地吃着。桂花觉得理亏，又有点害羞，不敢正眼看疯老婆。老范用眼皮忽闪着桂花，一副满不在乎的样子。

桂花放下饭碗，让老范收拾，她要到小姨家去。老范一听，吓了一跳，立马跪在门口，挡住去路。

"桂花，我求你了，我多给钱，你不能把这事告诉你姨父。"

"你看你老范，当着嫂子，你这是干什么？"

"没有事，她是傻子，什么也不知道。"

"你不嫌丢人，我还嫌丢人呢。"

"你看你，都把我吓死了。那尽管去，家里有我呢，给你钱，顺便买点儿菜回来。"

"我不是你的佣人，谁给你买菜？"

老范把钱塞给桂花，说："你看你，我的钱就是让你花的，谁让咱俩有缘。"

桂花剜了老范一眼，说："德行，就你会说。"桂花去了邮局，给家里汇了一千元。桂花把剩下的钱存了起来，在北京的大街上转了一上午，买好肉菜，又回到老范的家里。老范仍然是谈笑风生，妙语连篇，说黄段子，逗得桂花开怀大笑。

当天晚上，桂花想插住屋门，发现门框上的插销已经没了，才知道老范对她早有预谋。老范没有遵守他的诺言，桂花竟然又妥协了一次，于是老范就胆大妄为起来，三天两头地骚扰桂花……

老范已是古稀之年了，性欲竟然如此旺盛，要是和二臭对比起来，最少也得顶三个二臭。再往后，桂花就不想离开老范了……

幸福的日子总是短暂的，似乎是一闪眼，就进入腊月了。在这多半年里，桂花再打电话回家，二臭一概不接。桂花心里说：好，有种，你就别接，你越不和我对话，我就越不回去。一到月尾，桂花就把工资汇回去，一天都不想耽搁，好像是怕二臭给她撂挑子。只要给了家里钱，桂花就很坦然，不再心慌。

第十三章

1

在经营核算上，臣雪逐步采纳了林元通的管理模式，对于入库、出库、收款、交款，采取了环环相扣、步步控制的方法。刚开始的时候，叶子牢骚满腹，非常不理解。因为叶子就愿意大权独揽，花钱随便，喜欢和臣雪坐在门市上，一边卖货，一边打情骂俏，晚上一起数钱。虽然说很麻烦，很累，但那种感觉实在是太美了。叶子花钱，根本不请示臣雪，想买什么衣服就买什么衣服，把自己打扮得如仙女一般。现在公司在管理上，已经走上正轨，收款、出纳、会计都配备齐全，而且是分工明确，各负其责。叶子只管开票卖鱼，既不用收款，也不用整钱了。她要想花钱，那就得先打借条，臣雪签上字，出纳才给她。臣雪不是故意想限制叶子花钱，他也喜欢看叶子穿上时髦衣服的样子。可随便花惯了钱的叶子，面对这样的制度，感到非常憋屈，不方便极了。

只要和臣雪坐在家里，或是单独在一起的时候，叶子就哭丧着脸发脾气，说她越想越觉得别扭，臣雪这套财务制度，就是为了约束她一个人。你看，先是收款员秀霞审查我的票据，然后二层楼上的会计也要核对我开出的票据。好像就是怕我从中贪污你的钱似的。你凭良心说，我除了买几件衣服，多花过你一分钱没有？

"你误会了。"臣雪笑笑说，"生意越做越大，就得正规核算，一环扣一环。实际上属你权力最大。咱冷库里所有的鱼，只有你有权力开票卖。你就是公司的龙头老大，你要是不开票，秀霞就没权收钱，出库的就没法出库。"

"行了。"叶子撇着嘴说，"别给我高帽戴了。我还不知道你那两下子，你就是要控制我，不相信我，生怕我把钱塞到腰包里，你看我是那样的人吗？"

"哎！你可别给我上纲上线，我可是受过刺激的人。你拍拍你的心，我什么时候不让你花钱了，只要是给你买衣服，花多少我都高兴。"

"哎，姐夫，我知道你说的不是真话，但我还是挺高兴的。"叶子依偎在臣雪的腿上，刮着臣雪的鼻子。

"我挣上钱，不让我小姨子花让谁花呢？你穿得越漂亮，我就越高兴，我就想气气你大姐。"

"这还差不多。叶子捏住臣雪鼻子，顽皮地说，另外你还有一个目的。"

"什么目的？你个小机灵。"

"你是想拴住我，让我坐班，给你卖货挣钱。你哪天不到桑拿里寻花问柳？"

"哎，叶子，这事可不能瞎猜，我之所以出去，是有业务要谈的。"

"哼！鬼才信呢！骗谁呢？你要不是换着女人按摩，我就跟着你姓，我什么都懂。"

"我和你大姐的情况你也知道，男人的问题还是要定期解决一下嘛，否则，还不把人憋死。"

"我不相信，就你那点破事，我大姐还解决不了？你想找别的女人就实话实说，干吗那么虚伪。姐夫，你说话还算不算数？"

"我什么时候说话不算数了？你指的是业务方面，还是生活方面？"

"别装糊涂。你不是说想进攻我吗？我等着你攻呢。是害怕了，还是觉得攻不下来？"

"我有过这种想法，也好像说过。可我现在后悔了，不想进攻你了。我不想破坏你和你大姐的感情。我喜欢女人进攻我，我觉得那样更像一个男人。"

"不行。可我已经离不开你了。我一挨着你的身体，就软得像一滩泥，恨不能钻进你的肉里。你要再不进攻我，我可要攻你了。"说着叶子就扑到臣雪的怀里，抱住他的脖子，在他的脸上、嘴上拼命地亲了起来。

臣雪应付了几下，推开叶子，说："好了。别耍孩子脾气。我之所以没有对你下手，是在考虑爸妈的感受。我从内心是尊敬他们的。如果我和你有了关系，我怎么面对二老呢？"

"你别管。我要是能做大姐的候补队员，爸妈还巴不得呢！说实话，他们舍不得你这好女婿。"

"那不可能。"臣雪把头摇得像拨浪鼓似地说："那是你一厢情愿，我如果那样做了，二老是不可能接受我的。所以我再三慎重地考虑，我即使和你大姐离了婚，也不能娶你，我们只能做朋友，做知己，你懂不懂？"

"你早就答应过我的，我就是要嫁给你。我现在就把我交给你，真的。即使我大姐回来了，我也不怕。小姐能和你干什么，我也能。我已经二十八了，什么都懂。"说着叶子解开了腰带。

臣雪抓住叶子的手，把叶子抱在怀里。两个人拼命地亲吻着，身子交织在一起。臣雪从来没享受过被女人追求，如此动人心魄、妙不可言的感觉。自从下海之后，虽然接触过无数年轻美丽的女孩子，仿佛是止渴，仿佛是报复。臣雪没爱过任何女人，也没被女人爱过。叶子说："姐夫，我真的爱你。你以后别去桑拿找小姐，你就找我好不好？我很想让你在我的身上为所欲为！"

"不好！我现在和你大姐的这种状态很好。"臣雪突然甩掉叶子，"我已经习惯了这样的生活。你还年轻，我不允许你这样糟践自己。我就是一畜生，流氓。你如果再这样下去，我就开除你。"

"我不，我就不。我不管你是畜生，还是流氓。除了你我谁也不嫁，我要做老板娘，我喜欢老板娘的这个位置。"

"不行！你再不听我的话，再这么任性，我就要开除你了。"

"我就这么任性，我就是不听你的。你要是不要我，我就死给你看！"

"好好好！再给我几天的时间好不好？"

"都已经好几年了，现在就是最后期限。你看着，我把自己脱得精光，你今天要是不要我，我就不穿衣服。"

"好好好！改天。你姐快回来了。"

"这可是你说的……"

2

第二天下午六点，天黑了下来。马路上和楼房里的灯光，飘忽在省城的上空。市场收摊之后，臣雪把叶子送到宿舍门口，让叶子先上去，说他有点儿累，想到桑拿洗澡按摩去。叶子撅着嘴说："你就只管你自己，你累我就不累吗？我也要去做按摩。"

"胡说什么？桑拿是男人的地方！你怎么能去那种地方？"臣雪对于桑拿场所太熟悉了。到了桑拿里，男人找小姐按摩，就像舞厅里跳舞一样，女人和男人一起跳舞。女人和女人跳舞，男人和男人跳舞，怎么看怎么别扭。臣雪宁可不去按摩，他也不希望叶子找别的男人按摩。

"只要是人去的地方，我就能去。"叶子撇着嘴说。

"好好好！我不去了，回家。"臣雪撅着嘴，蹶哒蹶哒地回到家里。一进家门，叶子觉得不能再等了。恋爱不同别的事情，不能只停留在嘴巴上，它有它的特殊动作，我必须把所规定的动作都做了，尽快变成他的女人。此刻，命运就掌握在我的手里，只要把我最清白、最纯洁的爱交给他，他就会明白我是真心的爱他。我只有尽情开发、耕种、浇水，才能结出爱情的果实。我现在不在乎什么名誉、廉耻。我爱他到了发疯的地步。他的一举一动、一颦一笑，我都迷得不得了。他这么优秀的男人，大姐为什么就不珍惜，非要过同床异梦、口是心非的生活呢？那样有意思吗？

叶子把书包往沙发上一扔，就抱住臣雪，不让开灯。叶子已经拿定主意，我不能让他变成别人的男人。我已经做了最坏的打算，不奢望他离婚，即使我怀孕也在所不惜，那样就能迫使大姐和他尽快离婚，我想大姐为了我，也会尽快和他离婚的。由我来做霍明的后妈，大姐也放心。

在水产市场上，大多都是夫妻店。男人在外面进货，女人在市场上坐班卖货，就像叶子和臣雪的分工一样。客户们都习惯称女主事为老板娘。其实，客户们都知道叶子是老板的小姨子。但都和叶子装糊涂，叫她老板娘。当听到叫她老板娘的时候，叶子既不纠正，也不答应，心里美滋滋的，她早就默认了。于是她就那么含含糊糊地和客户谈价格，开票卖货。在睡不着的时候，叶子怎么也想不通。姐夫精明干练，一表人才，要个有个，要样有样。在她看来，无论从身材、长相到气质，哪点比丁厂长差，大姐怎么就鬼迷心窍，偏偏喜欢上丁厂长呢？竟然还生出霍明来，这也太欺负人了。但令叶子奇怪的是，姐夫知道霍明不是他的血脉之后，依然发疯似的喜欢霍明。霍明也喜欢姐夫。只要有姐夫在家，霍明就不要妈不要姥姥。为了让霍明在双亲的家庭里长大成人，宁可委屈自己，也非要等到霍明结婚之后才和大姐离婚。在叶子看来，姐夫太伟大了。后来她就暗暗下定决心，只要姐夫来挑逗她，进攻她，她就会顺水推舟，把自己的爱情给姐夫。在这几年里，叶子和姐夫形影不离，打情骂俏。可是姐夫总和她停留在语言上的挑逗和嘴上功夫上，就是不动她的身子。她即使贴在姐夫的身上，还把乳房靠在姐夫的手上，姐夫也不往下伸手，和她装傻充愣。所以叶子不想再等了，再等下去，她怕失去姐夫。于是趁着今天晚上，大姐还没有回来，干脆一股脑儿都做了。

臣雪觉得天还早，娟子还不会回来。叶子已经脱下裤子，抱着他，就是不松开。臣雪也受不了了，心想，管她呢，干脆干掉叶子得了。可谁知道，叶子刚解开臣雪的腰带，娟子就领着孩子回来了。叶子听到门响，提着腰带跑到屋里，关起门来，装作睡觉的样子。

臣雪坐在沙发上，霍明小跑着到臣雪的怀里，叫着爸。撅着小嘴说："你知道我今天有多想你吗？老师给我们出了作文，题目是《你最喜欢的人》，我就写了爸爸。我写到，我爸爸身材挺拔，待人大方，几乎天天都给我买好吃的。姥姥、姥爷、舅舅和小姨都说爸是个好人，而且是一位成功的大老板。只是妈和爸经常吵架，我就觉得那是妈的不对！我从来没觉得爸哪儿做得不好……"臣雪把霍明紧紧地抱在怀里，无声的泪水再次流了出来……

娟子换掉衣服，推开里屋门，发现叶子躺在床上，沉默不语，便问臣雪："你们这是怎么了？是不是要生死别离啊？"

臣雪把霍明放下来说："哎，娟子你说吧！是你妹妹自己走，还是我开除她。她竟然当着客人的面顶撞我，我就说了她几句，就哭了起来。"

"行了，别演戏了。"娟子冷冷地说着，一边让孩子坐在中厅里写作业。她和丁厂长相爱的时候，这样的场面经常发生。恋人之间的问题，只有他们自己来解决。臣雪和叶子的行为，就是她过去的写照，她有什么不懂。

臣雪不耐烦地抽着烟，当着霍明，又不能争论这件事。如果娟子再回来晚一点，叶子就变成他的女人了。他曾一度放弃利用叶子报复娟子的想法。叶子是无辜的，太可爱了。他不忍心向叶子下手。他经常警告自己，不能像爷爷一样。在家里找女人，那才叫门里的光棍，算什么男人。世界上的美女多如牛毛，有本事就到外边找去，那才叫真正的男人，所以他才屡次拒绝叶子。可是刚才，那种渴望已经达到无法自控的地步，既然叶子不怕，那就干掉她，省得委屈自己。那点事迟早是要做的，这次没做不等于下次不做，这已经是十拿九稳，板上钉钉子的事了。叶子随时就能成为他的女人。既然娟子让他当了"乌龟"，他也要让她尝尝其中的滋味。娟子要是知道真相，一定会暴跳如雷，又无可奈何。想到这，臣雪的嘴角上流露出几分得意。

这时候，臣雪突然想起战友林元通来了。南方人虽然开放，但是很讲孝道和义气。倘若一个成功的男人，连父母都孝敬不了，怎么会和乡亲们搞好关系呢？又怎么能和朋友们讲义气呢？林元通的公司设在广州，养殖基地却在他的老家。林元通曾经拉着臣雪去过他的老家。在林元通的家乡，他不但受到林元通父母、祖父祖母和兄弟姐妹的热情接待，还受到了全村乡亲们的热烈欢迎。好多乡亲都排着队请他到家里吃饭。这顿到你家，下顿到他家，尽情地享受了南方农村的风土人情。臣

第十三章

雪特别羡慕林元通和乡亲们那种鱼水般的感情，也就是从那时候起，臣雪对于老家产生了新的认识。臣雪曾经问过林元通，为什么和乡亲们的关系搞得这么融洽。林元通感叹说，家乡是人生之本，人们在外头拼搏，挣钱，出人头地，不就是为了能衣锦还乡吗？

臣雪愣了半天。这和他的价值观格格不入，怎么都转不过弯来。难道我们在外边拼搏挣钱，都是为了"衣锦还乡"？在臣雪的心灵深处，从来没有"衣锦还乡"这个概念，从来没有想到要回到老家里。

林元通告诉臣雪，等他有了钱就知道了。往银行里多存钱，不如往乡亲们的心中多存情。你和乡亲们的情越浓，大家越欢迎你，你就会感到越富有。

臣雪惊诧地点点头，他脑海里不断地重复这句话。乡亲们对你的情越浓，怎么可能越富有？臣雪觉得是一派胡言，他不同意林元通的这种说法。

林元通又说，乡亲们越欢迎你，那就说明你的人脉旺。人脉在动，那就是钱脉在动。如果没有了人脉，那钱就挣不来了。

尽管臣雪不理解人脉和钱脉的关系，他觉得"衣锦还乡"和人脉都是一个意思。如果能够"衣锦还乡"，人脉自然就旺了。对于一个个体老板，社会上、政治上已经没有了舞台，到家乡去寻找人脉和舞台，也是不得已而为之的事情。林元通却紧追不舍，仿佛知道他没有人脉，没有声望，根本无法"衣锦还乡"。再次表态，说要是臣雪想让自己的乡亲们养鱼致富，可以到他这儿来学习，包吃、包住、包教、包会都没有问题。

臣雪始料不及，又猝不及防。他觉得有点儿"驴唇不对马嘴"。因为他从来就不想和乡亲们建立什么说不清、扯不断的瓜葛。林元通这不是想把他和乡亲们绑在一根绳子上吗？尽管臣雪没有往心里去，但林元通那句话，就像往他脑里输进一个程序，只要打开脑子，那个程序就运行起来。于是，臣雪就断断续续地产生了幻想，和自己较劲。我为什么不能"衣锦还乡"？我为什么不能往乡亲们心中存点情呢？臣雪多次为自己设想"衣锦还乡"的热闹场景。他觉得首先要把家的房子翻盖成别墅似的二层楼，就像林元通家的别墅一样。并排着的是大门和一间车库。车库可以直接进入家里，还要安装上那种遥控自动门，坐在汽车里，就能遥控卷闸门的升降。如果乡亲们对养鱼有兴趣，那就让他们到林元通的老家去学习。销路肯定不是问题，他可以包销，可以捐款建鱼塘、饲料厂。假如要和叶子结婚，那就在老家举行婚礼，别管什么树，只要长在大街上，都要贴上喜字，挂上一串鞭炮，就在大街上摆宴席，请全村的乡亲们喝喜酒，冲一冲家里的晦气。臣雪不是想光宗耀祖，他希望活要有个活样，死要有个死样，不能像爷爷一样失败。等他死后，也有资格享受一下那既隆重又威风的葬礼。想到这儿，臣雪摇摇头，笑了起来。我这是怎么了？简直莫名其妙。难道我快死了吗？我还没和叶子结婚，新生活还没有开始，怎么安排起自己的后事，关心举行什么样的葬礼来了……

臣雪在中厅里想了一会儿心事，他不想掺和到她姊妹俩的战争中去，偷偷地开开门，脚底下抹油——溜之大吉了。

叶子躺在床上，浑身嘭嘭涌涌地不舒服，五脏六腑都颠倒过来，泪水顺着眼角流下来。马路上昏暗橘黄的灯光从窗户外射了进来。汽车隆隆、灯光闪闪，白杨树上残留下来的叶子，随着飘忽不定的灯光来回在墙上摆动、摇曳着。五花八门的影子在屋里时隐时现，时而出现一幅五彩缤纷的图画。那些飘忽不定的光环，好像是花炮飞上天空，万紫千红、天女散花般地美丽、动人。叶子瞪大眼睛想心事，随着灯光上下左右交错，暗自欣赏着特有的景色。大姐推开房门，说："叶子，我要和你谈谈，不能再拖下去，咱俩要做一个彻底的了断。"

叶子"腾"地坐起来，脑子里几万转的速度琢磨大姐这几句话的内在含义。什么叫彻底了断？什么叫不能再拖下去？那可就太好了。叶子和大姐之间，她倒希望自己是一口井，大姐是一条河，可是没有啊，什么都没有。自己不是一口井，大姐也不是一条河。她们都是女人，她们是女人与女人的战争。她们的五脏六腑，似乎都装着满腔的炸弹，每一根神经都是导火索，一旦碰撞到火星，就必然引爆。炮声隆隆、烟雾弥漫、厮杀阵阵、各不相让。

叶子坐在床上看了看大姐，一副有恃无恐的神态。

娟子把门关死，抱着肩膀靠在门背上。她也没开灯，屋子里有股浓重的化妆品气味，就着窗户外射进来令人眼花缭乱的光线。娟子很坦然地说："叶子，我和你姐夫的婚姻你是知道的。你说实话，你们到底到了什么程度，是不是如胶似漆，已经无法分开了？"

"对啊！就像你没结婚之前，和丁厂长一样，你懂了吗？我已经离不开姐夫了。即使有一天，我被你和爸妈逼着和别的男人结婚，那个男人也和姐夫一样，是个傀儡，是一件遮羞的外衣，你明白不？"

娟子欲哭无泪，两股刺眼的灯光透过白杨树的缝隙闪射过来，那辆车好像是停了下来，仿佛等着错车，仿佛是迷路，仿佛是坏了车。远光灯像探照灯似的穿透了树叶和玻璃，直冲她的眼睛，停留了片刻，就又转移了方向溜走了。娟子闭上眼睛，叹了一口气，她很悔恨、很糊涂。她并不是后悔爱上了丁厂长。几年之前，她之所以让叶子到臣雪公司里来，一是看着她那一百万元，二是要监督臣雪。叶子是亲妹妹，是她的嫡系部队。有叶子在，臣雪的一举一动她都能了如指掌。可娟子哪里知道，她却充当了引狼入室的角色，低估了臣雪男人的魅力。在娟子的印象里，臣雪根本不了解女人内心的奥秘，他就是一榆木疙瘩，一头畜生，根本不懂什么是浪漫，什么是温馨，什么是风花雪夜。只要娟子把自己摆在臣雪的身下，他从来不顾她的感受，就会疯狂地翻云覆雨、汗水淋漓，只顾自己痛快，好像从来没有见过女人一样，一句话也不说，就知道狠狠地砸她，还没有等她的感觉上来，就结束了。这几年来走南闯北，臣雪接触了很多女人，她和臣雪早就没有了性生活。臣雪究竟变成了什么样的男人，她还真不知道，她也不想知道。她就喜欢丁厂长，有一个男人就足够了。她已经尽到了妻子的本分，给足了臣雪机会。为此她专门裸睡，也给过他暗示。娟子希望臣雪能像丁厂长那样，先骂她几句，再用手给她揉揉、摸摸，浪漫起来。可臣雪根本不会，不懂。在这方面，娟子也是个内向的人，她就希望男人来进攻她，霸占她，最好是强暴她。但不管她怎么努力，再怎么委屈，也享受不到和丁厂长在一起时那种感觉。臣雪下海之后，尽管他俩还睡在一张床上，尽管娟子还是裸睡，臣雪却再没有找过娟子，她也没有找过臣雪。娟子感觉很好，很轻松，没有一点委屈、抱怨的意思。尽管如此，娟子也不想把亲妹妹便宜给了臣雪。臣雪并不是她的天，她的地，也不是她生活下去的精神支柱。臣雪就是她的外衣、短裤和脸面。如果她现在和臣雪离婚，再把亲妹妹让给臣雪，那就犹如脱了外衣、脱了短裤，露着乳房、光着屁股在大家面前行走，丑陋无比。所以娟子觉得丁厂长的策略是对的，他们宁可多出钱，明明知道臣雪在敲诈，只要臣雪答应暂时不和她离婚，那就心甘情愿满足他金钱上的要求。只有如此，她和臣雪的夫妻关系，才有缓和的可能。于是娟子就听从了丁厂长的建议，让叶子来监督臣雪。可是她却忽略了男女日久生情的这个规律，小看了臣雪的内在魅力。她知道叶子就是她当年的翻版，像是被魔鬼缠身一样不能自拔，误入歧途。现在让叶子为臣雪去死，叶子也会在所不惜。要想让叶子回心转意，走入正途，恐怕是虎口夺食。不过，娟子依然不甘心，臣雪刚走，她就想和叶子谈谈。娟子靠在门上，稳稳心神，说："叶子，你不能再学你姐了。实际上我非常悔恨。我也不想这样，要不是为了孩子，我早就和你姐夫离婚了。"

"那好！就算我求你了，你就和姐夫离婚，把姐夫让给我好不好。我保证把钱还给你，霍明给我也好，跟着妈也罢，我都依你。"

"叶子，你真是鬼迷心窍了。你怎么还能说出这样的话来。天下的男人都死绝了？你为什么像梅花一样，非要在家里找男人？你即使不给大姐留脸面，你也给咱爸妈留一点儿脸面好不好？"

"那是你自作自受。"叶子一听大姐是想教训自己，便夹枪带棒地说，"你要搞明白，我找的可是你不爱了的男人，你利用过的男人，你要抛弃的男人……"

"那我今天就给你说明白。"娟子更加愤怒起来，挥舞着胳膊，上窜下跳，厉声地喊着，"你姐夫最喜欢霍明，为了霍明你姐夫是不会和我离婚的，即使等到霍明结了婚，你姐夫也会喜欢霍明的孩子的。为了孙子，我们也要过下去。为了霍明，我会低三下四地好好地伺候你姐夫，我有办法让你姐夫舍不得我，舍不得霍明。你还是少在你姐夫身上打主意。我是不会让你这第三者的阴谋得逞的……"

"你别做白日梦了，姐夫一定会和你离婚。"

"你要是把我逼急了，我会辞了工作，到市场上，和你姐夫形影不离，不给你留一点机会，最后把你赶出公司。你别忘了，那老板娘的位置是我的。我就不信，我还治不了你这小丫头片子。"

叶子犹如当头挨了一棒，大梦初醒一般。大姐实在是太阴险、太恶毒了。她要是辞了工作和姐夫一起做水产怎么办？那我可一点办法也没有。他们现在毕竟是夫妻。我这第三者是不是太心急了。在我没有拿下姐夫之前，我暴露我的秘密干什么？我怎么这么傻？我是被我即将得到的爱情和地位冲昏了头脑。我真是个混蛋、流氓！我这分明是在提醒、敦促大姐幡然悔悟，改过自新，制定规划对付我吗？我应该就此打住，一句话也不能再说，任凭大姐用最尖刻、最解气的语言数落我。绝望的泪水无声地流下来。叶子背向窗口坐着，马路上来回汽车的灯光，斑斑点点地打在墙上。大姐看不到叶子茫然尴尬的表情，窗外的车灯又闪到大姐的脸上，那张被扭曲的脸时隐时现地在叶子眼前晃动。灯光犹如一群麻雀调皮捣蛋，不甘寂寞，一会儿蹿到墙上，一会儿又蹿到屋顶上，来回地盘旋，飘忽不定，窥探着叶子焦虑不安的心灵。

"你说话啊？怎么不说话了？我不是小看你，你连第三者都不会当。"

"我不要当第三者。"叶子小声嘟囔说，"我是在追求我的爱情！"

"狗屁的爱！你追求有妇之夫，你想拆散你姐的家庭，说你是第三者都便宜你！"娟子一脸讽刺的表情，"说你连第三者也不会你还不承认。当第三者也得有境界、有风格、有高姿态，有忍辱负重、牺牲自我的精神。否则，你就什么也得不到，你懂不懂啊？像你这么自私、自利、心焦如焚，你姐夫是不会真心喜欢你的。他之所以向你示爱，不是真正地爱你，那只是在利用你，是为了报复我，你还是醒醒吧？"

　　大姐说完，摔门而去。叶子颓然地四脚朝天躺在床上，天花板上的灯光变幻着奇特不定的图案。好像大海上一幅幅汹涌澎湃、怒涛翻滚的浪花，撞击在叶子的心头。叶子合上眼睛，脑子里一片空白，茫然不知所措。门"咚"地又让大姐撞开了，她的话好像还没说完，还没说彻底，还没说绝，生怕叶子没听清楚，还给叶子留有幻想的余地。她内心的空虚，全部暴露出来了。她就是想拿着姐夫这具空壳来遮盖她的脸面，只要一天不和姐夫离婚，大姐和丁厂长就相安无事。丁厂长的老婆就弄不明白他们之间的勾当。丁厂长就能安然无恙地当他的厂长，人五人六地招摇撞市。这次大姐犹如一头发怒的狮子，再次关死房门。她怕霍明听到她的咆哮，只要把门关住，即使霍明听到她的声音，也听不清楚其中的内容。大姐指着叶子厉声地警告说："你个小贱人，你就是让你姐夫操死我也不管。但就是不能结婚，不能怀孕，不能留下孩子！你明天就给我搬走。我说话算数，你缠着你姐夫我管不了，但必须要嫁个男人。你要是再不听劝告，我可什么事都做得出来。你要不信你就试试，要是因为你的缘故，你姐夫非要和我离婚，我就杀了他，也不能让你得到他！"说完就跑了出去。

　　叶子躺着没动，任凭大姐发疯。她的眼睛里没了泪水，没了愧疚。她觉得大姐真是太无耻了，一派胡言。

　　叶子刚搬到大姐家睡觉的时候，特别不适应临着马路的房子，正好冲着一个很大的十字路口。臣雪家是二楼，到了晚上，汽车声几乎整夜叫个不停，屋子里的灯影也从来没有断过，即使拉上窗帘，那光线也是斑斑点点、影影闪闪。窗帘那边好像是炮火连天的战场、电闪雷鸣的雨天，叶子好多天才习惯过来。

　　叶子曾经好多次劝姐夫换房子，在这种嘈杂的环境中睡觉，即使脑子睡着，灵魂也肯定随着轰轰隆隆的声音上下左右地颠簸，别想得到一点安宁，简直就是残害自己。大姐这一顿训斥之后，叶子怎么可能睡得着呢？她的脑子里，像漂在混水里一样，几乎听了一夜的汽车声，看了一夜变幻莫测灯光的影子。但叶子知道，姐夫一夜没有回来。她去了几次厕所，在大姐的门口停留几次。她发现大姐也没有睡，他们屋子里的电视声很清晰地传了出来。

　　叶子躺在床上胡思乱想，浮想联翩。霍明在那张床上没一点声响，她非常羡慕霍明这个年龄。霍明的主要任务就是学习，到目前为止，这个世界的一切爱与恨、丑陋与美好、肮脏与纯洁，都像与他关系不大，他早就进入梦乡了。臣雪好像早有预感，知道叶子在极度的情绪下，不定和娟子说什么。他不想参与叶子和大姐自相残杀的战争里去，于是便溜之大吉了。但叶子知道，姐夫迟早要面对她姐俩的，他必须在她姐俩中做出选择，这是很无奈的事。叶子不明白，就姐夫的生活而言，选择对他来说是容易的，对自己才是最难的。为了选择你，我和大姐真刀真枪干了起来，而且我已经做好了众叛亲离的准备。同时，我也不准你再委屈自己。我知道你是为霍明考虑，如果霍明生活在单亲的家庭里，你怕霍明性格上有缺陷，那样就必然会影响他的学业和他今后的生活。你还为我爸妈而犹豫，你怕我爸妈一下子接受不了。你总是一拖再拖，不敢结束你不幸的婚姻。你放心，爸妈的工作我来做，霍明已经十岁了，他选择跟着谁过都没有问题。你不应该只为霍明想，单亲家里长大的孩子，不一定都有缺陷。霍明不是你的全部，我爸妈也不需你过多的考虑，你要为自己想想，要为爱你的我想想啊……

第十四章

麦收过后，天气暴热，雨季接踵而来。二臭吃过晚饭之后，一点也不想在家，天天到霍城家打麻将去。

霍城的儿子在门口开着饭店，他们十一点准时散场，谁赢了钱谁请大家喝酒吃饭。自从桂花走了之后，二臭就喜欢上了这种夜生活。二臭不但喜欢上打麻将，也喜欢上喝酒了。每天三更半夜，二臭都是喝得醉醺醺地回家。但要想回到家里，就得像敲鼓似地敲他家的大门。

亚新出车在外，晚上二臭一走，家里就只有阿华和孩子。孩子睡着之后，阿华便胡思乱想。她记得很清楚，自己要到外面打工，走了十几里的山路，来到国道上。她看到一辆大货车开过来，就挥手拦车，货车司机便停下来让她上车，而这司机正是亚新。她坐在亚新的旁边，毫无拘束，越聊越投机，时而发出"咯咯咯"的笑声。她一下子就爱上了亚新，亚新也爱上了她。到了广州，在亚新等着配货的几天里，她和亚新已经如漆似胶地在一起了。亚新装上货走了之后，她便到一家宾馆当服务员。她哪里知道，那些穿戴庄重、仪表美丽的服务员，都是身兼双职，明着是服务员，暗地里是坐台小姐。她说什么也不想干那一行，女老板便把她关在一间黑屋子里，脱光衣服，骂她，打她，用最下流的话侮辱她、威胁她，还让男服务员轮奸了她。老板扣着她的身份证，把她软禁起来，她想走也走不了。没有办法，她只能和新来的女服务员，一起接受如何接待嫖客的业务培训。虽然了解到了男女之间的秘密，接待过几十位男客之后，阿华还是适应不了，说什么也不想再干下去。阿华几乎三天两头地给亚新打电话，她不敢把实话告诉亚新，她害怕老板娘要了她的命。于是等亚新再次住到那家宾馆，由亚新出面，以让她和自己回去结婚的名义才离开了那家宾馆。亚新帮阿华租上房子，又在一家工厂找到了工作。到了晚上，阿华就缠着亚新不放，求亚新赶紧娶了她，因为她已经怀上亚新的孩子，她必须要生下来……

亚新没有辜负阿华，娶了她，还让她掌握了经济大权，一家三口的收入，都在她的手里，想买什么就买什么，唯一不满足的就是太寂寞。要不是有孩子和阿华作伴，她一天也不想一个人睡在这空旷的屋子里。特别是知道了东邻居家的废墟残骸中，掩埋着一具生了蛆、发了臭的尸体，到了深更半夜，她就害怕得要命。她总梦到一个魔鬼般的男人，没有鼻子，呲牙咧嘴，满头白发，抢起一把镢头，向她的头部砸过来，砸得她两眼直冒金星，天旋地转，眼睛怎么也睁不开了。一旦到了雷雨连天的夜晚，阿华就整夜不能合眼，辗转反侧，烦躁死了。单从这一点上，阿华又后悔嫁到这样的家庭，为此阿华多次让亚新换工作，到了晚上，起码能在家陪着她。婆婆到了北京，二臭天天到外边打麻将喝酒，很晚才回来，她一个人在家里害怕得要命。

亚新说："你是自己吓唬自己，那具尸体被黄土深深地埋在底下，上面长满了杂草，早已变成几根白骨了。村里这么多人，有什么可怕的。"

"哎！那当时为什么不把尸体弄出去呢？老埋在这里算

什么事呢？又挨着咱们的房子，怪吓人的，我天天做噩梦，经常被噩梦吓醒。"

"你问我，我问谁？"亚新说，"又不是自己家的事，谁管那闲事！"

"别人家可以不管，你们家必须管。"阿华说，"因为那边是大道，这边就挨着咱家的房子。你家不嫌腻歪，别人家就更不管了。"

"我们家才不管呢！这么多年都过去了，早就把这事给忘了。行了，咱们家喂着狗，即使有妖魔鬼怪，狗也能制服它们。这狗真是个好畜生，既能看家护院，又能辟邪降妖，有什么可怕的。"

"你还是别跑车了。我真的很害怕，我不想一个人住在屋子里，我求求你了。"

"我喜欢跑长途，我就是想到全国各地转转。放弃开车，在家里陪老婆领孩子，我怕乡亲们笑话我。"

"你放屁！"阿华见他油盐不进，突然恼怒起来，"我看你是喜欢全国各地的美女吧？把我困在家里守活寡。"

两个人经常吵得不可开交。阿华曾警告过亚新，说你不听我的，有你后悔的那一天。亚新总是像哄孩子一样，嬉皮笑脸。但该走就又走了。阿华特别生气，一心想报复亚新。

阿华为了以防万一，每天晚上都在里边锁好大门，等到半夜三更，听到二臭的敲门声和狗叫声，就起来给二臭开门。阿华宁可半夜起来开门，也从不马虎。在那个雷雨交加的晚上，阿华翻来覆去，就是睡不着，简直都烦死了。窗外下着雨，刮着大风，雷声阵阵，闪电呼呼。阿华好不容易听到二臭的敲门声和狗叫声，赶紧从床上爬起来。她没有打雨伞，就那么几步路，不就是几点雨，用不着遮挡身子。她就穿着三角裤衩，跨带背心，急急忙忙地出来。狗从狗窝里跑出来，叫了几声，邻居家的狗也叫起来了。阿华训斥了几句，狗便夹着尾巴回到窝里。

天空依然是阴沉沉的，时而下雨，时而风起，时而电闪，时而雷鸣……院里没有一点光亮，阿华轻车熟路地从厢房里出来，像瞎子走路，完全是凭着感觉。透过洋槐树茂盛的枝叶，又传来了一阵滚滚的雷声，几道闪电，紧接着大雨从天而降，洋槐树上，水泥地板发出"啪啪啪"的响声。阿华在黑黑的大门底下，一边叫着爹，一边摸索着开锁。阿华拉开大门，二臭醉意朦胧地哼了几哼，一摇三晃地进来，雨已经淋湿了衣服和头发。二臭抱着胳膊，缩着身子，根本没看阿华穿着什么，颤颤巍巍地走到北屋里去了。

阿华呆愣地看着黑暗中的二臭，一种从来没有过的沮丧涌上心头，她丧着脸把大门锁好，委屈的泪水泉涌般地流出来。阿华冒雨跑进屋子里，心情越来越糟。一阵强烈的电闪过后，一连串的炸雷炸开了，犹如天空中扔下炮弹一般。阿华的心和整个房子都被炸得飞起了老高，在空中摇晃了几下，又被狠狠地摔到地上。顷刻之间，房顶上的水像瀑布似地泼下来，狂风骤起，天、地、树已经搅合在一起。房子来回抖动，随时会倒塌下来。阿华吓得要命，她怕自己和孩子被捂在里面。阿华突然做出一个惊人的决定，她赶紧把孩子抱在怀里，逃跑似地就往二臭屋里跑。她觉得天地在摇晃，狂风在怒吼，树木在呐喊，大雨在哭泣，雷电在咆哮，地面在颤抖中塌陷，房子颤抖不止，似乎就要倒下来，那具死尸发出惊心动魄般吓人的嚎叫……

阿华不想像邻居家那具尸体，被捂在残破的瓦砾之中。阿华抱着孩子闯进二臭的屋里。公公的鼾声如雷，酒气熏天。阿华开开灯，把熟睡的孩子放在床上，二臭一丝不挂躺在床上，生殖器像高射炮一样挺得老高。阿华抹了一把头发上的水，残

155

第十四章

留的雨水顺着脸上流下来。阿华好好地端详着成熟、稳重、书卷气十足的二臭，她太喜欢二臭现在的样子，她恨不得马上伸手攥住那个东西，来缓和一下她心中的恐惧。雷，还在响着，闪电照亮了天空，风越刮越大，雨，瓢泼似的流着……

越是在雷雨狂风交加的黑夜，阿华越想亚新，同时也就发疯地恨他。面对二臭的裸体，阿华便和亚新赌起气来，她索性拉灭了灯，脱掉衣服。阿华顾不了那么多了。她觉得她现在特别软弱，出奇地空虚。身子像面条似的，她渴望男人给她点力量，给她打气。否则，她就觉得日子没一点意思。阿华就像缺水的植物，已经快干枯了，如果再不补充点，她就会旱死了。所以她也不管是谁的水，哪怕水里放着毒药，像黄连一样苦，被毒得遍体鳞伤、皮开肉绽，她也要先喝一口。阿华拼命地扭着身子，左右摇摆。二臭大叫一声，终于惊醒了。阿华从二臭身上滚落下来。二臭拉着灯，看看身边的阿华，什么都明白了。

窗外的大雨仍然下个不停，雷声滚滚，闪电放光，狂风呼来呼去，树木来回摇曳，把黑夜搅得不像样子。二臭喷着酒气，醉意朦胧地坐在床上说："阿华，你这是干什么？我这不是变成霍老黑了？"说着赶紧穿上水湿裤子。

"霍老黑？谁是霍老黑？霍老黑怎么了？"

"霍老黑是个大流氓。"二臭欲哭无泪，"你这么做，怎么对得起我儿子？我和霍老黑有什么区别？"

"我不管。亚新不在家，婆婆不在家，整天就咱们俩人，你天天喝酒，半夜三更才回来，特别是下大雨、刮大风的时候，我害怕得要命，也特别想男人。我就是想在人不知、鬼不觉的家里找男人，你们家要是不怕丢人，我就到外边找人去。"

……

"哎爹，你在外边是不是找女人了？"

"谁说我在外边找女人了？我不是打麻将就是喝酒，我从来没有找过女人。"

"那就好！我是女人，你是男人。你要是不想那点事，干吗脱得光光的，挺得像铁镢子一样？"

"天哪！你这是说什么？你赶紧到你屋子里去。"

"现在雨下得那么大，风那么狂，雷打得那么响，邻居那边又有死尸，我害怕，我就是不走。"

"你不走我走。"二臭说着就往外走。雨越下越大，天空中炸雷不断，闪电照亮上空，狂风不止，房檐上的水，犹如瀑布一般"哗哗哗"地流下来……

二臭光着膀子，赤着脚走出去，站在雨地里，任凭雨水泼下来，顷刻之间，把二臭泼了个落汤鸡……

阿华穿上内裤，跟了出来，拽住二臭，一瞬间雨水也把阿华冲了个透心凉……

闪电划破天空，雷声接连不断，洋槐树来回摇晃，发出鬼哭狼嚎的响声。阿华和二臭就那么拉扯在雨地里。雨水和房檐上的水从他们身上"唰唰"地流下来……

阿华往屋里拽不动二臭，她就往大门底下推他。可二臭就是不动，硬是要站在雨地里，让雨水冲洗自己。现在的阿华坚强起来，一股男人的豪气，从她的身体释放出来。阿华抱住二臭的腰，疯了似的喊："你赶紧回去……"

"不用你管！我就让雨淋死我，让雷劈死我。我还有什么脸面活下去……"

"这事是我的错！那好，既然你那么在乎，那我就去死。我不想被雷劈死，我想毒死自己。"阿华放开二臭，跑到大门底下，拉亮了灯，拿起敌敌畏的瓶子，拧开盖就想往嘴边放。二臭也跑了过来，说："阿华你这是干什么？"二臭从后面抱着阿华，把阿华拿着敌敌畏的手抱在胳膊下面。二臭毕竟是男人，阿华使尽了全身的力气，也没挣脱出来。他家的狗被惊动了，冒着雨从窝里爬出来，"汪汪汪"地叫起来。但雨声实在太大，雷声太响，风声又搅在其中，狗的叫声，全被雨声、雷声、风声淹没了。

"爹！你这是逼我去死！逼我离家出走！你看了我今天，你看不了明天！"

二臭夺过敌敌畏的瓶子，狠狠地摔在水泥地上，撒了一地，浓重的敌敌畏味飘在大门底下。

"咱们先回屋，如果谈不好，你死你的，或者我走。"

到了屋子里，孩子仍然熟睡在那里，昏暗的灯光，放射出橘红色的光芒。阿华让二臭赶紧脱了水湿的裤衩，二臭就是不脱，阿华就用毛巾被给他裹在外边。阿华自己脱了水淋淋的裤衩和背心，身上也裹了一条。然后就用毛巾擦二臭头上和脸上的雨水，一边擦一边抱怨说："爹，你看着，咱俩明天都得感冒了。你说你，下这么大的雨，跑什么跑？男人和女人不就那点事，谁不知道谁呢？"

二臭像一木偶似的，什么话也不说。阿华继续挑衅："行了爹，你还是醒醒吧，干吗那么傻，我敢打保票，婆婆早和那疯老婆的男人钻到一个被窝里去了。"

"你这孩子，怎么净胡说。"二臭气愤地甩掉阿华，"你婆婆不是那样的人。"

"婆婆不是，可老范是。"阿华解释，"你也不想想，一个保姆，在其他省城最多五百元，北京最多也只有七百元。婆婆凭什么给家里一千呢？这其中一定有那事。依我看，只有陪着老范干那点事，才能拿到这个工资。"

"啊！那就赶紧让她回来。"二臭沉着脸，"我不能让她在北京给我丢人现眼,老范这个老王八蛋,看看我怎么收拾他。"

"爹,你是真傻还是假傻啊?"阿华阴阳怪气,"就像我和你一样,要是婆婆自己送上门呢?如今,说不定婆婆和人家比你还亲呢?你想啊,这男女之间就是这样,越磨合越好。你现在就是把婆婆扔进大海里、泡进消毒液里,也还不了原形了。爹,你就听我的,你就让她在外边给咱们挣钱,亚新不在的时候,你就把我当成小姐,我就把你当成嫖客,天知地知,你知我知。这是老天爷的安排,谁让我们孤男寡女地住在一个屋檐下呢?"

"阿华,我要是那样,我还是人吗?我这和畜生有什么区别,这要是传出去,我还能活吗?"

"爹,说实话,我也不是什么好女人。亚新扔下我走了,我就被逼着做了小姐。二十岁的学生我睡过,七十岁的老头我也睡过。我还受过如何挑逗男人的专门培训呢。男女那点德行我都清楚,谁笑话谁呢?亚新又不听我的,非要跑那狗屁的长途。后来我才醒悟,原来亚新并不缺女人,他走到哪,只要出钱,哪里就有美女。亚新回到家里身体都已经空了,即使勉强给我一次,也像挤牙膏一样,硬挤出一点来。可我呢,为了你家的名声只能忍着。你骂我什么,我都接受,反正我现在特别需要男人,就这么简单。"

"这都怨我。我怎么就没有想到呢?这次亚新回来,让他换一个工作,哪怕少挣点钱,起码能守住家,守着你和孩子。"

"爹,这话我说过,亚新不听我的。"

"你别管了,我自有办法,反正让亚新好好地守着你。"

"爹,你千万别,现在再说已经晚了。说实话,要不是你让我当家,把家里的钱都交给我,我恐怕早就跑了。亚新娶了我,可他并不珍惜我,把我一个人扔在家里守活寡。他以为我手里攥着一点钱，能当家作主我就满足了，我就得像有的女人一样，守着空房过一辈子。那是一种愚昧的表现，我才没那么傻。说不定哪天，我给你们扔下孩子就走了，你们永远也找不着我。"

"阿华，千万不能。"二臭呆愣在那里。二臭做梦都没有想到阿华能说出这样的话来。在他们那一带，确实有过几个南方的媳妇，过不了几年就跑了。二臭为了吸取教训，阿华过门没几天，就把经济大权全都交给阿华，任凭阿华支配。二臭就是想拴住阿华。桂花却接受不了，天天晚上和他吵架，逼着他和阿华分家，打着看她姨的幌子，给老范做了保姆。说实话，事实证明，尽管二臭有工资，他没有霍城那几下子，也只能憋着，还无处诉说。于是二臭开始打麻将，和大家一起喝酒，来麻醉自己。否则，他就无法入睡。二臭身为老师，无论是站在讲堂上，还是走在大街上，都是受人尊重的。儿媳妇倒是留在了家里，他却丢了老婆。按照阿华的推断，是他把老婆送到老范的怀里了。二臭只能先稳住阿华，一切等亚新回来再说。现在的事不能怨我，我喝醉了，是阿华自己过来的。

大雨滂沱地下着，雷声像炸弹，狂风如鬼神，闪电接连二三。房顶、灯泡、窗户、门框、地面和床铺都在摇动，犹如天翻地覆一般。也难怪阿华不敢在屋子里……

第十五章

1

早晨，叶子起来，娟子买好了油条豆浆，坐在桌子上等着。叶子安然地吃过早饭，到了市场，一如既往地指挥生意，除了眼睛有点红之外，好像什么事情也没有发生过一样。水产批发市场都是这样，早晨九点之前，是集中批发的高峰期。九点一过，取货的就稀拉起来了。叶子看到两个会计已经到银行交款去了，二楼的办公室里就只有姐夫。她让秀霞他们在门市上，就来到了办公室。

再过两个月就是春节了。臣雪正在打电话组织货源。一看到叶子，便示意她坐下来。昨天晚上，臣雪就睡在桑拿里，心情沮丧极了。昨天下午，要不是娟子及时回来，叶子恐怕已经成了他的女人了。他知道，叶子真心地爱上了他。他也真心地爱上了叶子，越是爱叶子，就越不想过早地占有她。他不明白这算不算道德沦丧、畜生所为。这和爷爷占有母亲、到桑拿找小姐有没有本质的区别。臣雪尽管很想，简直到了把持不住的地步。叶子拒绝谈男朋友，把心都扑到他的身上，让臣雪好好地享受了一番被女人真爱的感觉，他似乎能听到那爱情之火在叶子胸膛里熊熊燃烧的声音。但臣雪还是一忍再忍，他居然拒绝一位纯真姑娘以身相许的举动，这确实是够伤人的。他是不是很残酷、很虚伪、很不可理喻？臣雪现在想好了，二楼没有任何人，只要叶子有一点意思，就是把他打入十八层地狱，他也不会再拒绝叶子。臣雪仍然很沉稳、很君子，没有一点想侵犯叶子的神态。

臣雪越是这样道貌岸然、装模作样，叶子就越加喜欢，她就觉得姐夫不是一般的男人。他伟岸、精干、沉着冷静，他可爱、可敬、楚楚动人。姐夫就是她理想中的男人。臣雪微笑了起来，起身轻轻地关住办公室的门，冲着镜子用手梳了梳他的黑发，强忍着过火车似的心脏，假装漫不经心地说："怎么，兴师问罪来了？"

"哪儿敢？我就是想和你说清楚。我向你保证，我不再死皮赖脸地找你，一切听天由命。今晚我就搬回我家住去，免得给你增加负担，再添麻烦。你放心，我不会和任何男人见面，我不会嫁给任何人。你要是一辈子不离婚，我就等你一辈子。我对你就有一个条件，希望你能答应我。"

臣雪上前抱住叶子，把嘴按在叶子的嘴上，泪水交织在一起。最危险的地方，也是最安全的地方，只有把叶子变成我的女人，我才没有遗憾。

叶子也紧紧地抱住了臣雪，拼命地吻着，胸脯一挺一挺的。市场上的人声车声喧闹跌宕起伏，几只麻雀跳到窗台上叽叽喳喳。臣雪已经从羽绒服里摸着叶子光滑的皮肤，抓住了她的乳房。臣雪瞅着泪眼朦胧的叶子，说："好，只要我能做到，我会答应你，你说吧。"

"你不要让我姐和你一起做水产。"

"你姐想和我一起做水产？"

"我姐说，她要辞了工作，和你形影不离，把我从你身边赶走。"

"那是她做白日梦，我不会让她的诡计得逞。"

这时候，电话响了。叶子推开臣雪，让他接电话去，自己擦了一把眼泪，"噔噔噔"地下楼了。

臣雪接完电话，却发现叶子已经下楼了。叶子主动的时候，他总是忍着。现在他准备好了，叶子却没有一点意思。臣雪忍不住打电话叫叶子上来。

叶子让他稍等，说马上就到。

臣雪心焦如焚，犹如憋着一泡屎，坐不到椅子上。他大口地抽着烟，不停地在地上转圈圈。他不想再绕弯子，这样对自己和叶子都不公平。几道暖洋洋的阳光溢满了房间，那几只麻雀还在窗外盘旋，时而爬到窗棂上，窥探着室内的动静，时而拔翅飞起。市场上又被一辆大货车堵住了通道，司机在拼命地按着喇叭，一声高过一声，惊心动魄、特别瘆人。臣雪沉着脸拉上窗帘，屋子里暗下来。这该死的汽车喇叭，也不知道是谁设计的，这哪是汽车喇叭，简直就是一种伤人不见血的武器。当他听到楼梯"噔噔"地响声，他的心立刻如敲鼓一般狂跳起来。

叶子风风火火地推开门，扶住门框，死死瞪着臣雪，看了看窗帘遮住的屋子，便得意扬扬地催促着："有话快说，我还忙着呢。"

"你进来再说。"

"不，我真得很忙。"

"我现在命令你，马上进来。"

叶子关上门，跑到跟前，搂住臣雪的头亲了亲说："这样总行了吧。"

臣雪有气无力地说："你为什么非要搬走？你要是搬走了，

我在家就一点意思也没有了。”

叶子扶住门框，一副欲走的样子。她楼下确实很忙，有好多要货的。她知道姐夫现在想干什么。她已经想了很久，虽然不知道那是怎样惊心动魄，妙不可言。她巴不得现在就要，盼望着姐夫现在就强硬地关上房门，把她按倒，想怎么摆弄就怎么摆弄。于是叶子歪着头深情地说："我早就你让你买房子搬走，你就是不听我的。在你家那样的环境住下去，就像住在魔鬼窝里一样，没一天安静的日子。那噪音和灯光，就是对灵魂的残杀，你懂不懂？"

"谁说不是呢？刚住进去的时候，楼后面是一片庄稼地，时过境迁，竟然顺着宿舍楼开了一条大马路，而且还是个丁字路口，好多住户都在向市政府反映，现在还没结果。可我现在还不能买房子，你知道为什么吗？"

"我当然知道，你可以偷偷地买，又不是没有钱，为什么非住在那样充满噪音的屋子里，来残害自己呢？"

"哎，你看，我想把我老家的房子盖成别墅。我老家离咱们市场就二十多公里，又顺着国道，开车三十分钟准到，晚上我们回老家住去好不好？"

"我才不去呢！"叶子撇了撇嘴，"你要想让我住，你就娶了我。只要你娶了我，就是上刀山，下火海，我都跟着你。"

"我现在就是想偷偷地住，你明白吗？"

"我不，要住就光明正大地住，干吗那么偷偷摸摸的。我又不是鬼，见不得光啊？"

"那倒也是。不过，你住不住我都要翻盖的。我已经想好了，要盖成别墅那样的两层楼，连工带料全包出去。年前要是都做好准备，一过年就动工，一个月就完成了。到那时候，我是不是就可以'衣锦还乡'了。"

"我忙去了。你是一个懦夫、胆小鬼。"叶子跑下楼去，楼梯发出很有节奏的声响，每一声脚步，都像踩在臣雪的心头一样。

臣雪充满沮丧、挫折，颓然地靠在老板椅子上，合上眼睛，陷入深思之中。现在他又想起爷爷和母亲，一想到这，他就特别伤感。我这是招谁惹谁了？为什么非要我生在那样的家庭里？爷爷这个流氓、无赖，也太不是东西了，你就是想和儿媳妇好，也不能和老婆分家啊！完全不顾伦理道德，竟然把乡亲们都当成瞎子、聋子。你活着的时候是烈属，是政府保护的对象。尽管你违背了伦理道德，因为是你情我愿，没有任何人能制裁你。可等你死了之后，乡亲们也不会放过你，尽管把你放进棺材里，尽管放了数不尽的炮，抬棺材的架子就摆在门口，却还要对你好好地拷问一番。你霸占烈士的妻子，玷污了烈士的灵魂，辜负政府给你的荣誉，使烈属的这个称号，蒙受到巨大的耻辱。尽管我已经跪到了泥坑里，乡亲们的气还是消不了，依然对你充满厌恶、唾弃，就是没人抬你的棺材。地下全是雪，我穿着又薄，凉水淹没到我的腰里，像跳进冰窖一般，差一点没有冻死。让我在乡亲们的面前丢尽了脸面，受尽了屈辱。在那一刹那，我真正地感到什么是五脏俱焚，无地自容。我像被刀子捅了好多大窟窿，流了多少血。我遭到那样的惩罚，我很不甘心。我不想像你们那样失败地活着，我一定要像林元通那样，"衣锦还乡"。我最大的遗憾就是找不到母亲。母亲既然决定离家出走，就不可能自己回来。即使我有"衣锦还乡"的那天，母亲也享受不了。我最大的愿望，就是能为母亲举办一场像样的葬礼，乡亲们哪怕接着闹丧，我也要穿上孝衣，给母亲打幡摔瓦；哪怕我再一次跪在泥坑里，也要祈求乡亲们抬着母亲的棺材，像平常人一样，在两条大街上转一圈，也不枉费

第十五章

来世一遭。可是我不知道，母亲是否还给我这个机会，还要不要我这个儿子。倘若有一天，有人问起我的母亲，我是实话实说，还是编一套瞎话来哄骗乡亲们呢？

从臣雪记事起，就感觉到家里的环境和别人家不一样。爷爷睡在北屋里，他和母亲睡在西厢里。半夜里醒来，炕上就他一个人。臣雪就悄悄地起来，走到北屋门口。夜深人静的时刻，天上没有月光，没有星星。他听到爷爷在骂母亲，很生气的样子，骂得特别难听。母亲也骂爷爷，老东西、老乌龟，而且还发出奇怪的声响。那时候，臣雪不懂，不知道母亲和爷爷在干什么。一直到他娶了娟子，才明白爷爷和母亲在做什么。由于二臭不让臣雪叫他叔叔，让叫他哥哥，好多同学们一起起哄。臣雪和他们打架，爷爷打了二臭，还和奶奶分了家。但臣雪的感觉并没有好起来，放学回来，就一个人在家里，从不串门，也不到街上玩耍。一走到有人的地方，臣雪总感到有无数双眼瞪着他，指指点点、比比划划。臣雪的尊严，犹如洒在地下的牛奶，和尘土模糊起来，怎么也捡不起来了。他当兵之后，只和霍城保持着联系。

臣雪已经下定决心，必须改换门庭，一定要实现"衣锦还乡"的梦想。想到这，臣雪马上想给霍城打电话。自从下海经商之后，臣雪还没有给霍城联系过。从地委机关下来，臣雪的自尊心又被剥了一层，好像被政府机关，被同事们，被整个城市抛弃了一般。于是在没有成功之前，他不想和任何人联系。他怕大家笑话。尽管林元通大包大揽，百般许愿，但那时候，臣雪的眼前仍然是一片黑暗，不知道能干成什么样子。当时也没有别的办法，赌的就是一口气。苍天不负有心人，臣雪终于成功了，现在是老板了，而且是拥有几百万的大老板。他可以像林元通一样，有足够的底气让霍城给他帮忙，他一定先要把别墅盖起来。

臣雪打通电话，霍城拿着电话，除了震惊、惊诧之外，还抱怨臣雪为什么不和他联系。说他就像在地球上消失，死而复生一般。"几年前，我还去了一趟地委大院，有的说你去了深圳，有的说你已经下海，永远也不回来了。村里人都以为你跳海了，认为你死了。既然是跳海，恐怕连尸首也找不着了。我还掉了眼泪，难过了好多天。我当时就是理解不了。你说你还跳什么海呢？你怎么就那么想不开？地委不要你了，你可以回家来，霍家庄永远都是你的家啊！说实话，因为爷爷的葬礼，我总觉得对不住你。我还难受了好几年。你一定在骂我。你会说，我作为村支书，很无能，很窝囊。为什么允许乡亲们那样闹丧？让你跪在雪地上，又跪到了泥坑里，弄得满身污泥、汤汤水水，丢尽了脸面，可闹了半天，到头来，还是没人来抬你爷爷的棺材。我总想找你当面解释解释。这葬礼上的闹丧，我确实掌控不了。这是几辈子传下来的规矩，这就是风俗。"

"我知道不怨你。"臣雪打断霍城，"你能不能到我这一趟，我有事和你商量。"

"没问题。"霍城说，"我明天就去。哎，还得顺便说一句。后来我们才搞明白，从地委下来，你没有跳海，没有去死，你是下海经商了。"

"我怎么可能去死。"臣雪在电话这头说，"我还要'衣锦还乡'呢。"

"那可就太好了。有你这句话，我这心里就有底了。我盼望着你能早一天衣锦还乡。我会在村口，挂着红色的条幅，敲锣打鼓，欢迎你回来。"

"哎，老同学，我今天给你打电话，确实是有事找你。"

"有事就说。只要我能办到的，肯定没有二话。哎，我想问一句，婶子她还好吗？"

　　"唉，别提了。"臣雪赶紧岔开话题，"我现在特别忙，走不开，你务必到水产市场来一趟，有些事在电话里说不清楚，我想好好地请你喝酒。"

　　"好吧！"霍城答应得很痛快，"现在是冬天，家里一点事也没有，我除了打麻将就是喝酒，我会尽快找你的，我也有好多话要和你说，那咱们见面再说了。"

　　臣雪放下电话，心理畅快了许多，又拉开了窗帘，一道耀眼的阳光从窗口射到桌子上，那几只麻雀还舍不得离开，摇头晃尾，跳来跳去……

2

　　这天中午，叶子骑上自行车回她家吃饭。臣雪就在旁边的饭店里随便吃了饭，到办公室睡觉。下午市场关闭之后，叶子又悄悄地走了。臣雪自己吃完晚饭，依然到桑拿里洗完澡，躺在包间里，喝着茶水，让小姐按摩。臣雪太熟悉这包房了。桑拿里最大的好处就是能换着小姐给他按摩。那些小妹们就好像集市上的小猪一样，在一间大厅里，穿着短裙，描眉画脸，任凭嫖客们挑选，变成真正的"有价值的商品"。只要有钱，不管你是七十岁的老头，还是装成大人的学生，随便招呼，不满意还能调换。越是这样随便，任意更换，臣雪就越感到不满足。特别是裸了体，展现在他面前的时候，几乎都是一个模样，没一个让他真正动心的。这时候，臣雪特想叶子，他立刻打了通电话过去，问叶子现在在哪里？叶子说："你现在在哪？是不是在桑拿里，又按摩了？"

　　"对呀，哎，你还真搬回去了。"

“你就和大姐好好过日子，我就在家里等着你们和好！”

“你胡说什么？哎，你赶紧过来，我想请你洗桑拿，你不是说你没有洗过吗？”

“我才不去那脏地方，你还是和你的小姐妹妹们好好地享受吧。”

“不要那么悲观好不好？是你说要洗桑拿的，怎么又不来了？”

“当初是当初，现在是现在。当初想，现在不想了。”

深夜十一点多钟，臣雪回到家里，他先到霍明的屋子里看了霍明，又看了看叶子那张床，才沉着脸回到卧室里。娟子刚削完苹果，随手把水果刀扔在梳妆台上，她嚼着苹果，把电视的声音开得很大，然后拉开窗帘，推开窗扇。娟子是想让吵闹声，都顺着窗户，随着空气跑到马路上，和无边无沿的空气搅合在一起，千万别把霍明惊醒。

这时候，窗外冷风飕飕，车灯闪闪，声音阵阵。窗帘被风吹得飘了起来，像旗子似的发出抖动的响声。几片枯黄的叶子，顺着窗口飘进来。冬天的季节，虽然还没有下雪，但空气又冷又凉，窗户一旦打开，顷刻之间，冷气像水漫金山一般，涌满了屋子。臣雪从床上"腾"地坐起来，大声地吼着："你神经什么？说着便不由分说地关住窗户。"

娟子也不拦他，她也觉得冷了。她靠在梳妆台前，穿着长袍睡衣，披着长发，嚼着苹果说："你刚才是不是和叶子在桑拿包房里，包房里是不是很温馨、很浪漫啊？"

"看来你很懂生活。"臣雪鼻子里"哼"了一声，"还知道包间里温馨、浪漫！实话实说，我倒是请了，我想到包间里温馨温馨、浪漫浪漫，可叶子不像你那样风流，我好说歹说，她就是不去。"

"谁信呢？那叶子到哪去了？"

"我怎么知道？"

"你骗叶子到了桑拿！"娟子打断臣雪，叉起腰来，"你这个畜生，如果对我还不解气，那你尽管冲着我来，是杀是剐，我奉陪到底，你不能在我妹妹身上报复我，你和你爷爷还有什么区别？"

"我就不明白了，从古至今，姐妹俩嫁一个男人的有的是。我俩是真心相爱，你情我愿，我看你就不用操心了。"

"你不愧为是你爷爷的种。那你们澡也洗了，馨也温了，浪也浪了，福也享了，仇也报了。你倒是回来啦，我妹妹回去了没有？你想把我妈急死啊？"

"我是想请她洗澡，可是她没有去，她不去，你明白了没有？叶子不像你那样无耻、下流，玩弄利用别人的感情。我们要爱就光明正大地爱，我正准备和你离婚，你听懂了吗？我看，你还是主动提出离婚的好。"

"想得美！不是向我要一百万的时候了，你是不能和我离婚的，借条上都写着呢。"

"我是看在霍明的面子上才给你写的。我不想让霍明知道自己不光彩的身世，你懂不懂？"

"霍明没有什么不光彩的身世！即使知道了也无所谓。"

"那就是说你承认霍明是丁厂长的儿了？"

"我是说，霍明和你不一样。你是儿媳妇和老公公的，难道不对吗？"

"那又怎么样？我再给你三个月的时间，期限一到，我到法院起诉离婚。"

"你敢……"娟子咬着牙说。

"我有什么不敢的。叶子就是我要找的那个女人。她是那么爱我，我为什么不和她结婚？我正好把我对你的恨，都报复在你亲妹妹的身上。"臣雪说完，仰面朝天躺在床上，"哈哈哈"大笑起来。

娟子气得发抖，无法忍受，她迅即拿起那把水果刀来，一下子就趴在臣雪身上。娟子的个头本来就不比臣雪矮，随着年龄的增长，现在变得又胖又沉。

臣雪上下班开车，天天下饭店喝酒吃饭，肚子早就变成像肥猪一样笨重了。娟子手持水果刀，突然压在臣雪肚子上。臣雪感到又沉又重，喘不过气了。面对披头散发、穷凶极恶、手持刀子的娟子。臣雪有点后悔，他不该当面激怒娟子。人在极度愤怒的情况下，什么样惊心动魄的傻事都能干出来。臣雪已经冷静下来，只要他不再和娟子较劲，娟子是不会对他下手的。臣雪终于明白过来，确实是该买房子了。他和叶子的事一旦暴露，叶子就有被赶出家门的可能，连个躲避的房子也没有。臣雪马上又否定了自己的想法，即使偷偷地买房子，娟子也会知道的，说不定又会引起想象不到的风波，还是把先老家的别墅盖起来再说。无非就是远一点，他可以拉着叶子回去。娟子不会想到他要回老家盖别墅。

娟子用刀顶住臣雪的脖子，划破了肉皮，血已经流下来。臣雪的胳膊被娟子压住一只，又摁住一只。纵然臣雪有还手的机会，他也不想还手。娟子厉声地说："臣雪，你别逼我。我早说过，你和叶子怎么温馨、怎么浪漫、怎么享受、怎么报仇，我可以不管。但，就是不能结婚，不能生孩子。你要是敢在我妹妹肚子里留下什么，我会杀了你。你看我敢不敢！"

"你冷静点。我今晚，确实没和叶子在一起，你不信你打电话，我是故意打电话逗她，我和叶子不像你想象的那样。"

"你还在和我演戏，你还想骗我。"娟子冷笑着，水果刀堵在臣雪的脖子上，臣雪不敢乱动。娟子继续说："我的忍耐是有限度的，我就是不准你们有结婚和生孩子的打算，听到没有？"

"好。但我只能管住我，我可管不住你妹妹，你妹妹嫁与不嫁人，与我可没有关系。"

马路上路灯突然灭了，窗外一片黑暗，风还在不停地吼着，连着几辆大货车的笛声，震得窗户"哒哒哒"地直响。探照灯似的车灯接连不断射进屋子里，一闪而过，犹如一幅幅投影，变幻出千奇百怪的图案，又像是一幅幅疯狂的图影，枯黄的树叶被狂风卷在空中，在旋风的迫使下，跳起脚来敲打在玻璃上。

这时候，中厅里电话响了。娟子从臣雪身上起来，到中厅里接电话。臣雪依然四脚朝天，一动不动地躺在床上，听着窗外的风声，浮想联翩……

娟子接电话回来，再次拿起刀来，骑在臣雪的身上说："你个狗操的，你还想骗我，你到底把我妹妹弄哪儿去了，为什么现在还没有回家？"

"你别那么冲动好不好？你就是捅我一刀，也没有用的。"

"现在你还不承认，你以为我不敢吗？"

"娟子！你听我说，我们现在应该去找找叶子，你这样逼我是没有用的。"臣雪像哄孩子似地把娟子推下来，赶紧坐起来拨手机，电话里却传来关机的声音。于是他们都穿好衣服，像找梅花一样在马路上、公园里来回转圈圈。刚入冬的晚上，风特别凉，大小商场门店都关上门了。接连不断的路灯，放射着奇光异彩的光芒，把城市的上空，装扮得丰富动人。十字路口卖馄饨的小摊上，异常热闹，旁边停着好几辆出租车，司机们吃着热乎乎的馄饨。臣雪觉得又冷又饿，便拉着娟子要吃馄饨。娟子扭捏了几下，还是坐下了。臣雪要了两碗，热乎乎的馄饨到了肚里，身上就有了温度，臣雪才如梦方醒⋯⋯

于是他们到了水产市场，叶子果然在市场办公室里。娟子又气又恨，她上前抓挠了叶子几把。臣雪拽住娟子，说："大半夜的闹什么？有什么事，明天再说！"

3

早晨起来，娟子像往常一样，把油条、豆浆、咸菜摆在饭桌上。臣雪洗了一把脸，穿上大衣，拿起车钥匙就往外走。娟子看臣雪没有吃饭的意思："怎么？叶子不在你就不吃饭了？"

臣雪也没有理她，关上防盗门，迷迷糊糊地开车到了市场里。

天阴沉沉的，房檐上、树杈上、车顶上，盖着一层薄薄的霜雪。轻轻的白雾，笼罩在市场的上空。臣雪夹着公文包，低着头走到门市上⋯⋯

叶子对着霍城指点臣雪，说："你看，来了。"

霍城已经有好几年没有见到臣雪了。这要是在马路上走个碰面，他是绝对不敢相认的。霍城先喊了一声臣雪。臣雪便上前拉住霍城，一直拉到办公室里。叶子冲上茶水，每人倒上一杯。臣雪瞪了一眼叶子。叶子眼里像伸出一把钩子似的钩着臣雪，看到他脖子上的伤痕，"哎呀"一声，说："你俩是不是打架啦？"

臣雪冲着叶子努努嘴，挺了挺鼻子。叶子背着霍城做了鬼脸，便催促着霍城和姐夫喝水。霍城说："臣雪啊！我这支书当得很不合格，非常惭愧。改革开放都十多年了，我也没能为乡亲们找出一条集体致富的路来。我为此伤透了脑筋，我怕我死了之后，有人也要闹丧。即使我儿子跪在泥坑里，乡亲们恐怕也不抬我的棺材。所以我早就想找你，你毕竟是在大城市里，见多识广。我是想请教你，有没有适合集体走向富裕的项目？"

臣雪抽着烟说："说实话，别的行业我还真不懂。我是搞鱼类水产批发的，对于人工鱼类的养殖见得太多了。我亲自参观过太灵鱼、鲤鱼、罗飞鱼、草鱼、甲鱼的养殖鱼塘。我的朋友倒是说过，只要有水的地方就能养。你们要是想养鱼致富我倒是能帮忙，如果你们愿意，我想一定能挣到钱的。"

霍城狠狠地抽着烟，恍然大悟地说："哎呀！那可就太好了。水没问题。咱们上游就是水库，水库附近都是咱们的地盘，地下水也相当丰富，只是苦于没有技术和建鱼塘的资金。"

臣雪非常内行地说："根据我了解的情况，鱼塘可大可小。如果没有钱投资，就直接挖个大坑，地下铺上塑料布，减少渗水就可以了。"

霍城"哎呀"了一声，一句话点醒了梦中人。"你真是没有白住在城市。这事就算八九不离十了。那就赶紧帮着联系，倘若这事能成，你可帮了我的大忙了。我早就想给村里办点实事。我真该早点找你，可又觉得不好意思。"

"你要早点找我，咱们村早就发展成远近闻名的鱼类养殖中心了。我可以负责鱼苗、技术、饲料、回收，首先解决你们的后顾之忧。"

"那我先替大家谢谢你了。要是学习养鱼技术，这得到哪去学呢？"

"那我让你们到南方养鱼基地去学去。现场学习，包吃包住包会，你看怎么样？"

"那我可就不知道说什么好了。我回去之后马上落实。我想会有好多人得高兴得跳起来。好了，村里的事就说到这。你有什么事需要我帮忙的，你尽管说。"

"我是想翻盖家里的房子。图纸、建筑队我都找好了。说实话，目前我还不想回去，盖房子是离不开水的，我想请你帮忙。"

霍城一听说是想盖房子，才松了一口气。他觉得自己对不住臣雪。有的人闲着没事，就会捕风捉影嚼舌头。一旦有机会，还想承担起惩恶扬善的大任来。在霍老黑的葬礼上，有人从中捣乱，竟然背着自己闹起丧来了。这也怪自己马虎，要知道有那么多的人这样闹丧，为难臣雪，自己早就弄一辆车拉棺材到坟上去了，决不可能让臣雪跪在泥坑里，弄得个烧鸡大窝脖，使臣雪的面子、名誉、自尊威风扫地。自己也恨不得找个地缝钻下去。尽管在自己的亲自指挥下，大炮"咚咚咚"地放个不停，伴随着悠长、婉转、悲凄的唢呐声调，把天、把地、把树、把人心都震得颤动了半天，到头来还是没有能改变村民们古老的灵魂。他们就认准这个理，还是认为霍老黑是真正的畜生、流氓、老不是东西。他们都站在那里，竟然把自己给蒙住了。在自己看来，大家完全是一副前来抬棺的神态，但却没有想到，大家却都是来看闹丧的，不是来抬棺材的。臣雪当时是什么心情，霍城自己是知道的，臣雪一气之下，叫了火葬场的车拉走了霍老黑，到现在也没有看到骨灰回来。这也是霍城这么多年没有好意思找臣雪的原因。可霍城哪里想到，臣雪却胸怀坦荡，不计前嫌，自己富了还不忘老家的乡亲们，使他很受感动。"

"这算什么问题呢？水的问题你就别管了。你既然要盖房子，那就别在老家那旧地翻盖，那地方太小，又在大街边上，街坊邻居和你家也不友好。我在村边重新给你批一块好宅基地，既宽敞又心静，比你那老宅基地强多了，怎么样？"

"不不不。"臣雪站起来，背着手在屋子里走着说，"我就是要在原地翻盖，而且要盖成两层的别墅。我喜欢老家那块地方，不是有句话说得好，在哪儿跌倒还要在哪儿爬起来。"

"那也好。一切都包在我身上，保证施工队正常施工。不过，有一件事你必须听我的。"

"好，说说看。"

霍城又想起那具发臭、招来好多苍蝇的死尸来了，于是说："你看，既然你想在原地方翻盖，我也不反对。但，你必须要把旧房子里的土以及破砖烂瓦统统地清理出去。要在屋子里、院子里重新垫上新土。这也叫吐故纳新，新房新土新气象。这也是咱们村的风俗。"

"有道理。谢谢你的提醒。那好，我就先让他们用铲车，把那些乱七八糟的废墟彻底清到河沟里去，就来个吐故纳新，新土新房新气象。"臣雪兴奋地抽着烟，突然发现窗外，雪已经下起来了……

霍城心想，不就是翻盖房子嘛，又是在老宅基地上翻盖，那就更没有问题了。即使霍老黑做过胡闹之事，那也是他自己家里的事，按说谁也管不着。为此事我整天和他们辩理。霍老黑就是再坏，即使大家看不惯霍老黑的所作所为，也怨不得臣雪。臣雪没有权利选择父母和家庭。在霍老黑的葬礼上，大家已经闹了丧，耍了威风。包括在城里工作的人们，都犹如敲山震虎、杀一儆百地教育了一番。霍老黑是畜生，霸占烈士的妻子，按说是有罪的。可梅花也不是好娘们，即使想男人，你也应该光明正大地嫁个男人，千不该，万不该让烈士戴上绿帽子。可这都是上辈子人的事了，什么事总得有个完嘛。我觉得乡亲们，特别是前后左的右邻居们，应该欢迎臣雪回去翻盖房子。这工作由我去做，保证臣雪在翻盖房子时能顺利地进行。

雪，越下越大，雾蒙蒙的天空，像棉花朵似的，纷纷扬扬地从天上飘下来。

臣雪的办公室里，烟雾缭绕，热气腾腾。他俩谈得特别高兴。臣雪喝着茶水，大口抽着烟，时而瞅瞅窗外飘飘然然的雪花，心里感慨万千。他第一次和霍城敞开心扉，把憋了十几年的话，都痛快淋漓、滔滔不绝地说出来。林元通说得太对了，乡亲们的人脉关系，就是成功者的灵魂，没有人脉的成功者，那就等于没有灵魂一般苍白。臣雪现在特别悔恨，为什么没有早点面对现实？面对乡亲们呢？在那样扭曲的家庭里长大，逃脱不了束缚在我身上无形的枷锁。别说是乡亲们，就连我老婆都骂我是杂种。多少年来，臣雪只能忍气吞声，猥猥琐琐，在朋友和客户面前，从没有提起过父母和老家。臣雪觉得乡亲们的眼睛就像显微镜，只要把他放到显微镜下，就能穿透他的肉体，洞察到他肮脏的血液，丑陋的一面就会暴露出来。于是臣雪只能躲得远远的，不敢去碰撞它，生怕撞击出不光彩的火花来，把他的尊严再次烧个粉身碎骨。臣雪不想看到村里的任何人，包括霍城。表面上他是烈士儿子，实际上不是，是一个冒牌的。在爷爷葬礼的那天，臣雪还曾抱有侥幸的心理，霍城就是代表政府，只要有政府在，葬礼就会顺利进行。爷爷毕竟是烈属，他可是地委干部，理应得到村委会的帮助和保护。可是臣雪哪里知道，乡亲们用特有的方式闹了丧，不但惩罚了爷爷，还惩罚了臣雪。把臣雪撂在大街上，跪在泥坑里，像耍猴一般，好好地羞辱了一番。时过境迁，臣雪觉得就像昨天的事一样。现在想起来，臣雪并不后悔，像这样的家庭，要是再不闹闹，那还有没有天理了。

"臣雪，我来得太晚了。你简直就是一座金钟。你说我放着金钟不敲，却敲了十多年的犁铧子。"霍城连连摇头，狠狠地抽着烟，后悔不已。

臣雪还给霍城谈了如何养鱼，如何就地取材利用本地资源，如何销售，如何让乡亲们富起来等一系列问题。霍城现在已经明白，让大家致富其实就是一个思路、一个意识、一种境界的问题。作为村里的当家人，是只想着自己富，还是想让大家共同富起来的问题。这个问题从臣雪的嘴里说出来，就显得格外沉重。臣雪不愧为转业军人，当过地委干部，又是成功人士，竟然能把致富上升到国家稳定、经济繁荣、人生价值自我实现的高度，简直比那些乡长、县长、书记讲得生动、可行一百倍。在臣雪面前，霍城突然变成了矮子，渺小了许多。好多话就像一把尖刀子一样，直接刺进他的灵魂深处。在臣雪当兵入伍之前，霍城就想轰轰烈烈地干一番事业。他姥爷是本村的富农分子，他也想和臣雪一样，当兵去，可大队上根本不让他报名。尽管臣雪出身那样，但毕竟是贫农，是烈士的后代，可谓根红苗正。臣雪穿上军装，戴着大红花走了。霍城偷偷地哭了好几天，但他没有死心，要想实现他的理想，只能在霍家庄寻找出路。尽管他是富农分子的外孙，他还是经常写入党申请书。下地干活，不怕脏，不怕累，加班加点，不要报酬，处处起模范带头作用。只要生产队开会，等队长讲完话，霍城就还要讲几句，来给队长打气。好多人说霍城是神经病，富农的外孙还想入党，那简直是痴心妄想。霍城的热情，不但感动了队长，还感动了村支书。霍城终于当了副队长。他是想通过当队长，使地里粮食的产量翻上一番，就像大寨的陈永贵，干出一番事业来。然后就有资格入党，当村支书，一步一步走出去，实现他的理想。可是霍城才当了三年生产队长，党倒是入了，土地就承包到户了。包括村里的修配站、砖窑都承包给了个人。霍城的理想因此就化为泡影。虽然有幸当上了村长，可这个村长，除了收收公粮，管管计划生育，别的什么事没有。霍城变成个闲人、空架子。霍城感到非常失落，很茫然。于是他利用手中的权力，一有机会，就找娘们，耍流氓。说实话，霍城简直比霍老黑还流氓，还不是东西。霍老黑是在家里找寡妇，他是在外面到处找，找的都是年轻漂亮的，还是别人的老婆，在村里造成很坏的影响。霍城为了要儿子，竟然一连生了三个孩子，严重地违反了计划生育政策。于是村支书训他，停止了他的工作，没收了他的手章。霍城自知理亏，便没和支书计较。村支书趁机独揽大权。因为支书有公章，还有霍城的手章和他的手章，他一个人就能把村里的房基地卖掉，并把钱塞到自己的腰包里。霍城也不知道支书和镇政府是怎么周旋的，把他挂在一边，竟然没撤掉他村长的职务。霍城的村长职务便奇迹般地被保留下来。但最终，村支书被群众告下来，霍城与支书的贪污没有任何关系，他便侥幸地当上了村支书，但对于如何干一番事业的心气已经没有了。家家户户都是单干，自己挣自己的钱，各种各的地。村支书和村长，就是催催公粮，上传下达，主持村里的红白喜事。可以说，是臣雪再次把他创业的热情点燃起来，他仍然像年轻的时候一样，很想干一番事业，现在终于找到门路了。

臣雪走到窗前，把一扇窗户打开，一股冷风，卷着雪花飘进来。

臣雪说："你看这样好不好？趁冬天这个季节，我赶紧带你们去南方学习养鱼技术，你们觉得学会了，学好了，有信心了，再回来搞养鱼也不晚，一切费用我包着，不要有什么顾虑。"

霍城说："好！我马上回去安排一下，一两天就来。"

中午，臣雪和霍城在饭店里边说边喝酒，睡了午觉，又聊了一下午。晚上，叶子作陪，继续喝酒。霍城搞清楚了叶子的身份，她不但是臣雪的小姨子，也是臣雪的二把手，长得特别水灵，好像年轻时候的桂花一样。于是边喝酒，边不由得多看了几眼。天已经黑了下来，雪还在下着……冰冷的小风顺着门缝吹了进来。霍城说不能再喝了，他必须要赶回去。

臣雪端着酒杯，晃晃悠悠地说："不急，我开车送你，三十分钟就到了。"

叶子撇了撇嘴，说："你还能开车？即使你敢开车，谁敢坐啊？"

臣雪说："小看我？喝多少酒也不影响开车，你放心，保证翻不到沟里去。"

叶子说："你不怕，可我还怕跌进沟里呢，还是我开车吧。"

臣雪说："不。我没有喝多，我今天高兴，我从来没有这么高兴过。"

叶子拿着钥匙走在最前面，霍城扶着臣雪跟在后面。雪，已经变成米粒那么大了。四周的树木、花草、房屋被雪盖住。马路上的路灯，发出橘黄昏暗的光。停车场上的雪已经被车轧脚踩，露出一缕一缕黑白相间的泥浆来。

叶子开车也是刚学会的。在这雪天路滑的道路上，叶子本来是不敢开车的。可是面对喝多了的姐夫非要送霍城回去，叶子只好自己驾车。她觉得没多大问题。霍城扶着臣雪过来。臣雪挺着身子不上车，醉话连篇。叶子和霍城周旋了半天，才把臣雪弄进车里。叶子开得很慢，很稳，也很潇洒。还没到霍家庄，臣雪就睡着了。到了霍家庄，叶子并没有叫醒臣雪。霍城下了车，拉着叶子的手客气了半天。叶子原路返回，国道上车辆很少，四周灰蒙蒙，远光灯照在雪地里。车里开着暖风，臣雪打着鼾声还在熟睡之中。好不容易到了市边上，叶子终于很累。她开到一块空地上想休息一会儿。车没有灭火，暖风呼呼袭来。叶子把羽绒服脱下来，叫了几声姐夫，臣雪不理她。叶子跳到后边去，骑在臣雪的身上，使劲捶打他。

臣雪被叶子弄醒之后，便把叶子抱着，两个人就拼命地亲起来。娟子那副德行又出现在臣雪脑海里了，臣雪和娟子做爱的时候，娟子总是把头扭到一边，似乎是很委屈、很不情愿的样子，从来没有亲过他的嘴。臣雪想到这里，一下子就愤怒起来。他三下两下就撩起叶子的羊毛衫，抓住了叶子的乳房。叶子"哎呀"了一声，全身立刻像面条一样软了下来，任凭臣雪把她的裤子脱了下来。

叶子已经是一滩烂泥，心快要跳出来了。她只盼望着姐夫少废话，你想报复我姐也行，报复我也罢。只希望你赶紧进入我的身体，让我尽快变成你的女人，霸占住你的心，保住老板娘的位置。当臣雪穿入到她身体的时候，她只觉得疼得要命，"哎呀哎呀"尖叫起来……

臣雪猛地进去，就后悔了，先停下来，进行得很慢，很温柔，叶子还是喊疼。可他依然舍不得出来。一边进行，一边许愿，恨不得把心都挖出来了。"你要是给我生孩子，我会立刻和你那王八蛋姐姐离婚。我的一切都是你的，我就是要在你身上报复你姐，否则，我出不了我心中这口恶气。"

"随便！"叶子咬着牙说，"我就是为你而生……"

完事之后，臣雪摸到了叶子身下的那滩血迹，说："我是不是把你弄疼了？"

叶子抱着臣雪，合着眼，说："是的，疼得厉害。但我喜欢。我已经等了很久，我愿意……"

181

第十六章

1

经过那个狂风暴雨之夜后，二臭好像变了个人一样。只要回到家里，二臭就抱住孩子。只要走在大街上，站在讲堂上，或是坐在麻将桌上，脸上便猥琐了许多，内心时常突突直跳，再也不敢和别人直对着眼睛，生怕被别人看穿心中的秘密。可是仔细一想，那不能怨我，这都怨亚新。我就想不明白，亚新作为男人，是真傻还是装傻，你结婚之后，还跑什么长途？让阿华独守空房，谁受得了？既然那么老远把阿华娶到家里。阿华又生了儿子，你就应该好好地陪她，珍惜她，爱她。可你只顾在外边沾花惹草，寻求快活，不顾阿华的感受，才让我有今天。

再者，那就是怨桂花。你说你放着安稳的日子不过，跑到北京干什么？把你男人留在家里，寂寞难熬。你要是守在我身边，哪怕不让我动你的身子，阿华就是再想男人，再和亚新赌气，自己也不会被阿华强奸！那天晚上我喝得有点多，被淋得水湿，一睡着就开始做梦，我迷迷糊糊地梦到桂花主动爬到我身上，我睁不开眼，外面下着大雨，狂风怒吼，电闪雷鸣。雨水顺着瓦口，像瀑布一般地流着……我就是觉得桂花有点特别，肯定是和霍城学坏了，竟然骑到我身上。我怎么可能想到是阿华呢，我要是知道是阿华，就是打死我，我也不会那样的。

那天是星期天，二臭不用上课。经过一夜的滂沱大雨，雨虽然停下来，天仍然昏沉沉的。全村的墙壁、树木都像是被洒水车喷洒过一样。大街上泥浆翻滚，雨水横流。村北的小沙河又发水了，村民和孩子们都去看河水。大人们都穿着雨鞋，叼着烟，有的还带着狗。孩子们光着脚丫子，一窝蜂似地向河岸跑去。

阿华和往常一样，早早地开开大门，把门口的树叶和黄土泥巴清扫了一遍，然后做了早饭。她腰里系着花花点点的围裙，小跑着把饭菜都端到桌子上，催促着二臭吃早饭。二臭却像没有完成作业的孩子，傻坐在椅子上。阿华说："哎，爹，吃啊。"

二臭"啊"了几声，便低着头吃饭。阿华说："哎，爹，你这是什么态度，干吗给我脸子看？"

"没有没有，"二臭支支吾吾，"我现在还困得很，特想再睡一回笼觉。"

"怎么？还困？"阿华说，"大家都看河水去了。让我说，你别在家里闷着，吃完饭也去看河水。"

"我就不去了，有什么好看的。"二臭似笑非笑，不敢正眼看阿华。

"爹，你就听我的，一定要去。要和大家一样，为什么不去？"

二臭软塌塌地吃了早饭。阿华把雨鞋拿了过来，让他出去放松放松。"什么事也没有，明白不？"

"为什么要出去放松？我每活动一下，都像敲鼓一样，震得我脑子仁痛。"

"爹，你看你，我就知道你还紧张。所以说，你就得像平时一样，和大家说话聊天，你越在家就越放松不了。"

二臭穿好雨鞋，低着头，走出来。太阳从云层里钻了出来，几道蓝白色光芒，直刺在二臭的身上。二臭眯缝着眼睛，穿过凌乱、高低不平、黏塌塌的泥泞，身后留下没有规则、斑斑点点的泥印。水坑和泥泞之中，有好多青翠的树叶，经过人踩车压，和泥浆融为一体。有的树叶虽然还露在表面，也被辗压得变了形状，伤痕累累，满身污泥了。再想回到树上，恢复原来的身姿，就甭想了。一只黑狗摇曳着尾巴跟着二臭。麻雀们从这棵树上飞到另一棵树上，上蹿下跳。几只鸡挡在路上，正在水坑里刨食吃，完全没有把二臭放在眼里。二臭没有办法，他用脚踢了一只公鸡，由于用力过大，把那鸡踢出几米远，鸡们才叽叽咕咕地吓跑了。

二十年前，小河常年流水，岸两边全是郁郁葱葱、密不透风的柳树。河的西边是那座三角形状、高大、雄伟的封龙山。封龙山的后面，是山连山，岭连岭，山岭连成一片。站在封龙山上，这条小沙河，犹如一条绿色的带子，弯弯曲曲地飘下来。自从小沙河的上游修了水库，一条大坝拦在河中，下游就断了水。河里的白沙子已被挖干卖净，两岸的柳树都被砍伐光了。如今已变成坑坑洼洼、荒凉无比的乱沙岗了。全村的男男女女、老老少少、大大小小，黑压压地都站在河岸上。要不是下大雨，水库里往下放水，这河里不会有这么大的水的。现在，河岸下边，是滚滚的黄泥水，水面上荡着很大的波纹，卷着树叶、柴草、木棍，发出很不均匀的声音，慌忙地向东流去……

二臭来到河边，本来有好多村民和他的学生都看到他了，可他们都在看河水，不叫老师，不和他打招呼，似乎知道他已经像他爹一样了。二臭默默地向东走去，前边是玉米地。他不知道这是谁家地，竟然顺着河边人行小路全种上了玉米。河岸上和玉米地里，都长满了杂草，开着五颜六色的花朵，草叶上挂着洁莹、透明的露水。一群麻雀跟着他来到这里，在玉米杆子上来回飞舞，叫个不停……

二臭装着一副内急的样子，踩着稀稀拉拉的杂草，趟着露水，钻进玉米地里，往里边走，找到能看到河水，又能蹲下的地方，看了看四周才坐下来。天又昏暗起来，厚厚的云彩在天空之中肆无忌惮、蹿来蹿去，随意翻滚着吓人的怒涛，好像是在警告二臭，河里的这点水只是给你点颜色看看，如果再不老实，我们就像水漫金山一样，顷刻之间就能下来，淹死你们……

二臭不敢再仰头看天，任凭厚厚的云彩在头顶上作威作福，飘来飘去。他分明感到，云层里藏着无数双眼睛，他走到哪儿就瞪到哪儿，生怕他跑了似的。他坐在一丛杂草之中，河里的水"哗哗哗"地流着……一人多高的玉米杆高傲地吐出穗子，犹如一根根红缨枪。他的行为全方位地被监控起来。他很后悔，他不该听阿华的，自己凑这热闹干什么？这一河黄黄的、浓浓的、像泥粥一样的脏水汤，有什么好看的。他劝自己，既来之则安之。他刚坐到地上，土地里的水就渗了出来，裤子和屁股都湿透了。但他仍然一动不动地坐着，即使现在起来，屁股也已经脏了。他就是跳进这滚滚的河里，也洗不净了。他抱紧双肩，并住双腿，把头狠狠地趴在胳膊上，把脖子一缩再缩，尽量缩成一个小点，像一只乌龟，一只蚂蚁那样渺小。这种造型只有他自己知道是为什么。他一边看着浑浊、汹涌、滔滔不停的河水，一边心里骂着桂花和亚新，我可被你娘俩儿害惨了……

2

阿华还和以前一样，二臭下学回来，便让二臭抱住孩子，她去做饭，到了饭桌上便是无拘无束地说话。阿华再三嘱咐二臭，晚上该打麻将还打麻将，该和谁喝酒还和谁喝酒，愿意几点回来就几点回来。阿华是这么说的，也这么做的。只是二臭回来没有个准点，到了冬天，阿华钻到热被窝里，有时候已经睡着了，但只要听到敲门声和狗叫声，她就不厌其烦地黑着灯摸下床。狗听到阿华的声音，就退到窝里去了。老槐树死一般的寂静，天上的月亮、星星和云彩，全被树枝遮挡着。阿华开开大门，一股浓浓的酒味扑面而来。二臭一摇三晃地进来，阿华插住大门，锁住锁头，然后拽拽锁子，生怕没有锁好，再回屋子里睡觉。当阿华想男人的时候，她就赶紧插上门，跑几步扶住二臭到北屋里去。屋子里伸手不见五指，阿华看不清二臭，二臭也看不清阿华。阿华不说话，二臭也不说话。二臭似乎不知道阿华是谁，阿华也不认识二臭。阿华就像在旅馆里接客一样轻松自如。阿华也不想这样，可就是控制不住。她知道这样做对不起亚新，但她不想太委屈自己，不想虚度她的青春年华。完事之后，阿华回到自己屋子里，她感到再没有一点遗憾，不再做梦，不再想亚新，不再想墙外那具死尸。大街上再有什么动静，天再怎么狂风暴雨、雷鸣闪电、下雨下雪，狗再怎么嚎叫，与她有什么关系呢？阿华像喝饱了奶的孩子，再没有别的需求，便呼呼大睡，一直睡到大天亮。

饭桌上，阿华非要让二臭给她讲讲霍老黑和那具死尸的事。二臭说："霍老黑有什么可讲，那都是上辈子人的事，不说了。"

"爹，说说嘛。他们的儿子是不是在省城里？"

"是有一儿子，比我小一点，在政府工作。好多年没有回来过，现在全村的人谁也不知道是死是活，也许永远不会回来了。"

"那村里为什么不把这宅基地收回来，或者卖掉呢？怎么能这么荒着？"

"谁敢要这鬼宅之地？别说要钱，就是白给，谁也不敢要。"

"爹，没事的。要我说，咱们就要了。有专看宅子的风水先生，像这样的鬼宅是有办法整治的。再说咱们不用盖房子，只要把垃圾全部清理出去，主要是把死尸的骨头清理出去，四周垒一堵花墙，种上各式各样的花，既能赚钱，又能美化环境，省得让那鬼气熏着咱们家。"

"你是这么想的？"

"对呀，爹，我忘了告诉你，种花我最在行了，要技术有技术，要品种有品种。我们老家种花的特别多，以花养家，以花致富。要是我们能要下这块地方，我能让它变成一座花园。我们种花、养花、卖花。同时，还可以带动全村种花、养花、卖花。我敢保证，不出两年，我们村就变成远近闻名的鲜花市场了。"

"你如果有养花技术，又有兴趣，咱们到大田里盖花棚不好吗？干嘛非要这鬼宅之地呢？不但能让亚新回来，也省得你婆婆在北京当保姆了。"

"爹，怎么你还不明白？我是不想守着这鬼宅，陪着尸体过一辈子。我是想把那具尸体清理出去，改变周围的环境。再说这块宅子特容易盖成塑料大棚，冬天安上暖气，又守着家。如果成功了，再往大田里扩种也不晚。现在到大田地里盖花棚，亚新和我婆婆不支持，到了晚上，是你去看着花棚，还是我和孩子看着呢？"

二臭点点头，没再说什么。他抽着闷烟，不知该怎么说下去……

3

亚新还是和以前一样天南海北地跑车，两三个月回来一次。回来之后，像交作业一样，草草地给阿华一两次，然后就酣酣大睡。尽管是两个人倒着开车，一人开车一人睡觉，按说睡觉的时间也不少，可亚新只要躺在自家的床上，就像死人一样，睡足之后就又走了。往常的时候，只要亚新一回来，阿华就抱怨一顿，发牢骚。亚新早就做好准备，你说你的，我干我的。我不跑长途怎么就认识你了？你怎么就变成我媳妇了？跑长途是我的憧憬，我喜欢观看名胜古迹、山山水水。只要路过一处古迹，一处旅游景点，我宁可晚回来一天，也要停下好好地看看。这人生一世，要是不好好看看祖国的万里江山，那简直就是白活了。阿华经常撇着嘴说："人生在世，要是不好好享受女人，那可也就白活了。你现在死了也不冤枉。"

"阿华，你怎么诅咒我死呢？"

"我还不知道你。你不但喜欢山山水水，你更喜欢天南海北的美女！我看你是打着跑车的幌子，品味不同风情的美女罢了，你以为我是傻子？"

"你这是胡说什么？我天天在鬼门关上行走，为你和儿子挣钱，你还咒我，你怎么这么狠心呢？"

"我是实话实说，因为我有亲身体会。你可别忘了，我是怎么被你花言巧语、连哄带蒙地钻进你的被窝的。你能哄我，也就能哄别人。"

"阿华，我对天发誓，我只有对你是真心的。"

"我不要你的真心，你之所以对我好，那是你知道我怀了你的儿子，你真正想要的恐怕是你的儿子，而不是我吧？"

"越说越不像话了。难道让我把心挖出来，看是红的还是黑的？"

"我就想要你的人，你听明白了没有？"

可是亚新这次回来，感到非常奇怪，再没有听到阿华唠叨，也没有阻拦他出车的意思。亚新也不想招惹阿华。他觉得阿华已经习惯了。新的习惯一旦形成，旧的习惯就忘了。我在家里养着你，惯着你。不缺你吃，不缺你喝，不缺你戴。家里的经济大权都交给你了，你还想怎么着？再说，我又不是花自己的钱，耽误着工资旅游，即使寻欢作乐，沾花惹草，也是公费。

转眼间就到了冬天了。

腊月十二这天，天灰蒙蒙的，快中午的时候，小雪飘下来。亚新吃过午饭，又要出车。亚新也不知道怎么了，竟然有点激动，破天荒地把孩子和阿华拉到西厢房里，好好地搂了一会儿，一副生死离别、恋恋不舍的样子。那一群麻雀似乎看透了亚新的心事，在洋槐树上摇翅飞舞、上蹿下跳，不停地叫着……

阿华像个木偶似的靠在亚新怀里。阿华越是这样冷淡，亚新就越不想走。手机又响了，老板催他走。亚新依然坐在床上发呆，看着窗外飘下来的雪花和焦躁不安的麻雀，心情糟糕极了。

"你怎么还不走？"阿华催促说。

"我今天不想走。"亚新说。

"你不走就领孩子，我要收拾锅碗去。"阿华把孩子递给亚新，到厨房里干活去了。亚新抱着孩子在院子里，他拿起一块石头，扔到树上，那群麻雀"嗡"地飞走了。他家的狗可能觉得亚新有点儿过分，便"汪汪汪"叫了几声。亚新又对狗大发虎威，训斥了几句，狗才躲到窝里。亚新让孩子仰起头来，雪花掉在孩子的脸上。孩子发出"咯咯咯"的笑声。一直等到阿华收拾完厨房，二臭去了学校。亚新把大铁门死死地关住，然后拉着阿华进了屋子。阿华没有拒绝，就像宾馆里的小姐一样，合住眼睛，把头扭向一边。尽管亚新很卖力，但阿华却像一具尸体似的那么挺着，委屈的泪水顺着眼角流下来。亚新感到非常扫兴，他知道阿华还在抱怨他，和他赌气。他拖着疲惫绵软的身子走到门口，回过头来，说："阿华，我出了这趟车，就好好地在家陪着你，再也不跑什么长途了……"

　　腊月十四这天早晨，下起了大雪，外面冷得要命。桂花收拾完饭碗，便站在窗前，看着茫茫大雪，浮想联翩。老范的疯老婆，吃完饭就爱睡觉。上午十点多钟，是桂花最轻闲的时候，要不是漫天的大雪，桂花正在悠闲地逛大街呢。桂花总是提着菜兜子，顺着附近的马路，不慌不忙地观看街道上的每一个门市、档口，很少买什么东西。桂花想要的东西，只要桂花提出来，老范就都给桂花买回来了。尽管二臭不理桂花，但桂花也不觉得理亏，这都是你逼的，而且我还给家里汇着钱呢。桂花过得很开心、很充实，一点儿也不觉得孤独。老范对她真是太好了，要是和家里比起来，那简直就是一个新时代，一个旧社会。桂花现在才体会到人挪活、树挪死的道理。说起来，这坏事倒变成好事了。要不是二臭把他的工资都给了阿华，夺走了自己当家的大权；要不是阿华没大没小，在她眼前耀武扬威，她也不会赌气到北京来。桂花哪里想到，就家里那点破权力，好像一根看不到的绳子，竟然拴了她二十多年。桂花要不是跑出来，哪里知道外面的世界是这个样子，哪里知道做一个北京人真正的快乐啊？桂花现在很满足、很幸福，总算没有枉费心机，白当女人一场。老范已经和桂花郑重其事地说过好几次，让桂花和二臭离婚。只要桂花愿意嫁给他，他就把这套七十平米的房子过户到桂花的名下。说实话，桂花确实动心了，因为这套房子价值一百多万。桂花要不是考虑到老范的年龄，怕小姨姨父难堪，管他娘的，她真想和二臭离婚，先和老范这样过着，等疯老婆一死，就嫁给老范。二臭说得没错，老范就是个流氓，桂花就是找到下家了。桂花之所以没有答应老范，主要是舍不得她儿子和孙子。桂花只是想趁她还算年轻，又有老范这样天时、地利、人和的便利条件，好好尝试一下女人的另一种生活罢了。

这天午饭桌上，桂花问老范："我看你身体哪都好，完全可以照顾你老婆，为什么还要雇保姆？"

老范说："你看看你，真糊涂还是装糊涂？"

"我又不是你肚子里的蛔虫，怎么知道你在想什么？"

"这你还不明白，我已是黄土埋到半截的人了，我的钱往哪花呢？孙子、孙女的学费我都负责，其他事一律不管。我的当务之急，就是吃好的，喝好的，找女人。而且就喜欢你替我花钱，绝不吝惜！"

"你个老不正经、老流氓、老不是东西"。桂花撇着嘴，骂着老范。

"我想干什么，谁都管不着。我这样既雇了保姆，又雇了老婆，一举两得。"

桂花放下碗，瞪着老范，脸立刻沉下来，听到"雇"这个字就觉得刺耳、别扭，心里"突突突"直跳。桂花和老范做爱的时候，从来不让开灯。桂花不能把她的丑态表露在比自己大三十多岁、满脸皱褶的白毛老头面前。如果那样做，她就感到很失败，很没有自尊。

"行啦，我不就是岁数大点、皱褶多点、头发白点吗？我哪一点比二臭差？你看你每次都美成啥样了……"

窗外的雪不停地下着，屋子里温暖如春，疯老婆只管低着头吃。桂花一直琢磨不透，要看老范平时的生活，就是多吃了点肉，既没有吃保健品，也没服壮阳药。老范这身体竟然像铁打的一样，隔两三天就得来一次。二臭过了三十岁，半个月能有一次，我就烧高香了。二臭从来没有像老范这样凶猛、旺盛过。难道这就是城市人和农村人的内在区别吗？有时候桂花很茫然、很无耻、很不可思议，曾经多次产生答应嫁给老范这样荒唐的想法。桂花不知道是舍不得老范的身体，还是这套房子。桂花突然想起快要过年了，心里猛然间就糟糕起来，难过地放下碗筷……

"怎么啦？我哪句话说错了？"

"我想家了。"说着眼泪流下来。

"你看你，咱们不是说好了吗？腊月二十就放你回家，早一天也不批准。"

桂花低头不语，任凭眼泪往下流……

桂花一想到回家，就有一种不祥的预感。桂花不知道是回去过年，还是过关。桂花觉得这次回去，离开老范，十有八九是和老范的诀别。二臭要是还算个男人，恐怕就不会让自己再回到老范的身边。如果自己非要回来，那就意味着和二臭、儿子、孙子的诀别。桂花擦了一把眼泪，起身站在窗前，看着棉花朵一样的大雪，想立马回家。桂花一旦做了决定，心情就稳定下来。这样的生活再好，也不是长久之计。家里的大大小小、老老少少，迟早是要面对的。老范对我再好，他家就是一座金山、银山，过年也要和家人团聚。

在农村里，腊月十五一过就开始准备置办年货，像杀猪、煮肉、做豆腐、蒸馒头、做年糕。阿华领着孩子，又是外地人，哪里知道村里过年的风俗……

老范拉了桂花一下说："怎么啦？真想家了？"

桂花想现在就走，说着就走到屋里收拾东西。老范的脸立刻沉下来，像个跟屁虫似的紧跟过来，拉住桂花的手，说："哎，咱不是说好了？怎么突然变卦了？再想家也不差这几天。今儿个下着这么大的雪，怎么走？"

"你别管，我能走。"桂花甩开老范，像一个倔强的孩子，含着眼泪继续收拾东西。

"既然想走就走吧，怎么也是快过年了，我这就去给你买明天的票去。"

"不，现在就走，我会买票。"

老范已经摸清了桂花的脾气，只要桂花再在这住一夜，老范就会对她实施特别的魔力，比如甜言蜜语、海誓山盟，比如说金钱啦、房子啦等。说实话，老范的身子、票子、房子，桂花哪个也舍不得，到了明天，恐怕就不想走了。所以趁自己一时冲动，还明白什么东西能要，什么东西根本就不是她的，她必须立马就走，否则，桂花怕瘫倒在老范的怀里……

"听话。"老范的眼圈已经红了，话音有点颤抖，"你看你，我不是还要给你孙子、儿子、儿媳妇和二臭每人买件衣服吗？还是明天再走吧？咱们现在就去买。"

"算啦，你就让我走吧。"桂花三下五除二收拾好东西，其实也没有什么好收拾的。储蓄卡就在身上，桂花把衣服都装进一个背包里，走到中厅里。

"你既然这么坚决，我也拦不住你，你再等我一分钟，我给你拿钱去，我不能欠着你的工资。"老范说着，就去里屋子里拿出一沓钱，哆哆嗦嗦递到桂花手里，"那你就替我给你的家人买点年货，我再说一句，你也不想想，火车虽然有，可等你下了车，已经是半夜了，一个女人在半夜里走十几里雪路就不害怕？你们村的西边，又是大山和森林。我可不是吓唬你，像这样大雪的天气，狼是最容易下山的。万一在半路上，碰上劫道的、狼、或野狗什么的……"

"呸呸呸！你就别给我念好咒。"老范这么一提醒，桂花还真有点害怕起来。

"哎，这么着。"老范说着，又拿出一根龙头拐棍来，上面雕刻着龙头、龙身、龙尾，橘红的颜色，油光鲜艳，特别好看。老范把拐棍递到桂花的手里，说："这就好一点了。天黑路滑，这拐棍既可以防滑，还可以防身，万一碰着什么东西，你就抡起来吓唬它们。好了，你走吧，我就不送了，过了年早点来，替我向你全家问好，我的怀抱永远向你敞开着……"

桂花又一次被老范的举动所感动，拿着拐棍，说不出话来。桂花突然害怕起来，我这是怎么了？这里又不是龙潭虎穴，怎么就等不到明天了？我一个女人，下了火车，半夜三更、大雪纷飞，孤身一人走在乡间的小路上，是够瘆人的。老范要是再挽留我一句，或者拥抱我一次，我恐怕就全面崩溃了。那我就和老范过一夜再走，即使明天走不了，再次掉进老范的陷阱里，我也许也没有遗憾了。老范是真爱我，怕我再次受到委屈，受到伤害，一切都顺着我……

桂花有点生气地告别了老范，拿着拐棍，倔强地走到汽车站上。桂花刚想上公共汽车，老范又追来了。他满头雪花，嘴里冒着热气，一边喊，一边把手机递给桂花，上气不接下气，说："你看你，毛毛躁躁的，怎么忘了带手机？这手机就送给你了。对了，你还是提前给二臭打个电话，让他到火车站去接你，深更半夜，你一个人往回走，我都担心死了。"

桂花坐上公共汽车，隔着窗泪眼朦胧地和老范挥手，心里说知道，我儿子前几天才走的，现在不在家。二臭早就不理我了，即使打电话过去，二臭也不会接。我既然敢跑出来，我就敢回去，不需要任何人接……

桂花下了火车，雪，已经停下来，没有一点风，冷得要命。小马路早被大雪盖住，四周白乎乎一片。路边的白杨树上，犹如开满白色的棉花朵。桂花一个人走在回村的路上，拄着老范的拐棍，她只能顺着白杨树的中间，汽车、拖拉机辗压过的沟沟坎坎的路面往回走。在这冰天雪地的夜里，一个人也没有。桂花知道，像这样的雪天，十几里路程，最少也得走一个多小时。桂花没有给二臭打电话，她就是要给二臭来个突然袭击。这时晚上十二点左右，桂花在火车上早就做好了准备，吃得饱饱的，有的是力量，走得很快，汗水粘住了衣服，嘴里冒着热气，脑门子凉飕飕的。桂花一下也没有停下来，也没害怕，似乎是一会儿的工夫，就到了村口。

桂花走进村里的时候，腿才感到有点累，腰也疼了起来。村子里的街道、房屋、树木、土堆、砖垛，都均匀地被雪盖住。不知是狗也怕雪，还是桂花踩在雪地上没弄出声音来，整个村庄没有一点动静。桂花来到后街的中间，已经看到霍老黑家那棵梧桐树和高低起伏的宅基地了。霍老黑那边就是她家的大门。她又走了几步，先扫了一眼梧桐树，尽管它还顽强地挺立在那里，它的残枝败叶依然像一把伞一般四处张开，但在铺天盖地的大雪面前，它似乎变成一位风烛残年的老人，根本没有能力抵挡住大雪的侵袭。大雪穿过梧桐树，把荒凉的废墟残骸裹了个严严实实。桂花知道，月亮和星星都怕下雪，它们的光亮虽然很强烈，但很难穿透雪云，只能委屈地和雪光交织在一起，呈现出一片朦朦胧胧的白色来。桂花还没有来得及想到废墟残骸下那具死尸，却惊诧地发现，她家大门口，白白的雪地上，有一只狼或者是大个的狗在蠕动。地下还躺着一个黑乎乎的东西，好像是猪，又好像是人。那只狼或者狗已经在那黑乎乎的东西上转来转去。桂花吓得魂都没了，身子早就像面条一样了。

桂花把身上的包裹放在雪地里，举起老范的龙头拐棍，几乎使出全身的力气向狼或者狗扔了过去。但还是高了一点，那拐棍"嗖"的一声，拐着弯地砸在她家的大门上，发出"咚"的一声响。那只狼或者狗似乎吓了一跳，扭了扭头逃跑了。可

195

第十六章

是地上那个东西还躺在那里。桂花站在原地不敢过去，全身发抖，魂都没了。桂花有些后悔，这幸亏是在村里，要是在村外，便是叫天天不灵叫地地不应。在白色的映衬下，桂花已经确定那是一个人躺在地下，一定还活着，似乎挣扎着动了动身子，又瘫软地躺在那里了。桂花的心像过火车一样狂跳不止。她拿出手机来，颤抖着拨通了家里的电话。电话那头"嘟嘟嘟"地响着……她必须要叫醒二臭，必须让二臭出来接她。可是这该死的二臭，就是不接电话。正在这时候，桂花突然看到亚新和阿华从大门里出来了，好像有了救星一般，收起电话，刚想喊亚新，便看到亚新在使劲和阿华拉拉扯扯。

亚新说："你不能走。咱们的事明天再说。"

阿华说："我非走不可，除非你把我打死。是我对不起你，看在咱们相爱一场的份上，好聚好散，孩子已经给了你，你就让我走吧！"

亚新拽着阿华不松手，说："你现在不能走，明天我一定放你走。"

阿华说："不行，等孩子醒了我就走不了了。阿华好像疯了似地用了全力，夺走亚新手里的包袱。亚新没有拉住阿华，阿华背着包袱，飞也似地跑了，身后传来"吱吱吱"的踩雪声……

"亚新，你和阿华怎么了？"桂花这才喊了一声走过去，"哎，这是谁躺在地下？"

"你怎么回来了？那是我爹。阿华走了。"

"你爹躺在大街上干什么？"桂花不解地说。

"你还是好好地问问他吧。"亚新说完，就跑回院子去了。

"二臭！你这是怎么了？"桂花踹了二臭一脚之后才发现，二臭手和脚都被捆着，嘴里还堵着毛巾，脸的四周流淌着一滩温乎乎的东西！

其实，在桂花没有去北京之前，二臭是不打麻将、不怎么喝酒的。在霍城的儿子结婚那天，二臭和霍校长给霍城收份子。二臭的字写得好，做了账房先生。吃过晚饭之后，霍城就张罗着打麻将。二臭本来不想打，可霍校长缠着不放，还讽刺说，桂花到了北京，你又没地方放炮，急着回去干什么？二臭哪里想到，这一打便不可收拾，越打就越想打。下学之前，霍校长早和他约好了，吃过晚饭就到霍城家后院里集合。没有位置，他就坐在旁边观看，时而出谋划策，时而起起哄，来打发寂寞的日子。霍城的儿子亚军，在前院开着饭店，备有专用的麻将室。来来回回就是那么几个人，什么霍城、村长、校长、会计和二臭等人，都是村里的头头脑脑。这二臭打着麻将，喝着酒，就算加入到村里的上层社会了。这些人都很仗义，每天十一点左右准时散场，谁赢了谁就在亚军的饭店请大家喝酒吃饭，天南海北地聊会儿天。二臭不在乎输赢，一边打麻将一边说笑，图的就是开心。于是每天晚上，酒足饭饱之后，迷迷糊糊地回去睡觉，感觉非常好。可唯一不方便的就是回家还得敲半天门。阿华以害怕为由，坚持在里边锁死大门。他一敲门，他家的狗就先"汪汪"几声，紧接着，左邻右舍的狗都跟着"汪汪"起来。阿华总是起来给他开门。自从发生了那点事之后，二臭只要一坐在麻将桌上，精力就集中不起来，三天两头输钱，隔三差五地喝醉。大家都笑说二臭是想桂花了，肚里的赃物，已经压迫到神经系统了。二臭不理他们，随他们说去，尽管屡战屡败，依然坚持下去。在这没有老婆的夜晚，如果没有一个这样的娱乐场所，日子就不好过了。

今天晚上，是腊月十四，实实在在地下了一天大雪。他们打完麻将，坐在酒桌上喝酒的时候，霍城说起臣雪要回来翻盖房子的事来，而且就在原地翻新，还要盖成高档的二层别墅。

二臭"轰"的一下，犹如挨了闷棍似的难受起来，又不好插话，任凭他们说去。于是便不知不觉又多喝了好几杯，散场之后便一晃三摇地往家里走。雪已经停了，天空灰白而又明亮，村子里没有一点动静，大街上的车辙、脚印又被大雪盖了一层。二臭歪歪仄仄地走了一段，他突然停下来。他感到这雪特别虚伪，别看它来势凶猛、张牙舞爪，能把土地上的赃物压在底下。可是鞋底下只要有一点赃物，它就不知道替它包容起来。雪和土地相比较起来，二臭还是喜欢土地，土地多厚道啊！不管你做过什么，有多么肮脏，多么混蛋，或是像高山、河流一样，给它多大的压力，它总能默默地承受着，永远是那种不抛弃、不放弃，厚德载物的神态。二臭回头再看着身后一串串深深的脚印，鞋底上的斑斑污泥，很明显地凸显在雪地里。他觉得有点问题，倘若就这么走回去。第二天早晨，细心人从脚印的行踪，肯定能看出某些破绽来。于是他突发奇想，他把身子转过来，倒背着手往回走。这样一来，脚印的方向就改变了。方向能决定性质。要是把脚印方向颠倒过来，性质就有了本质区别。二臭就这么漫不经心，倒退着走到门口，看着雪地上留有明显污泥的脚印，非常满意。然后又倒背着手敲门。他家的狗叫了几声，左邻右舍的狗也都叫了起来。二臭现在已经听惯了狗叫。狗就是那种德性，只要听到声音它就叫几声，来履行它的义务。阿华开开门，二臭还是倒退着进了院子，等阿华把门锁上，二臭就已经倒进阿华的厢房了。阿华心里说，又喝多了。亚新前天刚走。阿华也懒得往北屋弄他。二臭醉醺醺地躺在床的一边，把裤子褪下来，拽了被子盖着自己，便打起呼噜来了。阿华今晚也不知是怎么了，对那点事一点兴趣也提不起来，而且困得要死，脱了大衣呼呼地就睡着了。

阿华也不知道是几点了，她迷迷糊糊地听到有人敲门。他家的狗又"汪汪"起来。别人家的狗也跟着"汪汪"，好像鬼子进村一样。阿华心里说，都几点了，怎么才回来？便披上大衣，没有开灯，轻车熟路地摸出来。天空一下子明朗起来，犹如白天一样。阿华先训斥住狗叫，便半睁着眼睛开门。当阿华悒悒怔怔地开开大门，看到是亚新的时候，才一下子惊醒过来。因为她想起来了，二臭就睡在她的床上。阿华吃惊地说："哎，前天才走，现在怎么就回来啦？"

亚新说："前天走的，今天就不能回来了？"

阿华像被雷击一般，不知道该说什么。

亚新到了屋里，开开灯，发现爹竟然睡在他的被子里。阿华早已傻在院子里。亚新撩开被子，只见爹穿着棉袄，没有穿裤子，鼾声如雷，酒气熏天。亚新把阿华拽进屋里，"这是怎么回事？我爹怎么睡到你的床上来了？"

阿华低着头，一言不发，她也不想多做解释，现在解释什么也晚了。亚新怒气冲冲地在阿华的脸上打了一巴掌。阿华捂着脸，嘴角流出血来。亚新把阿华按在椅子上，"你给我老老实实地坐在这，一会儿再和你算账！"

亚新找了一条绳子，走到床前，拿枕巾堵住二臭的嘴，给二臭穿上裤子，然后把二臭的手和双脚一块捆起来。二臭犹如猪一样"哼哼"了几声。亚新根本没有允许他开口，你已经睡在儿媳妇的床上，说什么都是废话。亚新抱起二臭，"噔噔"地扔到大门口的雪地里。亚新愤怒地吼着："你这个畜生，竟然和你爹一样，你就好好在雪地里清醒清醒吧！等会儿再收拾你。"亚新到了屋子里，阿华正在收拾东西。亚新把屋子门一关，说："你想干什么？你还有理了？这是什么时候

199

第十六章

开始的，是谁找的谁？"

"我不想解释。"阿华说着抱起来孩子就想走。

"你还想抱走我儿子？只要你给我说清楚，我可以放你走。"

"好吧！既然你想听，我就给你说清楚。"阿华放下儿子，"是我主动找你爹的。我不但找过爹，我在宾馆的时候，还做过小姐，和好多男人睡过觉，我不是一个好女人，是我不要脸！这回你该满意了吧？"

亚新颓然地靠在门上，什么话也没有说出来。阿华说："我这都是被你害的，是你把我送进了狼窝里！是女老板逼着我做了小姐。可我既然嫁给了你，就是想做一名良家妇女，好好地过相夫教子的日子。我很喜欢这个家的。可是你，只管饱览名山大川，享受天下美女，你太自私了。我是女人，我也需要男人啊！你想女人的时候，可以到宾馆、桑拿、按摩房、洗头房去找。可我呢？我给你说过无数次，你不听我的。我是顾及到你家的名声才找你爹的。好吧，孩子我给你留下，我走。"

亚新一把抱住阿华，说："阿华你不要走，好，我答应你，我不为难你和爹，那咱俩就一起走。其实，我突然回来，就是要和你一起走的，我要到外地躲几年，你明白我的意思吗？"

"不明白！你到底怎么了？为什么要逃走？"

亚新只能实话实说："昨天晚上十二点左右，我觉得太累了。在高速路上，我撞了一辆轿车，把汽车撞到了沟里。那轿车翻了几个滚，着起火来，爆炸了。可我没有停车，我从倒车镜里看到汽车像炸弹一样。我怕挨打，我怕公安局把我带走，我怕住监狱。在一个高速路口，我还是被警察截住了，我扔下车就跑了。所以我想跑得远远的，车祸的事让车老板来处理。"

"亚新！你这叫肇事逃逸，会重判的。你还是不是个男人？你必须去自首，争取宽大处理，逃逸是没有出路的。"

"阿华，把我娘叫回来。"亚新说着跪在地下，爬到阿华的跟前，抱住阿华的腿，乞求说："让娘看孩子，咱俩到人不知、鬼不觉的地方打工去，三年五年之后再回来。"

"你想得美。"阿华甩掉亚新，"我才不和你过那担惊受怕的日子呢，你要还是个男人，你就老老实实地自首去，这是唯一的出路。"

"阿华，我求求你，请你看在我们真心相爱一场的份上，答应和我一起走好不好？我不能没有你。只要在外面躲几年，事故的责任都由车老板来处理，等事故处理完了，我就没有事了。"

阿华特别惊诧地望着亚新，她怎么都理解不了，这人命关天的大事，亚新竟然是这样的态度。阿华不想和亚新说下去，趁亚新一不留神，拿起包袱撒腿就跑。

阿华知道，亚新一旦知道她和二臭的关系，就是不出交通事故，她也没有办法和亚新过下去了。在没有和二臭发生那点儿事之前，在深更半夜、雷雨连天的时候，阿华就别想亚新，辗转反侧，用肝肠寸断来形容一点也不过分。那时候，她幻想着听到敲门的声音，听到狗叫声，她开开大门，亚新突然出现在她的眼前，把她抱在怀里，发疯地亲吻她，然后便是狂风暴雨。

阿华就是喜欢亚新，尽管阿华对亚新以身相许后，她又接触过好多男人，但她从没有给过那些男人笑脸，从来没有把心给过别人。那时候，她觉得特别委屈，她只能合上眼，把头扭到一边去，任凭男人的蹂躏。她只有和亚新在一起的时候，才是心甘情愿的，才能把心扉放开，恨不得把五脏六腑、最幸福的丑态，都暴露在亚新的面前。自己只要钻进亚新的怀里，全身就像棉花一样柔软，亚新能把她的血液吸进去，像筛子一样过滤一次，然后又原封不动地还给她。她感到她的血脉以及整个神经，都能和亚新贯通起来，变成一个人。于是她发疯似地爱上亚新，于是她怀着孩子从南方嫁给了亚新。阿华嫁到这个家里，好像跳进了蜜罐里，没多长时间，二臭竟然把家里的经济大权也都交给自己，倒把她婆婆甩在一边。于是阿华就把感情，完全投入到这个家庭里。她想做什么吃就买什么，她想穿什么就买什么衣服。也就是从那时起，她对二臭有了好感。于是阿华越想就越幸福，常常被梦里甜甜的笑声惊醒。阿华想亚新，想了无数个深更半夜，想得望眼欲穿。亚新竟然一次也没有半夜突然回来过。于是阿华便一次一次失望、一次一次心灰意冷，阿华不止一次地劝亚新不要再跑什么长途了，可是亚新却把她往坏处想，百般拒绝，没有给阿华一点希望。阿华曾想过出走，离开这个家，来报复亚新。面对孩子和二臭，她又不忍心一走了之。于是就开始想二臭，琢磨二臭，迷恋二臭。也许是阿华太想男人了，也许阿华已经爱上了二臭，也许是阿华和亚新赌气。当阿华和二臭有了那种关系之后，她才高兴起来，才能坚持留在这个家里。阿华哪里想到，亚新是该回来的时候一次也没有回来，不该回来的时候却回来了。面对床上的二臭，在铁的事实面前，阿华没再犹豫，既然和二臭做了那事，那就要付出代价，即使在亚新的面前，她也不能陷害二臭……

阿华不顾一切地往门外跑。她根本没有看清雪地上的二臭是副什么尊容，她只想快点离开这里。只有她从这个家里消失，二臭才能面对亚新。亚新你愿意跑就跑吧。二臭和婆婆会照顾好我的孩子的。我现在没有别的办法，我只能对不起儿子了。儿子最好不要知道我是他妈，你就和你爸、爷爷和奶奶，在霍家庄生活下去。我这一走，恐怕今生今世再也见不到我的儿子了。但阿华还是被亚新抓住了胳膊，乞求她不要走。阿华再次使出全身的力气，挣脱了亚新，径直向街上跑去……

要不是桂花喊了一声，亚新说什么也得把阿华追回来。亚新看到娘从天而降，火急火燎的心犹如浇了一瓢凉水，一下子就平静下来，心想，算了，即使把阿华追回来又能怎么样。阿华既然和爹做了苟且之事，走了更好。娘已经回来，当务之急就是逃跑，逃到没人知道的地方，躲几年再说。说不定天明之后，公安局就追上来了。孩子有娘照顾，他也就能放心地走了……

6

二臭像一头猪似的被扔到雪地里的瞬间，才有点清醒过来，手和脚都被绑得死死的。而且是一根绳子，先绑手，后绑脚。手动脚也得动，脚动时拽得手也得跟着动。嘴让毛巾堵着，除了像哑巴一样昂着头发出"吱吱哇哇"的声音之外，就只能在雪地里打滚。大街上静得出奇，偶尔传来几声狗叫，四周全是白茫茫的白雪，空气越来越冷。亚新只给二臭穿上了棉裤，根本没有给他系上腰带，他腰间的肉落在外面，紧贴在雪地上，刺骨寒冷的气体通过腰部，钻到他的背部以及全身。周围的雪地上，反射出凄凉的光芒。刹那时，他就冻得全身发抖。二臭内心咆哮着，亚新你这臭小子，你为什么这样对我，要是让乡亲们看到我这副狼狈样，我还怎么有脸活下去？

二臭是霍老黑的儿子，三十多年来，他才更加小心谨慎，夹着尾巴做人。在村子里，从来没有办过对不起乡亲们的任何一件事，可命运偏偏这样捉弄他。他一直鄙视霍老黑和梅花的所作所为，他们简直就是披着人皮的畜生。于是霍老黑死了之后，任凭臣雪和娟子跪在院里，任凭霍城和阴阳先生说破大天来，二臭也没有给他披麻戴孝，打幡摔瓦。二臭之所以那样，是想证明自己有别于他们，他不是四六不懂的畜生。乡亲们尽管闹了丧，臣雪还跪到了泥坑里，但还是没人抬霍老黑的棺材。可是时过境迁，二臭也有了儿子，有了儿媳妇。二臭落了个比霍老黑还悲惨、还遭人唾弃的结局，竟然被儿子堵住了嘴，五花大绑扔在雪地里，求生不得，求死不能。哎！不对。二臭想起来了，他今晚什么都没有做。在打完麻将，喝酒的时候，听说臣雪要回来盖房子，心里不痛快，就多喝了几杯。二臭敢肯定，今天晚上，他绝对没和阿华做什么。亚新为什么把他绑起来？这亚新前天刚走，现在怎么回来了呢？难道被亚新捉奸在床了？不可能，今晚绝对没有。二臭记得很清楚，他还是自己倒退着进屋的。但亚新一定是知道我和阿华那个了……否则，不会对我下如此毒手的。我必须要弄开绳子，和亚新解释清楚。尽管二臭使了很大的劲，打了好几个滚，还是弄不开。二臭只能闭上眼睛，冰冷的泪水流了下来……

二臭胡思乱想之时，那只狼正在他身边寻找下口的地方。二臭被冻得失去了知觉，仰面朝天地躺着，仰望着灰蒙蒙的苍穹，长吁短叹！他想喊不能喊，起又起不来，像一只待宰的猪一样失去了自由。猪的嘴起码没有被堵住，在临死之前还能吼叫几声。那狗日的真是反了他了，竟然敢把老子五花大绑地捆起来，堵住嘴，扔在雪地里。二臭的怒气从胸部升起来，像青蛙一样，不停地鼓着，最糟糕的是，他的怒气却不能从嘴里喷发出来，他只能靠鼻孔一点一点地挤出来，都快被憋死了。

二臭把那股怒气好不容易从鼻子里排泄出来，无奈地合上眼睛，尽量让自己平静下来。他只能等着有人来解开绳子，他才能做下一步的打算。就在这一刹那，那只狼已经找到下嘴的地方了，二臭只觉得鼻子突然像是被铁耙子狠狠地挠了一大耙子，连他的半边脸皮、上嘴唇一下子都被挠走了。二臭"啊"的一声闷响，简直把他痛死了。他强忍着撕心裂肺、钻心刺骨般的疼痛，微微地睁开眼睛，他倒要看看，亚新想怎么弄死他。你还是不是人啊？我就是犯了死罪，也没必要遭到如此的酷刑吧！你怎么能对你亲爹下此毒手？当二臭看到一只狼正在嚼他的鼻子和脸皮，鲜血滴滴答答地落在雪地上的时候，便被疼昏过去。二臭为了母亲扬眉吐气，为了和霍老黑赌气，为了自己的名声，发奋读书，饱尝了霍家庄孩子们没有承受过的内心压力，最后总算学有所成，当上了老师，又转成公办，挣着国家的工资，受人尊重。可二臭怎么也没有想到，他就这么活活地被狼吃了，死在一个畜生的嘴里，他实在是不甘心！

二臭把心一横！看来，死并不可怕，可怕的是这么个死法。他爹是摔死的，娘是疯死的，而他竟然是被狼咬死的。原来体面的死法是不能选择的。算啦！这样也好。二臭就像轮胎被扎，内心的热气"扑哧"一下就跑完了，像躺在颠簸的车子上颤抖不止，犹如疟疾发作一般。尽管听到有什么东西撞在大门上，发出"当啷"的响声，二臭也没有睁眼。二臭感觉到狼迈着急匆匆的脚步跑了，再往后就听到亚新和阿华的吵架声。阿华要走，亚新不让走，阿华好像是跑走了。然后又听到桂花喊亚新的声音。二臭觉得是在做梦，桂花怎么在大半夜里回来了？你个狗操的！你是不该走的时候走了，让我想得好苦啊！不知道梦到你多少次，可你就是不回来。你是该回来的时候不回来，不该回来时，你偏偏回来了。你要么就不出现在这里，就让狼吃了我，死了算了。要么你就提前回来一会儿，我也不至于被亚新捆着扔在雪地里。现在我已经被狼撕去了鼻子和脸皮，你恰恰在这节骨眼上出现在我的面前。我死不能痛快地去死，活又不能人五人六地活着……

你这是干什么？你为什么要这样对我？

二臭觉得有人踢了他一脚，听到桂花和亚新的说话声。二臭已经像被放了血的猪一样，变成一具没有灵魂的尸体了，他的耳朵似乎还没有死，还能听亚新和桂花的说话声。

桂花也是心惊肉跳地赶到近前，她觉得刚才那只动物一定是狗。如果是狗，还达不到伤害人的地步。她觉得自己很聪明，很了不起。同时她也觉得老范料事如神，要不是老范让她带上这根龙头拐杖，她还真不知道怎么办。她那一棍子正好打在大铁门上，把那个动物吓跑了。即使是一条狗，在这冰天雪地，深更半夜，也有狼的威严，差一点没有把她吓死。听说是二臭躺在地上，她就嗔怪地踢了一脚，说还不快起来。当她看到雪地上一大滩血的时候，立刻软了下来。她赶紧跑进院子里，上气不接下气地说："你这个混蛋，你动手打你爹了？你爹都流血了。"

"流血？哪里流血了？"亚新惊慌失措地说，"我发现他睡在我床上，我就把他绑起来扔大街上了，我一手指头也没动他。"

"啊！那就是被狼咬了！"桂花哆哆嗦嗦地说，"我刚才看到有一只狼一样的东西，正在围着他转，是我用拐棍打到大门上，才吓跑的。"

"怎么可能？"亚新很不耐烦，"是吗？我正和阿华吵得火急火燎，没有听到什么响声。"说着拿起手电就往外走。

桂花说："难道你忘了？封龙山西边，都是大森林。在大雪封山之后，狼都是后半夜下山找吃的。"

亚新就着手电筒，看到一张血肉模糊的面孔……亚新立刻瘫倒在雪地里，悔恨的眼泪掉在雪地里。亚新心想，我这是怎么了？原来我才是个畜生！阿华虽然做过小姐,那也是被逼的,又给你生了儿子,你说你放着俊俏、贤惠、能干的媳妇不去珍惜，还跑什么长途呢？有了阿华你还不满足，每走到一处，你总要寻找机会沾惹女人，寻求刺激。如果早点顺从阿华的心愿，守着阿华和孩子，现在也不至于发生车祸。阿华也许是对的，你说你跑回来干什么？既然出了车祸，就得勇敢地去面对，承担应该承担的责任。有什么可跑的？你能跑到哪里去呢？结果，我是跑回来了，盛怒之下，乱了分寸，逼跑了阿华，捆起来爹，还堵住他的嘴扔在雪地里，导致爹被狼咬得没有了人样。这个本来很温和、很和睦的家，就这么毁在我的手里了。

"亚新，你还愣着干什么"？桂花气哼哼地训斥着，她把二臭嘴里的枕巾掏出来，盖到了他的脸上，解开手脚上的绳子，"还不赶紧打电话，必须到医院去。"

"好！我打我打！"亚新战战兢兢地说。

亚新打了120，又把爹抬到屋子里，盖上被子让爹暖和暖和，拉着娘到了西屋里，指着刚才二臭躺的位置，简单地说明了阿华和二臭的关系。"阿华承认，是一个下大雨的晚上，她自己送上门的。"

"好了，儿子。"桂花忙止住亚新，"家丑不可外扬。就说是你爹喝多了，倒在雪地里不省人事，被狼咬了，还是先给你爹看伤吧。"

"娘，别急。伤是要看的，现在天黑路滑，120最少要40分钟才能到。你要是不回来，我真不知道怎么办才好。"

"亚新，我都知道了。现在说那些还有什么用，这都是命。"

"娘，你听我说。"亚新突然暴跳如雷，大声地吼着，"我出车祸了，我把一辆轿车撞进了沟里，肯定是车毁人亡了。我没有停车，我是逃跑回来的。"

"啊！"桂花犹如晴天霹雳一般，一下子就吓傻了……

第十七章

1

臣雪马不停蹄，带着霍城他们去了南方。林元通把臣雪的老乡们安排到喂鱼班里去，从最基本的知识学起。林元通再三让臣雪放心，保证全部教会，分文不收，让他放心地回去。因为春节期间，是水产食品行业的黄金时机，倘若抓不住春节前这个旺季，那钱可就少挣不少。

臣雪把霍城他们留在那里，自己到广州走访客户，又订了好多货，就赶紧回来了。这天早晨，臣雪下了火车，刚回到办公室里，叶子就像跟屁虫似的跟了上来，随手关上办公室的门，趴在臣雪的身上，忘情地亲起来。臣雪推开叶子说："现在是上班时间。"

"我不管，想死我了，"叶子努着嘴"就是当着人我也敢……"

"我怕你还不行吗？"臣雪赶紧投降，"哎，超市里的售货员招够了没有？"

"这事用不着你操心，"叶子说，"你今天可有重要任务，有问题吗？"

"我有任务？我坐了一天两夜的火车，又困又累，你让我歇一天好不好？"

"不好。你坐的是卧铺。不是睡觉就是坐着，你当我不懂，有什么可累的。"

"好好好，让我干什么？保证完成任务还不行吗？"

"这还差不多。我这次招来的一个美女。她叫阿华，南方人，二十二岁，不胖不瘦，特有气质。通过几天的培训考察，我准备让她当超市里的主管，还负责跑动检站、防疫站。"

"好一个你，学会使美人计了？"臣雪点着叶子的鼻子说。

"这不叫美人计。我们同样出钱，为什么不提拔美女？我这样做有什么不对吗？"叶子刮着臣雪的鼻子说。

"有道理。你太有才了。你真是我肚子里的蛔虫，在生意上我真是离不开你了。对呀，我们宁可多花钱，也要雇用和提拔美女。"

"看把你美的。"叶子撇撇嘴，"你意思是说，在生意上离不开我，在别的方面有我不多、没我不少？"

"没有没有。我越来越感到，我在哪方面都离不开你了。"

"哎，姐夫，你拉着阿华先到动检站熟悉情况，以后再让阿华自己对付他们。"

"你是让我培训阿华？那我可就替阿华谢谢你了。阿华就是千里马，那也得有伯乐。"

"你少贫嘴。你要敢对阿华动歪脑子，小心我捶你。我可告诉你，你可别胡闹，你还是好好地培训我吧。"

"看你那小气样，我不过就是那么一想而已。"

"我不准你再想别的女人，听到没有？"

"好好好，我现在成了你的私有财产了？"

"你不是说女人是祸水吗？我可警告你，你可千万别往水里跳，我已经是你的女人，我就要怀孕了。"

"你可想好了，未婚先孕，那可就把你毁了。你看看，这女人就是祸水，包括你。"

"我和别的女人可不一样。我可是真心爱你的。为了爱你，我抛弃了我的爸妈、大姐和我的尊严。"

……

"我就是想做你的女人，我就是要给你生个儿子，气死他们。我只要怀上你的儿子，就逼大姐以最快的速度和你离婚……"

……

"大姐不是觉得你好欺负吗？我会为你出气的。你赶紧走，再次警告你，不许动阿华的念头！"说完叶子一溜小跑下去了，楼梯那边传来"哒哒哒"的响声。

冬天的太阳，高高地挂在东南的天空上，穿过层层白云，放射出温暖的白光来。城市的公路上，高楼林立，车水马龙，阴凉角落处的积雪，已经被尘土改变了原有的白色，黑不溜秋地横在那里，呈现出软塌塌、黑乎乎的肮脏丑态来。阿华坐在臣雪的车里，表情非常坦然，目视前方没有主动说话。臣雪一边开车一边说："哪里人？"

阿华说："南边人。"

臣雪说："具体点儿？"

阿华说："说了你也不知道？"

臣雪说："结婚没有？"

阿华说："结了，还有一男孩儿，今年两岁，婆婆帮我领着，老公是跑车的，常年不在家。我今年二十三岁，高中文化，身高一米六零，体重五十公斤，十几天前刚到省城。我就是想打工多挣一点钱，如果遇到爱我的男人，我还愿意和他交知心朋友。我把想法都说出来，省得老板一句一句地审问了。"

臣雪笑起来说："痛快。我就是喜欢痛快的人，有什么话就说出来，我最烦女人遮遮掩掩，虚虚伪伪。"

"笑什么？我是实话实说。你放心，工作时我会是最好的。"

阿华觉得要想在省城生存下去，有一个好的未来，必须得霸住一个老板，现在就是难得的机会，她不想错过。阿华尽管觉得有点荒唐，但她必须把自己心中的话说出来，一开头就达到顶峰，哪怕遭到老总的拒绝，哪怕一下子就跌进谷底。她现在也没有别的办法，她要有自己的生活，要让老板知道她喜欢陪他。通过几天的工作，阿华已经喜欢上水产公司在超市里销售水产品这项工作。她早就下定决心，她之所以卖命地工作，出色地表演，不就是为了让老板欣赏她、发现她吗？如果苍天有眼，一定让她遇上一个大老板。否则，她就觉得非常失败，也没有办法长期在这个公司待下去。

"哎！你是不是业余小姐，谁叫跟谁走？"

"老板，你说什么啊？"阿华打了臣雪一下，"我喜欢你们公司的气氛，我也喜欢在超市里销售咱们的水产品，我更喜欢这一身红色的工作服。"

"喜欢就好。"

到了动检站，臣雪把车停在刚刚化完雪的土地上。今天的阳光格外温暖，土地在阳光的照耀下，显现出一副黑乎乎、粘粘塌塌的样子。阿华从车上下来，正好踩进稀泥里，她一步一个脚印地走到水泥地上，狠狠地跺了跺高跟鞋上的泥，抱怨着说："臣总，看你停的车。"

"哎！我说大小姐。现在是寒冬腊月，谁想到雪会化呢？"

"你没感到天气暖和吗？我看你是故意的。那么多水泥地你不停，你偏偏停在泥地上，让我弄了一脚泥，我看你良心大大地坏了。"

"好好好，我坏，我坏。"

"本来就是，你看看，你下车的地怎么是水泥的？"

臣雪和阿华说笑着，到了动检站长的办公室。臣雪向站长递着烟，介绍阿华。梁站长一看到阿华，眼睛就直了。因为凡是和动检站打交道的人，不是杀鸡的，杀牛的，就是宰猪的，要不就是卖肉的卖鱼的。那些人穿衣服五花八门，衣服上不是血迹斑斑，就是油渍麻花、腥味刺鼻。总之，在梁站长的印象里，没有一个像阿华这样水灵的女人。梁站长目不转睛地点点头说："没有问题，既然是臣总的人，那就一路绿灯。"

"梁站长，请多多关照。"阿华握住梁站长的手，"那我就先谢谢梁站长，站长什么时候方便，我请站长吃饭，我还想陪您多喝几杯呢。"

"那可就太好了。"梁站长颠了颠阿华的手说，"那就由我安排，好不好？"

"那敢情好了。"阿华慢慢抽回手，"那我就静候站长的佳音了，到时候，可别怪我把梁站长喝得找不着北。"

"一言为定，既然能和阿华喝酒，我就没打算竖着回去。"梁站长大笑起来。

阿华也笑了起来。

"咱们都是自家人。"梁站长说，"臣总日理万机，哪儿有时间跑这鸡毛蒜皮的事，你就代表臣总来，臣总你看怎么样？"

"没有问题的啦……"臣总学着广东话，拉着长音说，"我要的就是这个效果……"

"那我可就不客气了。"阿华说，"梁站长，我先给您提个意见好不好？"

"欢迎！我们就要接受群众的监督，为群众服务。只要群众满意，我们的工作就算做到家了。"

"那我可就说了。咱们这动检票有效期才五天，这也太短了吧？"

"那没有办法。这是全省统一规定，我没有权力延长有效期。"

"我知道。我建议对到超市销售的冻品，动检票的有效期延长为二十天到二十五天，我们总不能三天两头来换票吧。"

"我看可以考虑。我现在就先给你开二十天，就算试运行，然后我会把你的意见再向主管领导请示，你看怎么样？"

"那可就太好了。"阿华又握着梁站长的手，"那我代表超市的全体经销商，谢谢梁站长。"

"先别谢。"梁站长神秘地说，"哎，这屋里没有外人，这项延长有效期的措施，暂时只对你们一家公司，听明白了吗？"

"明白，明白。"阿华说，"臣总心里有数，我也会记在心上的。"

梁站长把臣总拉到院子里，悄悄地说："哎，臣总，你给我说句实话，阿华是不是你的情人？"

"怎么了？这和工作有关系吗？"

"当然没关系了。如果阿华不是你的情人，那我可就不客气了。若是你老兄的，我绝不夺哥哥所爱。"

"好眼力。如果站长喜欢，就让给你了。女人和咱们兄弟之间的感情相比，简直一文不值。"

"谢谢兄弟。不怕你笑话，像阿华这样有灵性、有气质、相貌俊美的女人我接触得不多。如果再遇到像阿华这样的少妇，别忘了给兄弟介绍介绍。我正在离婚，想提前踅摸踅摸。"

"那我就做做阿华的工作，只是阿华还没有离婚，有孩子，也有老公的，做业余的老婆还可以。"

"不不不！"梁站长冷静下来说，"见笑了，我就是这么一说。"

臣雪笑着和阿华从动检站出来。阿华知道臣雪在笑什么。她看到梁站长那色咪咪的表情，就想起自己的命来了。梁站长、臣总和二臭，都是她的父辈们，看来她只有在她父辈身上周旋了。她早把臣雪的情况摸清了，有房，有车，有事业，可谓功成名就，可就是被小姨子霸占了。她不知道还有没有可乘之机，若能靠上臣总这样成功的男人，那是她最大的愿望，管他是不是自己的父辈呢。于是阿华大胆地表白，她不想错过和臣总交往的机会。于是阿华嗔怪地说："笑什么？你和梁站长是不是在说我的坏话？"

"那倒没有，是梁站长让我把你介绍给他，想娶你做老婆。"

"哼，我才不呢！"阿华撇撇嘴，"我不喜欢梁站长那样的人。胖得跟猪似的，黑不溜秋，没有一点修养，要按岁数，做我的干爹还差不多。"

"那我就不像你的干爹了？"

"不像，你比梁站长年轻，像我大哥，有气质，也很有男人魅力。"

"谢谢阿华。你在哪里住？是自己租房还是合租？"

"当然是自己租房了，要不我带你去看看？"

臣雪来到阿华所租的房子里。面积虽小，却暖意浓浓，卫生打扫得一尘不染。臣雪装模作样，这看看，那看看，然后坐在整洁的床上。阿华忙着冲了一杯咖啡，递到臣雪的手里，顺便握住臣雪的手好好地暖了暖。男人的阳刚之气，顺着双手，飞快地传到她的神经系统，她催促着臣雪趁热喝几口："就在我这儿吃午饭？还可以在这睡一午觉。"

"不了，改天吧，我会记住你这地方的。"

"臣总是不是很在乎叶经理？我看得出来，叶经理很爱你。"

"谁说的，叶子是我小姨子。"

"算了吧臣总，叶经理不谈男朋友，就是等着你和她大姐离婚。她真够痴情的，看来我得好好向她学习。"

"那叫缺魂儿，纯属是个傻女人，明知道不可能，还要等……"

"我还听说叶经理要给你生个孩子，带着孩子过，一辈子都不结婚，太了不起了。"

"这个没心没肺的。这要是让她大姐知道了，那还不闹得人仰马翻。"臣雪直抱怨阿华，"你怎么不早几天出现？如果让我早遇到你，我不会和叶子发生那点事。叶子要是怀了孕，我这不是害人嘛！"

"那怕什么？都什么年代了。叶经理有追求爱情的权利，选择她喜欢的生活方式，有什么不能理解的。我也想向叶经理学习，我想为你生个孩子，做你的红颜知己，守着孩子过下半辈子。"

"胡说！这话我可不想听。"臣雪说完，站起来就走。

阿华伸出胳膊挡住臣雪的去路，脸色像熟透了的苹果，她妩媚地说，"看你那傻样，和你开玩笑呢，还是吃了饭再走吧？"

"好了，我一定会回来的。"阿华尽管很想男人，但她知道男人和女人之间的水有多深，火有多烈，那种诱惑是动人的，内容相当丰富，但随时都会出现狂风暴雨、惊涛骇浪的场面。一旦跳进去，无论是男人还是女人，都有粉身碎骨的危险。现在还不能死皮赖脸，软缠硬拦。心急，反而达不到目的，毕竟是第一次交锋，不能让对方看轻自己。臣雪不是二臭，阿华不怕二臭轻看她，但怕臣雪轻看她。即使留不住他的人，也要把他的心留下来……

2

这天下午，五点多钟，太阳早早就落山了，风特别清冷，阴凉处的雪还没有化完。水产市场上，几乎每一家的门市上，都是灯火通明。有出货的，有卸车的，有搞加工的，完全是一派春节前繁忙的景象。

上午，臣雪从阿华的家里出来，和叶子在门市上吃了盒饭，下午就在办公室睡了一下午。晚上下班之后，叶子就缠着臣雪请她吃火锅。他们俩到了火锅店里，叶子脱掉绿色的羽绒服，里面穿着高领的红色羊毛衫，下身是那种瘦瘦的紧身裤，脚下穿着长筒皮靴。羊毛衫和紧身裤，勾勒出她的腰部、臀部和前胸优美的曲线。白里显红的脸色，越加魅力无穷。服务员刚一转身，臣雪就摸了一下叶子的脸。叶子翻了翻白眼，噘着嘴做了一个鬼脸。臣雪蓦然觉得不能再打阿华的主意了。他不能见一个爱一个，这不是在桑拿里挑小姐。桑拿里的小姐他挑了又挑，拣了又拣，换了又换，但始终也没有谁给他留下任何印象。这男女之情，只要掺和上金钱，就失去了原有的内涵，就没有什么真情而言。那些小姐再怎么向他撒娇、献媚，他也从来没有被打动过。只有叶子能打动得了他，特别是他进入叶子的身体之后，他对叶子的想念，居然发生了天翻地覆的变化，还想和叶子来第二次、第三次……臣雪决定要好好地对待叶子，但不管如何控制自己，阿华的影子始终在他脑海里浮现出来，犹如刻在他的脑子里一般。

此时的阿华还在超市里指挥着卖水产品。阿华是业务主管，不用亲自站柜台卖货，那也要等到九点多关门，计划好明天需要上什么品种，写好清单才能下班。想到这，臣雪便不由得放慢了速度，好像是在等着阿华。叶子没话找话说："怎么啦？你是不是在想阿华？"

"瞎说什么呢？"臣雪掩饰着内心的惶恐。这女人的嗅觉就是灵敏，有点像狗鼻子。他刚刚想到阿华，叶子就闻出味来。可惜，我的嗅觉怎么就不灵敏？那对狗男女经常苟合在一起，我怎么就没闻出来呢？

"别装了。"叶子说，"根据我的观察，凡是接触过阿华的男人，没有一个不动心的。就算你没有，阿华也会有的，像你这么有魅力的老板，是女人都想。"

"越说越不像话了，别人不知道我你还不知道？我受过刺激，你不知道吗？"

"姐夫，你说我傻不傻？现在想起来，我都后悔死了。明明知道阿华能勾引男人，我却把你送到她的嘴里。"

"你是不是神经了？我到底和阿华怎么了？"

"好了不说了。我只是提醒提醒你。我们都吃好了，我送你回去。"叶子从饭桌上拿了车钥匙，出了饭店，坐在驾驶座上。臣雪让她下来，"现在车多路滑，我来开。"

"不行！我现在要赶紧过过这开车的瘾，万一我开不了了，我也不后悔。"

"干吗这么悲观？这车就是你的，你想什么时候开就什么时候开。"

"快上车吧！我的傻姐夫，我怀孕了，你不怕你的孩子有闪失吗？非逼着我说出来，榆木脑袋。"

"就那么一下，就知道一定能怀孕？"

"不怕少，就怕巧。你懂不懂？还大男人呢。"

"你要是怀孕了，我怎么向你家人交待？我都为难死了。"

"你别管，我自有办法。我领着孩子等还不行吗？"

马路上一串串路灯，放射出橘黄色昏暗的光亮。路两边的门市里犹如白天一样，灯火通明，人来人往，熙熙攘攘。车里边开着暖风，凉风偶尔从门缝里钻进来。车窗的玻璃上，贴着黑黑的绿膜，只能看到外边，看不到里边。叶子把车停到一个广场上，依偎在臣雪的身上。

"你又想干什么？"臣雪半推半就地说，"你这是何苦呢？"

"是我自愿的。"叶子撒娇说，"我只有生了儿子，才能

217

第十七章

拴住你的心，我们现在没有房子，我要想爱你，只能在车里。咱们就把汽车当作床，让我成为你真正的女人……"

"傻妹子，你已经是我的女人了……"

尽管还是在车的后座上，但这次臣雪没有着急，他是一点一点地脱掉叶子的衣服，上面用嘴亲吻，下边抚摸着叶子，然后才进入叶子的身体的。完事之后，臣雪的热情一下子就落到了终点，仿佛一根蜡烛，燃烧到了尽头，火苗忽闪了几下，终于灭了。叶子却像刚刚点着的导火索，继续冒着火花燃烧着，身体贴在臣雪的身上，一点也不想离开。

臣雪像哄孩子似地，送叶子回去之后，还是不想回家，他坐在车里呆了一会儿。马路上逐渐清净下来，四周的高楼大厦，还亮着忽明忽暗的灯光。苍穹之中，稀稀拉拉的星星，闪烁着深浅不一的光芒。臣雪悠然地抽着烟，暖风呼呼地吹着，他感觉不到车外的一丝凉意。他猛然觉得这样的生活确实不错，他不但是水产公司的老总，每年有上百万的收入，而且叶子爱着自己，这种感觉确实很幸福，很快乐。但他依然没有办法把阿华从脑子里清理出去。在没有和叶子正式结婚之前，叶子也没有权利限制我的自由，我想爱谁就去爱谁。起码我现在还是自由人，我不可能被一个女人拴住。我知道这种动机是荒唐得，是贪婪的，是占有欲，是一种很危险的信号，但我心确实是那么想的。我现在的做法，就是要报复娟子，就是想逼着娟子提出离婚，那样我就不会背上违背承诺的罪名。我的做法虽然有点蠢，有点不道德，不光明磊落，还有卸磨杀驴的味道。但除此之外，也没有什么好办法。我确定叶子是真心爱我，叶子就是我要找的女人。叶子是那么主动，那么急不可待，那么惊心动魄。我感到和叶子在一起的时候，比和娟子在一起更有尊严，更像一个男人……

臣雪摇下玻璃，把烟头扔到车外，一股强烈的冷风从车窗外吹进来。臣雪赶紧摇上玻璃，合上眼睛，这时他又想起霍城他们。这次带老乡们到广东去，感觉很好。也许是受到了林元通的点拨，也许是把封闭了多年的心扉彻底打开了，他想到了"衣锦还乡"那几个字眼。一路上有说有笑，他觉得自己从来没有那么坦然，那么高兴过。他的事业很成功，又找到了自己的爱情。往后的主要任务，就是和乡亲们多拉近关系，关系越近，自己就越开心，越幸福，不再糟糕，有一种鱼归大海，鸟入山林，雄鹰飞到天空一样的感觉。自己不能像爷爷那样失败，不但要得到喜欢自己的女人，同时也要和乡亲们搞好关系。事实证明，在享受人生快乐的过程中，也应该想到死。如果活没个活样，死没个死样，连乡亲们这一关都过不去，那和畜生真是没有什么区别。自己要改变我以前的人生观、价值观，在有生之年，尽自己最大的力量来和乡亲们恢复关系，树立起自己的威望，等自己死后，一定要埋在老家，也要举行一次隆重的葬礼。如果乡亲们能抬我的棺材转转大街，那就说明自己是一个人，而不是个畜生，那样才不会有遗憾。

想到这里，臣雪总算有了头绪，和叶子结婚大局已定。他突然觉得和心爱的女人结婚要庄严、神圣起来，不能把结婚当成儿戏。一旦和叶子走到一起，他会加倍珍惜，百倍呵护，绝对不能像对待娟子一样。但是要趁没有和叶子结婚之前，赶紧享受享受他心中美女的魅力。他不是国家干部，不是政府官员，现在只是个体户。个体户偶尔找个女人，找个小姐，即使被抓住，大不了就是罚点钱。目前自己还没有必要故意克制自己，找美女、谈老婆和恢复乡亲们的关系同时进行，要学会几条腿走路……

第十八章

　　雪，已经停下来，天还没有亮。县城里的房屋、道路、树木、砖垛、土，都被大雪盖住，空气冷嗖嗖的。桂花抱着孩子和亚新垂头丧气地坐在医院的楼道里，孩子熟睡在桂花的怀里。

　　亚新低着头，谴责着自己。当时撞车之后，他就应该把车停下来，报警，等着处理事故，承担应该承担的一切。亚新觉得那辆轿车是停在那里，司机正在撒尿。他好像是用前保险杠的右角，把轿车连人带车撞断隔离带，翻到沟里去的。他没有保护现场，赶紧报警，而是加大油门就跑，当时他的司机伙伴，就睡在后边的卧铺上。当跑到下一个高速口，车才被警察拦截住。

　　亚新现在才想起来，那警察不是抓他的，是查超载的，要不怎么就没有人追呢？亚新怕被抓住，开开车门，装着撒尿的样子，撒腿就跑。一下高速，是一片树林子，他顺着林子就往家里的方向跑，出了树林，是一片麦地。那时，正好是夜里十二点左右，天下着小雪，麦苗被雪盖住。亚新深一脚、浅一脚地跑了一段，发现没有人追上来，才慢慢地往回走。天亮之后，他找了一家小旅馆睡了一觉，睡醒后继续往回走，走到能坐公共汽车的地方，就又坐了一段汽车，直到夜里两点钟才到家。

亚新本想回来之后，带着阿华远走高飞，在外面躲几年再说。可亚新万万没有料到，等待自己的却是这种结果。细想起来，自己就是个混蛋。女人算什么？什么样的女人自己没有经历过？即使阿华当过小姐，即使和爹睡到了一起，那也是自己造成的。自己完全没有必要采取这种暴力的方法，来处理自己的爹的问题。自己完全可以体面地让阿华走，因为自己和阿华根本就没有领结婚证。自己可以再娶，阿华也可以再嫁，还可以像爷爷一样，和爹分家。阿华说得没错，你说你跑什么跑？还是不是男人？为什么要跑？为什么要用这种极端的方式对待人命关天的大事呢？现在亚新已经做出了决定，干脆不跑了，等天亮之后，就去自首。

魏大夫给二臭做完检查，赶紧让护士输液止血，处理伤口，把亚新和桂花叫到诊室里，详细询问二臭出事的经过。亚新颤抖着回答说："我爹爱喝酒，醉鬼一个，肯定是又喝醉了，倒在雪地里，不醒人事，结果就被狼咬了。"

……

"我爹真是喝醉了。你问我娘。我们都不知道他什么时候倒在雪地里的。大概是夜里两点多钟，我跑车刚回来，就看到我爹躺在雪地里。我烦他喝酒，谁都不知道什么时候，我爹就被咬的……"

魏大夫在询问二臭病情的时候，公安局的人也到了。因为魏大夫已经发现，二臭的手腕、脚腕都留下挣扎后的血迹。魏大夫一边安排处理二臭的伤口，一边让护士报了案。公安局查看完之后，又"啪啪啪"地拍了几张照片，把亚新和桂花带到派出所，抓紧审问，

"你知道为什么到这来吗？"

"知道！交通肇事和故意伤害。"

"知道就好，希望你配合我们。"

"那我就实话实说，请你把我娘放了。我是交通肇事者，我爹的手脚是我捆起来的，也是我把我爹扔到雪地里的，与我娘一点点关系都没有。"

"好，那你就把事情说清楚，在哪出的交通事故？为什么把你爹绑起来，扔到雪地里。"

"我后半夜两点回来，发现我爹睡在我的炕上。你们想，我爹和我媳妇都睡在一个炕上，这意味着什么？我一气之下就绑了他，堵住他的嘴，把他扔在雪地里。我娘刚好从北京回来，走到门口，看到有一只狼正在咬他，是我娘扔出手里的拐棍把狼吓跑的，就是这么回事。"

"你捉奸在床上了？"

"没有。我娘在北京做保姆，我常年在外跑车，我家里只有我爹和我媳妇。你想我爹已经睡到儿媳妇的炕上，能没有事吗？我当时恨不得一刀杀了他。"

"你这是故意伤害，是在犯法，懂不懂？"

"我知道，我现在很后悔，我不该那么冲动，我不该捆住我爹的手脚。"

"那你后来问清楚了没有？"

"问清了，我媳妇都承认了。"

"那你媳妇现在在哪里？"

"跑了。我爹被狼咬了之后，正是我和我媳妇在屋里吵架最激烈的时候。她非要走，我不让她走。最后还是让她跑了。"

"你说你肇事逃逸，到底是怎么回事？"

亚新又把事故的经过、地点、老板的电话等讲了讲。民警一一记录下来，让亚新按上了手印。亚新被扣在派出所里。

桂花抱着孩子回到医院，二臭还在抢救室里昏迷不醒。桂花问魏大夫，二臭到底怎么治？

魏大夫说："只能做手术。狼咬了鼻子、上嘴唇和半边脸皮，必须把屁股上的肉皮移植到脸上，就凭咱们县医院的技术条件，再怎么做手术，鼻子和脸也恢复不了原样了。只能保证性命，恐怕出门就要戴口罩了。"

桂花说："能保住命就行。钱不是问题。"

魏大夫说："那好，你赶紧交收费去。"

桂花说："没问题。北京我有亲戚，我让他们赶紧把钱打到我的卡上。"

这时候，孩子从桂花的怀里爬起来，看了看不是妈妈，不是爷爷，也不是在家里，便鬼哭狼嚎般地哭了起来。桂花就有点纳闷，这孩子的哭声怎么变成这样子了。她到北京之前，孩子的哭声是奶声奶气，特别尖亮。现在怎么变成像狼似的嚎叫了，要多难听有多难听。魏大夫咧着嘴，示意桂花赶紧到外边哄孩子去。

天已经大亮了，县城里的各个角落，都是白皑皑的。摊煎饼的、炸果子的、卖豆腐脑的车子都停在雪地上，排成长长地一溜。桂花到商店里买了奶粉、奶瓶，到医院里弄上热水冲上奶粉，奶嘴堵住孩子的嘴，孩子脸上挂着泪花，"咕咚咕咚"吃起奶来……

桂花觉得老范应该已经遛弯回来了，便拨通了电话。老范以为桂花到家了，给他报平安的，于是便笑着问："到家了？二臭、阿华和孩子都好吗？"

桂花犹如见到亲人一般，便哽咽起来。孩子瞪着桂花，也哭起来……

"哎！你这是怎么了？出什么事了？"

桂花摇晃着孩子，呜咽着把家里发生的事说了一遍。"这家我是不能呆了，我不能每天守着一个人没有人样、鬼没有鬼样的人过日子。我很后悔，我不该不听你的。我现在恨不得就回到你的身边，永远不进这个家门。"

"桂花啊！我还是那句话。你想什么时候回来就什么时候回来。家里出了那样的事我也很遗憾，需要我帮什么忙，你尽管说。"

桂花的眼泪流了下来，和孩子的哭声搅合在一起。

"桂花啊！哭什么？你是不是缺钱？你需要多少钱尽管说。"

桂花哭泣着说："老范，你对我太好了。医院要求先交两万元的押金。阿华把家里的钱都带走了。现在要给二臭做手术，可我怎么好意思向你借钱呢？"

"桂花啊！你拿我当什么人了？一日夫妻百日恩。你尽管放心，天塌不下来，先给二臭看病要紧。"

第十九章

1

阿华回到出租屋里，心情依然激动。今天上午，她很幸运地接触到了臣雪，总算是没有枉费心机。她现在工作很踏实、很高兴，充满了憧憬。她总有一股使不完的劲，就像汽车加满了油，电池充足了电，轮胎打鼓了气儿。

公司承包了超市的柜台，专卖各种冰鲜鱼类产品，售货员都是公司的职工。阿华不但管人、管事，负责所需的卫生检疫、动物检疫票及超市的结算，还负责超市里要货。只要阿华写好了要货单子，叶子就会派车准时送到超市里。

阿华非常庆幸，找到这么称心如意的工作。这工作是有张有弛，不用一天站在柜台上，只要把证件办全，该要的货要上，那就万事大吉了。阿华离家出来，只要找到喜欢的工作，她的人生就有了个好的开始，要是长时间找不到合适的工作，阿华也怕经受不起桑拿洗浴中心的诱惑，重操旧业，再次误入歧途。阿华要忘掉过去，只要从事正规职业，过正常人的生活，就一定能痛改前非，重新做人，就有机会找到一家像亚新那样的人家，重新结婚，好好地过她的下半辈子。亚新那个家尽管很好，二臭对她再好，即使亚新不追究她，她也会追究自己。你为什么那么任性？你怎么就那么冲动？即使你想男人，也没有那么想的。即使赌气也不能那么赌。你哪怕像小孩子一样，搂着亚新的腿，说死也不让他跑什么长途，即使外人知道了，也不是什么丢人现眼的事。可你没有，你以为你是谁？你以为是在宾馆？你以为二臭是嫖客？你那不是赌气，你那不是任性，你那是在残害自己和别人。你不仅毁掉自己的青春年华，也亲手拆散了好不容易建立起来的幸福家庭。算了！既然做了，后悔也没有用，就把那一页翻过去。你还有的是时间，美好的人生刚刚开始，你一定能痛改前非，重新做人，一定能找到你喜欢的男人。

现在回想起来也觉得奇怪，那天晚上就该出事，犹如魔鬼附体一样，我要是有那个意思，我早就会扶着二臭到他屋里，二臭就不会睡到我的床上。我怎么就那么粗心？明明知道二臭上了我的床，我还以为二臭也像男人了，要主动找我一次。亚新刚刚走，这一走，少说也得一个月，春节之前是赶不回来的。那晚，我困得像一滩烂泥，拿弄不起来了，心里想，二臭要是想，就让他自己来。我给二臭开大门的时候，也是半睡半醒，迷迷糊糊的。我只觉得二臭又喝多了，在撒酒疯。二臭好像是倒着进门的。现在我都没弄明白，二臭为什么倒着走？倒着走怎么可能把住方向呢？我只是朦朦胧胧地瞥了他一眼，根本没想二臭倒着走的意图。我哪里想到，二臭却破天荒地倒退着进了我的屋子里，脱掉了棉裤，倒在炕上就睡着了。我也懒得理他，在那点事上，二臭是个孬种，从来就没主动过，每次都是我找他，而且是半推半就的样子，好像求他一样。我有点看不上二臭那种德行，没有敢作敢为的气魄。反正这个家里就我们两个人，在哪睡都一样，于是我就睡着了。偏偏就在那个晚上，亚新出了车祸，肇事逃逸，急呼呼地跑了回来。我睡得迷迷糊糊，根本没有开灯，早把二臭睡在我床上的事忘到脑后了。自己为了那点尊严，必须离开亚新，离开儿子。我在任何一个地方，就是和比我大二十岁的男人在一起，那又如何？可是在村里就不行，那就是乱伦，那就是作孽。

在这人海茫茫的城市，阿华就像河滩里的一块石头，她觉得自己是一件艺术品，有很高的价值。阿华从报纸上看到臣雪公司的招聘广告，便去参加面试，被叶子一眼看中，第二天就上岗了。还没有几天，叶子把阿华从售货员中抽出来，当了主管，走出她新人生最关键的一步。自从遇到臣雪的那一刻起，阿华就有一种绝处逢生，灵魂出窍，近似于疯狂的喜悦。她觉得这是千载难逢，可遇不可求的机会。尽管她早已变成一块豆腐，她是被拍碎了，撒在地下，四处飞溅的碎末，而且沾满了灰尘。但她了解臣总也和她一样，既是污垢满身，又是伤痕累累。所以阿华不再求全责备，她以前是找喜欢的爱人，她现在要找羡慕的老板，只要臣雪肯要她，哪怕臣雪像二臭一样，是她的父辈，哪怕是做臣雪最末了的情人。于是她必须大胆表白，不想错过这个臣雪，要迎合男老板们的口味而上，要有一锤定音的效果。

阿华躺在黑乎乎的床上，她习惯拉开窗帘，在睡不着的时候，她喜欢躺在床上观看天上的星星。虽然窗户上就那么一丁点天空，虽然她只能看到那么几颗星星，但她也愿意看。在这一个人的夜里，她一边看星星，一边想儿子。她不知道哪一颗是她自己，哪一颗是她儿子，哪一颗是她所爱的男人。虽然阿华早就拿定了主意，要和儿子一刀两断。可是孩子犹如天上的星星，她躺在哪里，星星就跟到她哪里。阿华盯住几颗最亮的星星，她总是看了又看，想了又想，她越看就越想儿子。她觉得亚新已经逃离了家乡，远走高飞，过他的流亡生活去了。她

第十九章

的儿子一定哭得像泪人一般，在婆婆和二臭的怀里找妈妈。阿华想着想着，忽然有种肝肠寸断的感觉，眼泪已经流下来。她的儿子太可怜了，两岁就被妈妈抛弃。得不到母爱的孩子，将来能长成什么样子？她不由得拿起手机，拨通了亚新家里的号码，她现在顾不了那么多了。她就怕婆婆接电话，她哆嗦着拿着手机，她多么希望二臭来接电话啊！可是电话那头就是没有人接。阿华拨过去几次，她是想问问她离开后儿子的情况，是不是哭得死去活来。二臭是知识分子，特别明白事理。阿华还想提个条件，是否能让她把孩子带出来，她可以承诺，她一定能把霍军培养成有用之材。霍军永远是他们的好子孙。可是家里的电话，就那么肆无忌惮、拼命地响着……到头来，还是没有人接听。电话越是打不通，阿华就越是担心，无法入睡，她在黑乎乎的屋子里，瞪着星星，泪水横流……

阿华的脑海里又更换为臣总，无论从外貌、言谈举止，还是从家庭情况，都是她理想中的男人。阿华煞费苦心，了解到臣雪不幸的婚姻，从政府机关下海经商，到他妻子和别的男人的事情。同时她特别羡慕叶子，为了得到老板娘的位置，不惜和大姐争夺臣雪，而且是摇旗呐喊、明目张胆地为臣雪生孩子，这真是一个"创举"。要是没些胆量，没有真情，哪有如此的举动……

突然有人敲门。阿华惊诧地坐起来，谁会敲她的门呢？她住进这个单元之后，除了臣总来过一次，从没有人知道她住在这里。阿华一动不动地坐着，依然看着窗外的星星。门又很有礼貌地响了三声。阿华还是没有去开门的打算，她倒是希望敲错了，尽快听到走掉的脚步声。在没有搞清楚门外是谁之前，阿华是不会发出任何声音，更不会轻易开门的。门再次很有节奏地响了响，好像有人叫她的名字，声音尽管很轻，她还是听清了，肯定是臣总。阿华的心狂跳起来，疯了似的，怎么都按不住。她非常后悔没有给臣总留下电话号码。她又一次听到臣总轻轻地叫她的名字，于是便回应了一声，说来了。阿华拉开灯，没有顾上拉窗帘，穿着三角裤衩，跨带背心，就跳下床去开门。当阿华发现真是臣总的时候，赶紧拽臣总进来，拉到她的床上坐下。臣雪赶紧让阿华上床，给她盖住被子。阿华说："我正在想你，你就来了。"

"我和叶子吃完晚饭，在马路边坐了半天，犹豫了好长时间，最后还是决定来你这看看，你不会骂我不要脸，笑话我吧？"

"看你说的。"阿华打了一下臣总，"你能到我这来，我求之不得，怎么会骂你呢？不对，我要骂你的，就骂你是不要脸，不正经。可是我就喜欢你这不正经的坏样呀！"阿华拉灭灯，就势钻进臣雪的怀里，用嘴堵住臣雪的嘴，拼命地亲起来……窗外又刮起了大风，那风吹着口哨，狠劲地摇晃着小区里的树木，发出呼呼的响声……

2

臣雪早早地离开阿华的家。他一边开车，一边想阿华和叶子的区别。叶子是纯真的处女，只有得到爱的渴求，没有爱的技巧，给他带来的感觉，也是空前绝后的。阿华却很成熟，不但有爱的欲望，还有爱的手段。阿华从上到下，一步一步进行，做得是那么用功，那么到位，那么不厌其烦。总之，男性所渴望的一切，阿华都完成了。无论是叶子还是阿华，要和娟子比起来，那简直都是一个天上，一个地下。叶子是那种良家妇女纯朴的傻，像白纸一样纯洁，犹如含苞待放的花朵，等着他去浇水、欣赏和采摘。阿华则有风尘女子的风骚，仿佛是玫瑰，芳香、刺激、魅力无穷。这两种美他都喜欢，臣雪感到自己太幸福了。

臣雪和阿华白天是见不到面的，阿华的直接领导是叶子。臣雪觉得这样也很好，在人不知、鬼不觉的情况下，他和阿华能经常住在一起，真是开心极了。

过完春节之后，娟子便三天两头地和叶子在娘家吵架。娟子问臣雪到底住在哪里，他们是不是买了房子？叶子心虚，回答娟子的时候总是哼哼唧唧，要不就像吃了枪药似的。说我没有你有经验，不像你那么浪漫，还专门准备一个约会的房间。娟子气急败坏，说谁专门准备约会的房间了？你就知道听臣雪的一派胡言！

这一天晚上，娟子实在忍无可忍，便又和叶子吵起来。叶子根本不知道臣雪晚上住在哪里。叶子一天不定到臣雪的办公室多少次，他俩在公司里卿卿我我，打打闹闹。吃过晚饭之后，三天两头，就把汽车当成婚床，她的"新婚蜜月"都是在车上度过的。尽管汽车的后座很憋屈，她的腿没办法伸展，但叶子也觉得很幸福。她现在完全放开了，把女人最幸福的姿态，那种发自心灵深处、无法抑制的坏样，都暴露在臣雪的面前。臣雪不再紧张，很坦然，也没有着急，总是把叶子挑逗到一定的程度，才进入叶子。于是当大姐再次指责她的时候，叶子醋性大发，她觉得大姐不应该打听她的男人，便气汹汹地回答大姐："臣雪到底是你老公还是我老公呢？他不回家你凭什么问我，你的意思是我把他藏起来了？"

"别装了。你最好给我小心点，等你怀孕了我再找你算账！"

"妈，你们听她说的叫什么话，就冲她这句话，我就是不结婚，我就是等着她离婚，我非得给臣雪生儿子……

"越说越不像话！"妈训斥着，"你那是在抢你大姐的老公，好说不好听的。"

"妈！你们不是不知道。"叶子委屈着说，"她是怎么对待臣雪的？她不想要的男人，还不许我要？你们要是不支持我，我就搬出去住，永远不回这个家！"

"你们看看。这么不要脸的话她都能说出来。"娟子指着叶子的鼻子，"巴不得让你们赶她出去。"

"你少说几句，"妈黑着脸，"你也不是省油的灯。早知今日，何必当初？我和你爸都想开了。你们要吵、要斗，到外面去，省得把我们气死！"

"你怎么能这么说！"娟子大声吼起来，"以前是我不对，我不是改好了吗？要不是叶子从中捣乱，破坏我们的家庭，我和臣雪早就和好了，叶子凭着年轻，在抢我的老公，你们怎么就不管呢！"

"行啦！臣雪不是傻子。脚上的泡是自己走的。我看你和臣雪也过不到一块，那就利索点，谁走谁的路，省得天天这么生气。"

"哪有你这么当妈的！"娟子哭泣说，"你怎么能劝我们离婚呢？"

"你们继续过下去还有意义吗？臣雪是个体户，不是国家干部，不受任何限制，而且是有钱有势的大老板，主动权就掌握在他的手里，你已经是他捏在手里的蚂蚁，想怎么折磨你，就怎么折磨你，你怎么就这么糊涂！"

"臣雪最困难的时候，是我和丁厂长借给了他一百万元。如果没有我们那一百万，哪有他的今天？再说，我们有言在先，臣雪是不能和我离婚的。"

"是你傻还是丁厂长傻？"妈撇着嘴，"你还是醒醒吧！你为什么总把自己拴在丁厂长裤腰带上呢？看看你那点出息，你就不能过几天自己的日子吗？"

"妈妈！"霍明从里屋里跑出来，瞪着娟子说，"你们为什么总为爸吵架？让我说，爸不回家，都怨你！"

"一边去！"娟子训斥霍明说，"写你的作业去。"

"你们这么吵，我怎么写！"霍明噘着嘴反驳，"有你这样当家长的吗？"

娟子拽着霍明的胳膊，拎到里屋，随手关上门。

爸爸得过脑梗塞，拄着拐棍，一摇三晃地进来坐在沙发上，听着娟子、叶子和老婆你一句她一句的争吵，气得黑着脸，胸部一挺一挺的，一句话也不说。

"这不都怨叶子吗？"娟子咽不下这口气，"妈，你明明知道叶子在抢我的老公，为什么还让她和臣雪在一起？"

"哎！是谁让叶子帮臣雪做生意的？是谁把叶子送进老虎嘴里的？叶子变成今天这样子，你却抱怨起我来了。你这叫烙饼卷指头——自己咬自己的肉，现如今知道疼了。"

娟子欲哭无泪："我当初是想让叶子监督臣雪，谁知道那狗日的为了报复我，却向叶子下了毒手呢。"

"你说错了，"叶子更正说，"不是臣雪向我下手，是我一厢情愿，是我主动，我就想用我的真情，感动他、拴住他、得到他。我还可以告诉你，我已经有了，你还是早做打算吧！"

娟子一听，一把抓挠住叶子的头发，说："你这个不要脸的，我今天非破了你的相不可。"

叶子也不是善茬，反手抓住娟子的头发，相互撕拽起来……

"给我住手。"爸爸大喝一声，"都给我滚出去，我永远不想见到你们！"爸爸脸色发白，突然捂着胸口倒在了沙发上……

3

第二天是正月十四，丁厂长和娟子早就说好了，趁着刚过完春节，厂里没有正式生产，他要带娟子到北京做拉皮手术去。丁厂长对妻子编好理由，早晨四点起来，从小区里开车出来。天还没有亮，人们都还在沉睡之中，马路上的路灯，三三两两地照着，放射出惨淡的光亮。扫马路的正在忙碌着，把空气搅得乌烟瘴气。丁厂长一边开车，一边给娟子打电话。

接到丁厂长的电话，娟子犹豫了片刻还是答应了。她觉得爸爸的病情已经稳定下来，都在医院守着也没有用，她让丁厂长到市医院门口来接她。娟子几乎一夜没有合眼，满脸倦容，眼睛里充满了血丝，还没等丁厂长问她为什么待在医院里，便在车上睡着了。丁厂长开上高速之后，娟子已经睡了一觉。丁厂长问："怎么在医院了？为什么困成这样，难道一夜没有睡？"

"没有！"娟子用手将将鸡窝似的头发说，"我和叶子为臣雪打架，气得老爷子心脏病复发，现在刚刚脱离了危险！"

"你说你也是的，在家里打什么架呢？你怎么那么没有涵养？打架能解决问题吗？"丁厂长沉下脸来。他觉得娟子和叶子能打起架来，说明问题已经到了非常严重的地步。丁厂长的当务之急，就是要当上工业局的副局长。高市长已经答应，人大、政协会一闭幕，他就调到工业局当助理，然后再琢磨当副局长。当前主要任务就是要稳定大局，要想平安过渡过去，就

第十九章

得坚决不准娟子离婚。如果没有臣雪给他抵挡着，他俩的关系马上就会暴露。因为老婆早就警告过他，证据一旦到手，绝对饶不了他们俩。

"叶子已经怀上臣雪的孩子。我妈劝我离婚，我能不急吗？"娟子快要崩溃了。这一夜都在琢磨妈那句话。也是，我有手脚，为什么非要绑在丁厂长的裤腰带上？我要是早做打算，说不定对我爸妈、霍明和我自己都好。我这样和臣雪对付着过日子，还不如离了呢。

"有孩子就有呗！"丁厂长说，"有了孩子可以打掉，要是叶子想生下来，那就让他生。你不能冲动，一切要按照计划行事，听到没有？"

"没听到！"娟子喊叫起来，"我妈说得对，我要面对现实。如果在叶子生孩子之前，我还缠着臣雪不放，那我爸妈的脸可就丢尽了！"

"娟子，你必须听我的。"他俩之所以能相好十几年，就是因为娟子顾大局，遵守他俩之间的约定。可现在他发现娟子乱了方寸，有反悔的苗头。她为了她爸妈的脸面，要和臣雪离婚，这样做是很危险的。

"我现在才感到，我就是听你的听错了。"娟子冷冷地说，"是谁非让叶子监督臣雪的，要不是你出的馊主意，也不至于闹成这样。"

"你别管叶子怀孕，你和臣雪必须要履行咱们的约定，哪怕再和他周旋两年，听到没有？在这节骨眼上，你可千万别坏了我的大事。"

"我不！"娟子疯了似地吼着，"你只有杀了我，你才能和你老婆好好地过下去，你才能官运亨通。"说着拼命地去拽丁厂长的方向盘，一边喊着："停车，我要回去，我爸都快死了，我还做什么拉皮呢？我要听我妈的，我要尽快和臣雪离婚，我保证不连累你，你听到了没有？”

　　早晨的高速上，车辆很少。东方已经升起红色的霞光，西边的天空上，疙疙瘩瘩地挤满了黑白相间的云彩。丁厂长以一百二十公里的速度飞跑着。娟子突然使劲一拽方向盘，丁厂长内心处在强烈的愤怒之中，心里冒火，眼睛冒烟，他几乎连一脚刹车也没有顾着踩，方向猛然一斜，也就是一霎那，只听丁厂长"啊"的一声，连人带车穿过护栏，撞到高速公路的沟里去了。由于车速过快，只听"砰"的一声，发出那种沉重、闷雷一般的响声，车头便撞在水泥桥墩上，丁厂长和娟子当场不醒人事。

　　当时，丁厂长的车穿过护栏，撞上桥墩的时候，天刚刚亮，那一段偏偏就没车经过。由于他俩失去报警的能力，耽误了最好的抢救时机，丁厂长和娟子失血过多，没拉到医院就死了。

　　丁厂长的老婆听说她男人和娟子死在一个车上，已然证实了她多年的猜测，于是泼性大发，就站在娟子家的楼下，没鼻子没脸地大骂了一场。她骂娟子是破鞋，是贱货，是狐狸精，勾引了她的男人，害死了她的男人。城中村好多人都来劝，可是越劝越厉害，一直骂得自己痛苦不堪，瘫倒在地下，被人抬走才罢休。叶子的爸爸刚刚从医院里回来，终于没能顶得住这突如其来的打击，心脏病再次发作，再次被 120 送到医院，没有抢救过来。

第二十章

1

叶子非常后悔，哭得死去活来。既然已经得到了姐夫，又怀上臣雪的孩子，爸妈虽然嘴上反对，可心里早就默认了。我为什么不租一套房子，早点搬出去，耐心地等着他俩离婚呢？当着爸妈和大姐耍什么威风，打什么架呢？可姐夫到底睡在哪里，为什么不回去住，我确实不知道。大姐怀疑我们买了房子，是我把姐夫藏起来了，这都是哪儿和哪儿呢？要不是听大姐说，我还不知道姐夫有好多个晚上都没有回家睡觉了。况且是大姐先和我吵的，是她先抓我的头发，我才被迫还手的，是大姐挑起来的……

臣雪没有办法，门市上只有暂停营业，先是以女婿的身份给老丈人出殡，然后才火葬娟子。娟子的葬礼自然是非常冷清的，尸体是从医院直接拉到火葬场的。娟子究竟被撞成什么死样，臣雪根本没有看，他的家里没有设灵堂，也没有贴白对联。地委宿舍的那栋楼房，大都出租给了外地人，楼上楼下都不认识娟子。可以说，娟子就像死狗、死猫一样，是偷偷地被烧掉的。到火葬场送娟子的都是她娘家那边的亲戚，霍明哭得昏死过去几次，一直不离开姥姥。办完了姥爷和妈妈的丧事，霍明躲在姥姥的怀里，以泪洗面，哭姥爷、哭妈妈，晚上钻到姥姥的被窝里，可怜极了。

叶子觉得对不起爸爸，对不起妈妈，更对不起霍明。人的生命怎么那么脆弱？就像一个玻璃瓶子，掉在地下就摔碎了，怎么也变不成原来的样子。几乎没有给她一点准备，或者改变策略的机会，爸和大姐说没就没了。怎么会是这样的结局？一点也不像她想象的那样。叶子躺在家里，想不明白，一点也不想上班。

臣雪只能自己到市场上坐班，中午还要回到老家，看一看别墅的施工，晚上仍然是偷偷地到阿华那过夜。阿华几乎用尽浑身解数，来哄臣雪开心。可是臣雪总是笑不出来，心里像坠着铅块一样。阿华大胆地说："臣总，按说你应该高兴才对？"

"唉！"臣雪若有所思地叹了一口气，"可我就是高兴不起来。丁厂长的老婆公开地骂了娟子，我这城中村地下的'王八'，已经转成地上的了。"

阿华便不再说话，心情也沉重起来。因为她伤害了二臭、亚新和孩子。阿华尽管接触过好多男人，但她是从心里爱着亚新，要不她也不会千里迢迢嫁给亚新。阿华嫁到那个家里，二臭把经济大权都交给她，那种当家作主的感觉使她很满足，很幸福、很有尊严。阿华本来就打算嫁鸡随鸡，嫁狗随狗，就在那个家里，那个村子住下去，还曾幻想大干一场。按说霍家庄的地理位置，特别适合种花养花。她一定能让霍家庄变成以种花、养花、卖花为基地的花卉市场。阿华种过花，养过花，也卖过花。她的老家有丰富的养殖花卉的技术，又有各式各样的品种，只要自己愿意，条件允许，她可以把老家的花卉技术引进过来。她相信，在两三年之内，准能发展成一定规模，霍家庄也能因此能富裕起来。可是阿华哪里知道，她嫁到那个家里之后，亚新好像完成了任务，仍然天南海北地跑车，完全不顾她的理想与寂寞。对她的养花设想，嗤之以鼻，根本没有放在心上，把她当成一头母猪养在家里。阿华一气之下，就让亚新当了"王八"。想到这，阿华的心就难过起来，她觉得对不起亚新和儿子。儿子失去了母爱，成长在那样扭曲的家庭里，以后会是什么样子呢？阿华翻过身去，眼泪又涌了出来。

这时候，臣雪的电话响了。臣雪接着电话，说："我在桑拿，你怎么还没有睡？现在好点了吗？"

"我没有事。我被妈赶出来了。我就在你家门口，你能不能快点回来，我很想见到你。"说着叶子就"呜呜呜"地哭起来。

"好！我马上回去。"臣雪赶紧穿衣服，一边说："我得回去，叶子被家里赶出来了，就坐在我家楼下，她没有家门钥匙。"

阿华一个转身抱住了臣雪，说："你别走，你走了，我怎么办？"

"叶子刚没了爸，死了姐姐。她已经哭昏过去好几次了，现在又被家里赶出来，这都是为了我，我怎么能让她待在大马路上？"

"臣总！你有了叶子，是不是就不来了？"

"来，我怎么会舍得你这个小美人呢？"

"有叶子陪你，你怎么还会来呢？"

"阿华，你放心，我会经常找理由和你会面的。"

"我会天天想你的！"

"我也会！"臣雪突然说，"哎，我的别墅快盖完了，等收拾好了，我就先领你住一夜去。"

"我都听你的。"阿华松开臣雪，劝住自己。阿华觉得不能太贪婪，必须放臣总走，现在还不能得罪叶子。得罪了叶子，那就等于砸了饭碗，断送了刚刚建立起来的锦绣前程。阿华相信，通过和臣总的密切交往。她的情感便能和他贯通起来。臣雪即使进入到叶子的身体里，心里也该想到她。只要臣总心里有我，还来看自己，自己就算成功了。在当今这个社会里，男人和女人都是一样，要想全部颗粒归仓，那是痴心妄想。阿华想到这，起来穿上衣服，站在门口，抱住臣雪，忘情地亲吻着，泪水弄湿了臣雪的脸颊……

2

正月十五一过，天气已经逐渐暖和起来。霍家庄里的杨树、柳树、洋槐树、梧桐树都冒出新芽。臣雪的旧房子处，正在热火朝天的施工过程之中。施工方进入现场的第一天，就用大铲车，把旧房里高低不平的残垣断壁全部铲到河沟里去了。那棵梧桐树已经卖给做棺材的，先是锯断了树上的枝枝杈杈，然后用钢丝绳把树干捆在大铲车上。铲车加大油门，烟囱里"突突"地冒了一阵黑烟，犹如鲁智深倒拔垂杨柳一样，树干晃晃悠悠，就被连根拔走了。

臣雪这次要盖的别墅，根本没有院子。整个宅子全变成一座宽敞的欧式二层楼房了。顶部是三角形状，青瓦盖顶，红瓷砖包边。临着大街，并排着是一间大门，一间车库。车库外安着自动遥控门，只要一按遥控，卷闸门就自动滚落下来了。

铲车在铲院子里垃圾的时候，好多人都来看热闹。附近的狗又"汪汪"起来。狗就是这样，它不管你地位多高，也不管你是什么物件，只要你闹出动静来，它就叫起来。铲车是擦着地皮，把那些旧土、砖头和瓦块，可以说是连毛带骨，一股脑儿地铲到河沟里去了。霍城一看这种施工的方式，悬了好长时间的心，终于落到了实处。看来臣雪明白了他的意思，把屋子里不吉利的旧物，全部清理出去。臣雪不愧为大老板，当过国家干部，就是有水平，只要把那具尸骨请出屋子，那就算大吉大利，吐故纳新了。在铲车装土的过程中，霍城是总指挥，一直没离开现场，直到清理干净，露出原来的院子，霍城才放心下来。霍城和好多看热闹的人，都感到蹊跷，莫非是碰到鬼了，那具埋在屋子里的尸体，怎么可能连一根白骨都没有了呢……

到了南方之后，霍城才感悟到"时间就是金钱，效率就是生命"的真正含义。霍城不但自己学会了养鱼，还把村委会全体班子人员都弄到养鱼基地参观学习，尤其是请专家讲课，亲身体验，太有收获了。霍城他们回来，一传十，十传百，三里五乡都沸腾起来。特别是臣雪捐资两百万元，支持村里建养鱼塘和饲料厂的举动，更是震撼了好多人。为了展现招商引资的伟大成果，霍城特意邀请县委书记、县长、镇长以及有关领导，在村里的戏楼前，召开了隆重的捐资仪式。在捐款大会上，挂着大红条幅，敲着锣鼓。臣雪面对这样的场面，那么多乡亲们，又想起了母亲，心情突然糟糕起来，什么话也不想说。在霍城再三的要求下，臣雪才委派叶子对他的乡亲们讲了几句话。这一壮举，在全村、全镇，乃至全县都引起了强烈反响。

在盖房子的期间，臣雪经常回来。一进村子，就按下车窗玻璃，车速开得很慢，如果碰到男老乡，就停下来递上一根烟。臣雪不再躲避乡亲们，只要有人看到臣雪回来，大家就不约而同地来到施工现场，完全是一幅热情、和谐的动人景象。

第二十一章

二臭出院的时候，树叶已经由嫩绿变成深绿，麦苗郁郁葱葱，乌溜溜的，散发出茁壮、生猛的油光。田间、路边、沟沟坎坎的杂草已经冲破地皮，展露了头脚。二臭是晚上十一点多钟到家里的。大街上没有一个人，月亮高高地挂在半空中，明亮得像白天一样。他戴着口罩，第一眼看到臣雪别墅，就特别生气。

二臭站在跟前，就着明亮的月光，仰起头来，好好地看了又看，还用手摸了摸那紫红色的墙砖，给他的感觉是高大、别致、雄伟，太富丽堂皇了。在霍家庄，在三里五乡，简直是鹤立鸡群了。再看看他家的房子，就越加气愤起来。他恶狠狠地在别墅的墙上踢了几脚，嘴里骂着狗日的，那股邪气便把胸膛填满了。

在农村里，就怕邻居的房子高过自己，被长期压在下面。面对臣雪家高高的别墅，自己的房子已经被狠狠地压在底下了。再看看那楼顶，竟然还是三角的造型，飞檐四处翘起，巍然地蹲在夜空里，犹如雄伟的高塔一般。那狗日的靠着财大气粗，故意回来寒碜我，报复我来了。这样一对比，我家的房子，越看越低矮，越看越不顺眼，有点像鸡窝。

桂花开门之后，把熟睡的孩子放到床上，才出来把二臭拽回去。二臭的脸上去掉了绷带，屁股上的肉皮和脸上的肉皮，已经高低不平地长在一起了。尽管他戴着口罩，脸部盖得严严实实，但仍然不想白天回来。他不想让乡亲们看到他面目全非，没有鼻子，没有上嘴唇，呲牙咧嘴，面目狰狞的凶相。

在医院的时候，没有人敢和他住一间病房。医院没有办法，只能让二臭单独住一间病房。即使一个人在屋里，他也不愿意面对自己。他不是捂着绷带，就是戴着口罩。他不敢照镜子，他用手能摸出来，能想象得到他现在有多么丑陋，多么恶心。他的嘴和鼻子倒是能用口罩盖住，但雪白的头发和他恶劣的心情却没有办法盖住。所以二臭不想出院，和医院死皮赖脸，百般纠缠，他就想一个人待在医院里……

桂花记得很清楚，二臭在进手术室的时候，鬓角只有几根白头发，可是等做完手术，从重症室醒过来之后，他的头发已经全白了。二臭清醒过来之后，简直就变成一个四六不懂的疯子。他不吃饭，不喝水，拒绝治疗，暴跳如雷，无法控制。他嘴里不清不楚地吼着，让她滚回老范的家里去，永远不想看到她。二臭的发疯，把孙子霍军吓坏了，霍军一进到病房就鬼哭狼嚎，挺着身子往外走。医生只能用镇静药来让二臭安静下来。桂花也没有别的办法，她只能坐在旅馆里，抱着孩子眼泪汪汪。她一时也接受不了这个事实，一有时间，就打电话向老范哭诉。老范就劝她要耐心，要百般呵护二臭。二臭遭受到如此的变故，怎么能受得了呢？得让他慢慢地去适应，去接受，时间会冲淡一切的。桂花说："我怎么也好说，可孩子一进医院大门，就鬼哭狼嚎似的哭，我的心都碎了。我想扔下二臭一走了之，回到你身边去。"

老范说："千万别说傻话，现在可不是赌气的时候，一定要等二臭的伤好了，情绪稳定下来，做通二臭的思想工作，你才能过来。否则，我还是人吗？"

桂花就"呜呜呜"地哭起来，说："你是不是不想要我啦？你是不想让我去了？"

老范说："你别胡思乱想好不好？哎，如果孩子不想见二臭，那你就能找到理由了。等二臭出了院，为了孩子能有个好环境，你就带着孩子来我家。我想二臭是明白人，他会答应你来北京的。"

桂花这才"扑哧"地笑了，说："这还差不多。"

桂花有了目标，充满了希望，脸上就有了笑容，说话办事就显得随和多了。等霍军睡了，她就来到二臭的床前，给二臭做工作。二臭的脸部都被纱布缠着，只露出眼睛和嘴巴。他看到桂花来了，就用被子盖着头。他不想和桂花说话。桂花坐在凳子上，哭泣着给二臭讲道理。

"我知道你恨我，恨我到北京不回来。可是你也不扪心自问，那不是被你逼的吗？要不是你非让阿华当家，不答应我和阿华分家，我能赌气走吗？不听老婆言，有事喊皇天。"

二臭的双腿敲得病床"当当"直响，来反驳桂花。

"既然你不想让我留在北京，想让我守着你，那你就应该去叫我，我在北京天天想你，只要你到北京叫我，我能不回来吗？"

"你那是放屁，你是三岁的小孩，还让我去哄你啊？再说在村里，哪有一个儿子分家的。倘若如你所愿，和阿华分家，不但让乡亲们笑话死，阿华恐怕早就走了。你那是找理由，你就是想住在北京，你这个不要脸的，不当家就不能在家了？你要是不走，我能天天打麻将和喝酒吗？我怎么就和阿华搅在一起了？我就是喝得一塌糊涂，我也不可能睡到阿华的床上。"

护士们听到喧闹的响声就都跑进来了，警告桂花不要刺激病人，这样会影响伤口愈合，不利于恢复。于是七手八脚就把二臭的腿和手捆在床上，然后又给他注射镇静药，二臭才安静下来。

第二十一章

桂花不急，有的是耐心，等二臭拆了线，在恢复伤口的过程中，桂花还是给二臭不厌其烦地讲道理。

"事已经这样了，只能面对现实，你是不怕死，我也无所谓。你不为我想也就罢了，你怎么也得为亚新和霍军想想吧！细想起来，咱们不就是为儿子、孙子活着吗？霍军才那么一点，他知道什么呢？我的意思是，你出院之后，你有手有脚，又有工资，你能照顾自己。我先领着孩子到北京住一段时间，等亚新一回来，咱就和亚新分家，让亚新和孩子过。这次你一定要听我的。为了儿子、孙子，我们要好好地过下去。"

二臭觉得有道理。是呀！我现在已经这样，是死是活，都无关紧要。霍军是我家的命根子，我就是受了天大的委屈，我也希望霍军能长大成人，接续我家的香火。二臭逐渐冷静下来，并决定从现在开始，不让霍军看到他的样子。他一出院，就让桂花带着霍军到北京去，他手脚又不缺，能照顾自己，剩下的事情只能等亚新出来再说。

值得庆幸的是，家里已经没有任何人了。阿华走了，亚新还在监狱里。二臭不想和任何人住在一起，他就想自己过。即使是亚新把他害成这样，他也不想连累亚新。在他清醒之后，公安局再三询问，是谁捆着他的手脚，堵住他的嘴，把他扔到雪地里的。

二臭一口咬定，没有人捆过他，也没有人堵过他的嘴。是他喝醉了，不省人事，醉倒在雪地里的。

民警让二臭说慢点。二臭还是那几句，又重复了一遍。民警听明白之后，非常气愤，说："你儿子早已承认，是他在一怒之下，捆住你的手脚，堵住你的嘴，把你扔到雪地里的。你想动不能动，想喊不能喊，才被咬成这样的。"

二臭嘟嘟囔囔地说："我这是罪有应得。"

民警走到门口，回过头来说："你这样做也救不了你的儿子。因为亚新还犯了交通肇事罪，造成一死一伤的惨剧，照样会判刑的，将得到应有的惩罚！"

二臭背过身去，把泪水咽了。

二臭记得很清楚，那是个大雪纷飞的晚上，他们打完麻将，坐在酒桌上，霍城说臣雪要回来盖别墅，还帮着村里养鱼，要捐资两百万元的时候，他的气就从肚子里升了起来，像敲鼓似地敲了半天。二臭也不知道为什么，他就怕臣雪和霍城他们搅合在一起。大雪飞飞扬扬、铺天盖地地下着，从门缝里飘进来几片雪花。霍城一帮人特别兴奋，推杯换盏，连吃带喝，热火朝天……

二臭只管喝酒，那时候的酒就变成水一样淡而无味，他越喝越觉得没有感觉，越喝越觉得心烦。他不知喝了多少酒，也不知道怎么就睡到阿华屋里了。细想起来，真正害他的罪魁祸首就是臣雪，怪不得政府不让这种有鬼心眼的人做官。你在省城不好好做你的生意，为什么要掺和村里的事，为什么非要把房子盖成那么高的别墅呢？那我的房子在别墅的衬托下，不就变成贫民窟了？你这是在变相地报复我，就因为我没有给霍老黑送终，让你跪在泥坑里，弄得你满身污泥，狼狈不堪。看来乡亲们闹丧，对你是有作用的。通过那次的教训，你才想趁你活着的时候，办点好事，积点阳德，想办法恢复和乡亲们的关系。所以我早已原谅了亚新。我之所以没有选择自杀，就是想寻找机会，找你狗日的报仇。要是那天晚上，没有你盖房子和养鱼的事儿，我绝对不会喝那么多，是你搅乱了我的方寸，是你让我喝得不省人事，我才糊里糊涂地睡到阿华床上的。是你让我变成现在这人不人鬼不鬼的样子。是你拆散了我的家，让我儿媳妇弃家逃跑。你居然还敢和我做邻居，我和你势不两立，有你没我，有我没你。咱们就骑驴看唱本——走着瞧！

245

第二十一章

　　二臭是怀着复仇的心情回来的。一旦有了目标，就有了活下去的理由。于是二臭倒是希望桂花领着孩子到北京去，不能让孙子看到他的样子，生活在这样的家庭里。他不想见任何人，他不想给任何人添麻烦，他不需要帮助、同情、怜悯。他是一名正式教师，有工资，有健康的手脚，为了达到自己的目的，他必须好好地活下去。

　　桂花第三天就带着孩子走了。现在是商品社会，物资相当丰富，不出村子什么都能买到，而且都有电话。桂花把小超市的、压面条的、蒸馒头的、炸油条的、打烧饼的、卖豆腐脑的、卖菜的、卖水果的、医务室等等的电话号码都写给二臭。需要什么，只要打个电话，都能送货上门。桂花不让二臭管贵贱，尽管要想吃的东西，一切由她来和他们结账。桂花还再三嘱咐二臭，要了什么东西，就把大门开开个缝，送东西的人根本不用叫你，从门缝里就塞进来了。于是桂花便去北京和老范过那种梦寐以求、取长补短的日子去了。孩子什么都不知道，桂花确实不能让孩子守着一个人不人、鬼不鬼的二臭过日子。

　　二臭一个人关起大门来过日子，他现在还不如一条狗、一头猪、一匹马、一头驴。这些畜生，起码能见人，一旦听到动静，还能大呼小叫，遥相呼应。牲口还有人喂养，不怕见人，也不怕见到其他畜生们。可是二臭不行，因为二臭不是狗，不是猪。他是人，还是老师。是人就有人的脸面，人的廉耻，人的尊严。况且他不是因为在战场上打仗，或抢救公共财产，舍己救人，才变成这样的。而是因为和他爹一样，和儿媳妇有染，睡到儿媳妇床上，被儿子捆起来，扔到雪地里，被狼咬成这样的。他不愿意想到自己，看到自己模样，他不能像那些畜生们一样，贸然出现在别人的面前，更不能和他们进行交流。他只能自己一边打发无聊的日子，一边寻找报仇的机会。

第二十二章

1

埋葬了爸爸和姐姐，叶子在床上躺了好几天，她不想出屋，也不想上班。哥哥搀扶着妈来到叶子的屋里，妈妈催促着叶子搬走。你既然喜欢臣雪，那你还是搬到他那里住，过你想过的生活去吧。人是你挑的，路是你选的，但愿你别后悔。霍明就跟着我们过，你就安心管好你的孩子，别让妈替你操心了。叶子跪在地下，抱住妈妈的腿，放声痛哭了一场，当晚就搬了出来。

臣雪自然被叶子的举动感动了，为了不辜负叶子和岳母的一片苦心，第二天就和叶子领了结婚证。趁霍明上学的时间，臣雪买来好多东西，一进岳母的家门，便跪在岳母的眼前，妈啊妈啊地哭了半天。岳母抱住臣雪，老泪横流，孩子啊孩子啊又痛哭了一场，心里才算好受一点。

臣雪再三和老人家承诺："等老家里别墅装修好，我要给叶子举行一个别具一格的婚礼。"岳母说："婚礼不婚礼我不管，你们要好好地过下去。"

"妈！我向您保证，我们一定能好好地过下去。"

"妈！你放心，我们会好好地过下去。"叶子也哭着表了决心。

"好吧！我不留你们吃饭了。"

叶子和臣雪就住在地委宿舍里，每天一起上班，一起下班。臣雪偶尔借机到阿华那睡一会儿，十二点之前就赶紧回去。

回想起来，这是臣雪一生中最幸福的时刻，同时有两个既可爱又漂亮的女人爱着自己。这种被爱的感觉真好。人生的悲剧，往往都是因为这样贪婪、都想拥有、都舍不得放弃，不能好好地把持住自己。叶子既贤惠又能干，对待客户热情大方，在销售方面有着过人的天赋。臣雪在别墅内部装修时，干脆把进货的权利都一起交给了叶子。叶子一样做得头头是道、有条不紊。林元通多次给臣雪打电话称赞叶子，说臣雪娶了叶子是正确的选择。你和叶子没有结婚的时候，叶子是配角，你是主角。你们领了结婚证，你就把主角让给了叶子，你做配角。你可以放心地做老板，准备衣锦还乡吧。叶子是你最理想的帮手，同时也将成为我公司最好的生意伙伴。于是臣雪就安心装修房子，准备和叶子在霍家庄举行婚礼。

如今，臣雪认为林元通说对了一部分。叶子确实是他事业和家庭生活的支柱，他不能没有叶子。这几年要是没有叶子的配合，他不知道他的事业将是什么样子。因为林元通还不认识阿华。阿华也是他生意上不可缺少的一份子。阿华精明强干，处事大方，一点也不比叶子逊色，而且很有女性魅力。叶子和臣雪结婚之后，阿华从来没有难为过臣雪，心甘情愿和他做一对露水夫妻。阿华在管理超市和公关方面也显现出卓越的才能，和叶子配合得相当默契，超市的生意越做越大，仅仅两三个月的时间，就从一个超市发展到五个超市。于是臣雪也不想怠慢阿华，隔三差五就到阿华住处和阿华约会，像哄小孩子。

2

　　其实，这个春天和往年一样，冰雪消融，天气回暖，万物重生。可二臭不知道麦苗多高了，小草多密了，他只能看到他家附近那几棵老槐树，树叶由小变大，由大变绿。二臭除了做饭睡觉之外，也想看看书，可是书拿在手里，心早就飞跑了。要不然就是在院里转圈圈，看着一群群麻雀，在槐树枝上不厌其烦地蹿来跳去，叽叽喳喳，时而把树叶蹬下来。大街上偶尔传来卖东西的叫卖声，还有狗叫声和拖拉机、三马子的"嘣嘣"声。二臭百无聊赖，寂寞难熬，一天不知道扫多少次院子，不知道转多少圈圈。他从南边转到北边，从北边转到南边。一阵风吹过来，树影在墙上飘忽不定地摇晃着。

　　二臭几乎天天都仰着头，眯缝着眼睛琢磨臣雪家的别墅。二臭越琢磨，就越觉得纳闷，越觉得有问题。你说你盖那么多个房间有什么用？你狗日的能住得过来吗？按说只要是人住的地方，又是农村，怎么能不留院子呢？没了院子，不仅没有了天空，也没了土地，那就没办法栽树。没有树木，就没了绿色。二臭不敢想象，一个村子没有树是什么样子，一个农家要是没有树木那就不是家。因为树根连接着地气，树枝连接着天气。只有连接地气和天气，那才有家的样子……

　　二臭咂咂嘴，摇摇头，你狗日的这二层别墅楼，就是想报复我家，想从房子上先把我压倒。自从听说你要盖别墅那天晚上起，我家就开始倒霉了。亚新是开了五六年车的老司机，大中国已经跑了好几圈，可谓久经沙场的老司机，怎么可能发生交通事故呢？归根结底，问题都出在你这别墅上。我家的不幸就是从那天晚上开始的。我与你势不两立，不是你死就是我死！你就等着瞧。有钱有什么了不起的？有钱就可以骑在我脖子上拉屎撒尿了？我就不信，我整不了你？

到了晚上，二臭还是那样，看看自己这边，看看别墅那边，看看星星。心里反反复复地骂几句狗日的！骂累了，看累了，就躺在躺椅上，继续琢磨……

天空黑暗而且神奇，满天星斗都在自己的位置上，闪着深浅不一嘲讽的光亮。别墅的墙壁，在这黑乎乎的晚上，犹如一座高山，挡住了二臭的半边天空。在这高高的墙壁下面，二臭觉得他更加丑陋，出奇地渺小。别墅墙似乎是活动的，处在不停的旋转运动之中，虎视眈眈，故意向他家这边倾斜过来，随着风晃动几下，又回归原位。

二臭相信，任何事物都是如此，包装得越严实，就越神秘，越容易引起人们的好奇。二臭反复问自己，臣雪为什么要建成没有院子，不能栽树的别墅？为什么要把家围得连一只苍蝇也飞不进去呢？那里边一定有见不得人的勾当。凭着二臭的推理，一楼应该是客厅、厨房、厕所和洗澡间，卧室应该设在二楼。但二楼应该有好多房间，要想弄清臣雪到底在哪间睡觉，非要进去看看才能弄清楚。就凭他现在的样子，就凭他和臣雪的关系，要想进到别墅里去，谈何容易啊？

到了夜深人静的时候，二臭在床上辗转反侧，浮想联翩，没有办法入睡，于是就又到院子里来。夜越深，村子里就越静，天上的星星就越多。树叶静静地在树枝上挺挺着，大家都已经睡着了。狗、猪、鸡、麻雀也都各自钻进窝里，做着甜蜜的美梦。二臭先是站在院子里看了半天，又从梯子上到房顶上，倒背着手来回张望。在房顶上看天空、看村子的感觉是截然不同的，除了别墅挡住他一面天空之外，他几乎可以观看整个天空，遥望满天星斗。二臭看到，每一颗星星，都像一盏亮晶晶的白灯，向他闪耀着嘲讽的光芒。他继续琢磨臣雪房子的内部结构和布局，到底能从哪里能找到突破口呢？如何才能钻进别墅里看个究竟呢？在这一点上，不能有侥幸的心理，不能有半点马虎。这就犹如打仗一样，只有掌握了具体的地形，才能制订出最有效的作战计划。我不会放弃的，不能便宜了这个害人精、狗杂种。困难肯定有，困难越大，我存在的价值就越高，就越有发挥的空间。没有经过我的同意，趁我住院，竟然盖起这么高的别墅，我一定能找到你的软肋，我就不信，你的别墅是铁板一块。

二臭猛然想起墙根下那个竹梯子来了，有一丈多高，特别轻巧。这梯子是亚新从南方捎回来的，就靠在南墙根下，一次也没有用过。二臭冷笑着下到院子里，把高高的竹梯子靠到房檐上，拿上手电，上到房上，又把竹梯子拽到房顶上，靠在别墅的墙上。这样一来，二臭就能爬到臣雪的别墅房顶上了。

别墅顶是三角瓦顶，一层压着一层摆放在上面。二臭稍微一掀，就掀下好多块瓦。瓦下边是木条，用小钉钉着油毡。油毡就像纸一样，特别好撕。油毡下面，就是木板了。木板都是小块，不但有缝，还能伸进手指头。二臭往起一提，钉在木架上面的木板就被拽下来了，房顶就算透气了。二臭把手电筒伸进去，再往下是石膏板吊顶，还是看不到屋里。二臭趴在上面，伸下手去，还是够不着。他又从房上下来，琢磨了一下，到院子里找了两根硬铁丝，在铁丝头弯了一个小钩子，再次爬上去，用铁丝钩轻轻地钩，就勾开一块石膏板。因为方块的石膏板，也没法固定死，就放在铝条龙骨上面。二臭再把手电筒伸进去，身子往下探了探，房间里就能看个七七八八了。

原来靠近他家墙边的这间房子，正是臣雪的卧室。地上铺着红色的地毯，一张席梦思大床就放在他家的墙根下面，沙发、茶几、电视应有尽有，几乎每一件家具上，都放着喜字。

　　"这狗日的，难道又要结婚了。"二臭心里想着。可就在那一霎那，他想好了一个绝妙的办法，能在人不知、鬼不觉的情况下，狠狠整治臣雪的机会。

　　二臭把石膏板、房瓦都仔细地恢复原样之后，欣喜若狂地回到屋子里，自己在床上打着滚笑了半天。二臭心里说：臣雪啊臣雪，你就等着，有你好看的。二臭躺在床上，破天荒地美美睡了一觉。

第二十三章

1

臣雪的别墅，都是按结婚新房准备的。叶子提前买了好多大大小小的喜字，她把卧室里墙壁上、梳妆台上、沙发上到处都放了喜字。她说喜字越多就越喜庆，要先让喜字为她冲冲喜，等到她入洞房的那一天，屋子里到处都充满了喜气洋洋的气氛。

臣雪也不管她，任凭叶子去买、去放、去贴。这别墅和他的事业，都是叶子的。只要叶子高兴，能给他生个健康的孩子，她想怎么摆弄就怎么摆弄。臣雪现在就有一个想法，和叶子在别墅结婚之前，一定要和阿华在别墅里交欢一夜。因为臣雪早就许过阿华，他要拉着阿华回来一次，让阿华也高兴高兴。于是臣雪找好应付叶子的理由，事先没有给阿华透露一点消息，想给阿华来一个浪漫，一个惊喜。他在超市门口等到九点多钟，然后请阿华吃饭，吃完饭就往霍家庄走。阿华坐在车子里，心情无比激动。她觉得自己很幸福，随着灯光闪烁，汽车穿梭，浮想联翩。她不知道拐了多少次弯，跑了多远的路。阿华看着黑黑的夜空，茫茫的原野，远处闪闪烁烁的灯影，已经进入一个自由神秘的世界里。她觉得很新鲜，很好奇。阿华知道臣雪要拉她到别墅里去。但她不知道别墅在哪里，也没有问过在哪个方向，有多远。阿华相信臣雪，依赖着臣雪。臣雪拉她到哪里，她就跟他去哪里。她已经感觉到，臣雪是爱她的。她也爱臣雪，大有生是他的人，死是他的鬼之感！她觉得自己应该像叶子一样，给臣雪生个孩子，她就守着孩子过，也许是最好的选择。可是阿华没有弄明白，这几个月以来，她并没有采取任何措施，月经也很正常，怎么就没有怀上呢？

阿华觉得汽车进入一条农村的大街上。大街上没有路灯，坑坑洼洼，农村街道不都是这样吗？汽车的灯光，像探照灯一样，把街道两旁的房屋、树木、上空都照得雾气蒙蒙。大街上一个人也没有，不知道谁家的狗先"汪汪"了几声，紧接着，好多狗都"汪汪"起来……有点像老鼠过街一样……

在霍家庄里，几乎家家都养狗。狗就像树木一样重要，狗不仅是生命的象征，也是农家丰衣足食的表现。狗既然能在这个世界上生存下来，人们又都愿意来喂养，那就有它的用处。狗不仅能看家护院，及时向主人报告陌生的声音，还能避邪。只要有狗在，有狗的叫声，那些妖魔鬼怪就不敢轻易出来。于是汽车所过之处，尽管开得很慢，声音很小，还是被狗发现了。臣雪根本没有下车，坐在车上，用遥控打开车库的卷闸门，把车开进去，再用遥控把卷闸门落下了，他俩从车库里走到屋子里。臣雪拉着阿华，打开中厅的大吊灯，房子顿时犹如点燃花炮一样，立刻五彩缤纷起来。臣雪让阿华到一楼的厨房、厕所以及各个房间里参观。阿华激动地说："我从来没有住过这么漂亮的房子，这就叫别墅吗？"

"这就叫别墅，高兴不高兴？"

"我太高兴了。"阿华搂住臣雪的脖子，"臣总，你对我真好。"

臣雪和阿华上到二楼，到了卧室里。臣雪开开吊灯，屋子里立刻辉煌四射起来。阿华看到沙发、床铺、地毯、电视上都是喜字的时候，脸立刻沉下来，坐在床上，有气无力地说："可惜，这些喜字不是为我准备的，这卧室里的一切都不是我的。"

臣雪把那些喜字都收起来，扔到另一间屋里，然后又把阿华抱起来，转了几个圈。臣雪给阿华脱裙子，阿华给臣雪脱裤子。阿华不停地叫着臣雪的名字，臣雪也不停地叫着阿华，就像新婚夫妻一样急不可待，有点出奇地亢奋。

2

二臭在臣雪的房上，侦查好地形，锁定好目标，第二天就开始行动了。老话说，不怕贼偷，就怕贼琢磨。螳螂捕蝉，黄雀在后。二臭就一个人在家里，寂寞难熬，一心想寻找报复臣雪的机会。

亚新关在监狱里，老婆和老范过在一起，阿华因为他弃家跑了，自己又变成这人不人、鬼不鬼的样子，多活一天和早死一天都没有关系。二臭之所以把老婆让给了老范，一是为了孙子，二就是为了报仇。功夫不负有心人，二臭现在终于想出来办法，怎么能不高兴呢？关键是白天臣雪家里也没有人住，他是在自己的屋里，无论闹出什么动静来，那边也发现不了。二臭已经算计好了，只要从他家的房顶处打一个窟窿过去，准是臣雪家卧室的床下。二臭再次确定好位置，就开始忙碌起来了。他把两张桌子摆起来，他家有的是锤子、钢钎，挖掉墙上几块砖实在是太容易了。二臭上到晃晃悠悠的两张桌子上面，砸了几锤下去，砖墙里边的问题就出来了。二臭心里就骂起来。原来，他家的砖墙是用白石灰和沙子垒起来的，砖底下的沙浆，酥得就像土坷垃一样，七八锤下去，就抽掉几块砖下来，呈现出一个大窟窿，臣雪家的墙就凸现出来，而且不偏不正，正好是臣雪家水泥圈梁的上边。二臭能计算出来，圈梁上边多高是地面。二臭非常庆幸自己的远见，房子盖得这么高。当时，他的房子如果盖低了，现在还真没法弄了。二臭哪里知道，臣雪家的墙尽管是水泥砌墙，却是包工包料，依然是水泥少沙子多，根本就没有凝固住，是标准的"豆腐渣"工程。二臭仅用了几下子，在臣雪家的那堵墙上，就打酥了一块砖，把酥掉的砖一点一点地抠出来，一块砖大小的窟窿就形成了。二臭又把他家的墙多拆了几块砖，这边就宽敞了许多。他用手电往里照了照，正好是臣雪的床下边。臣雪只要不挪动床，这个洞是发现不了的。即使臣雪发现了又能把我怎么样？我就说是我打的，有本事你就别挨着我家墙。再说了，我一没偷二没抢，我就愿意让公安局把我抓起来。

　　这一切准备好之后，二臭就等着臣雪回来。白天他就坐在自家的大门里边，听着大街上的各种声音和臣雪那边的动静。晚上就坐在院子里，瞪着臣雪家的天窗，偶尔听听狗叫和大街上的脚步声和说话声，然后就是看天上的星星……

　　由于臣雪把院子全部盖了顶，作为中厅使用，为了白天采光，在房顶的南坡上面，用玻璃做了一个天窗。二臭觉得，只要臣雪晚上回来，天窗里肯定要透出灯光来。于是一到了晚上，二臭就更加警觉起来，因为他知道，一切罪恶大都是在晚上做出来的。于是他就是那么时时看、天天等、夜夜盼，时而还爬到屋子里的桌子上，把耳朵贴在那窟窿边，听听里边有没有动静。二臭就那么看啊！等啊！盼啊！周围像静止了一般，那秒针每走一下，都砸在他的心头上。院子里静得出奇，树叶一动也不动，星星变幻着图案，闪烁出奇异的光彩。大街上偶尔传来脚步声。那脚步声，好像是小心翼翼，故意抬高了脚，放慢了速度，有所防备的那种声音。远处时而传来狗的叫声。随着狗叫声，他的心脏就越加"嗵嗵嗵"地跳个不停。二臭也不知道等了多少天，多少个夜晚，简直等得肝肠寸断，望眼欲穿……

　　这天晚上十一点钟，一阵狗的叫声刚过，臣雪家的天窗上终于有了灯光。二臭激动地跳了起来，他赶紧跑到屋里，上到桌子上，趴在窟窿跟前。他就是想在臣雪的床下观察、判断臣雪都和什么样的女人在一起。二臭早就算定，臣雪不是什么好鸟，他把别墅盖那么神秘，绝对不是为了带老婆回来过日子。他是想在这里养小老婆，寻欢作乐。二臭就是要收集证据，只要发现床上不是臣雪的老婆，他就打电话报警，只要警车拉着警报到村里来，便立刻就能引起狗的狂叫声——再就是，好多村民都要出来看热闹，这不是罚钱多少的问题，目的是让臣雪这个道貌岸然的家伙，犹如埋霍老黑那次一样，再次让他在村里丢尽脸面……

　　二臭上到桌子上，从那个窟窿里往臣雪的卧室看，臣雪卧室里亮了起来。紧接着地毯上出现了一男一女的腿和脚，根据那女的声音，腿脚的粗细，二臭已经断定，肯定不是臣雪的老婆。他们似乎刚刚在屋里站稳，说几句关于喜字的话，便相互把衣服扔到地下。二臭从心里佩服臣雪的胆量，这样的事怎么能开着灯做呢？这也太那个了……

　　听到那女人叫着臣雪的名字，几乎是使出了全身的力气，弄出很大的声音来。二臭还是耐心地听着，等着……就在他们滚落在地毯上的一霎那，臣雪在叫阿华的名字的时候，二臭犹如晴天霹雳、乱石崩云一般。二臭简直不敢相信自己的眼睛和耳朵，他摇了摇头，再次把眼睛贴在窟窿上，已经确定那骑在臣雪身上的就是阿华的时候，差点没把二臭的肺气炸了。天下竟有如此这般巧事，这阿华怎么和臣雪弄到一起了？这个狗日的，你怎么能和阿华干出这样的事呢？要是按真正的血脉，阿华是你的侄媳妇啊！这要是让乡亲们知道了，岂不又是丑闻了？

二臭颓然蹲在桌子上，他决定不报警了，费那么多周折干什么？干脆把霍家的脏事做一次彻底了断得了。要是臣雪和阿华再这样继续下去，那怎么得了呢？假如臣雪知道我是被儿子捆住手脚，堵住嘴，扔在雪地了，被狼咬成这鬼样子的，他还不把我笑话死？主意一定，二臭心里便平静下来。二臭觉得没有别的选择，不能再有丝毫动摇。仔细一想，我这人不人、鬼不鬼地活到今天，不就是为了今天吗？只要我泄了心头的恨，即使被押送到法场，吃了枪子，我也没有什么遗憾了。想到这，二臭从桌子上站起来，继续观察那边的动静，他就那么听着，就那么等着……一直等到臣雪和阿华上了床，拉灭灯睡了，二臭才下来。但他怎么也躺不下去，为了万无一失，他穿上棉大衣，坐在大门里边，一夜都没有睡，就听着臣雪车库那边的动静，他不能让那狗男女跑了……

天刚刚亮，二臭吃了四个馒头，喝饱了水，便戴上了口罩，敞开大门，提着粪叉和镢头站在他家和臣雪家的中间，完全是一副要去下地干活的样子。二臭早就盘算好了，下手一定要狠，要以一当十，稳准狠地打击目标，不能给他们留一点点逃跑、反抗的机会。我现在之所以变成这鬼样子，都是你臣雪害的。我做梦都没想到，你现在，竟然敢把我的儿媳妇弄到你的床上去，你可是亚新的亲叔叔啊！你这么做还是人不是人？看来，我们俩都遗传了霍老黑的基因，我们都是畜生，我们都该死！我俩今天必须来个彻底的了断。

霍嫂和早起来的人们看到二臭，都感到奇怪，太阳从西边出来了，二臭怎么出来了？并且和过来过去的人们点头哈腰。好几个人站在霍嫂家门口说着闲话，一边挤眉弄眼，注视着二臭，都觉得二臭不大正常，行为怪异，谁也没有猜到二臭要干什么。当听到臣雪家的卷闸门和汽车发动的响声，又看到二臭扔掉口罩，提着家伙钻进臣雪家车库里的时候，都觉得不是好事，于是大家都跑了过来……

3

第二天一大早，臣雪和阿华到车库里，并排着坐在前排座位上。阿华又抱住臣雪的脖子，亲吻着，动情地说："臣总，我从来没有这样幸福过！"

"好啦，来日方长，我还会带你回来的。"

"我知道，你也会带叶子回来的？"

"暂时不会，叶子现在有孕在身，不方便。"

"可你还是要娶叶子，不会娶我。我觉得你应该娶叶子，叶子比我为你付出得多。可我还是愿意死心塌地跟着你，替你做任何事情，你对我要好得长一点。"

"我会的，我发誓。"

"又发誓！你看我这是怎么了，心里很糟糕，像生离死别一样。"

臣雪打着车，发动机的声音立刻灌满了整个车库。臣雪按了遥控，卷闸门吱吱扭扭地卷起来。就在卷闸门刚刚起到一米高的一霎那，一个人不人、鬼不鬼、呲牙咧嘴、满头白发、面目狰狞、魔鬼般的人出现在车前。臣雪和阿华都以为是遇到鬼了。只见此人举起一把镢头猛地向他们砸下来。由于用力猛，速度快，汽车的前挡风玻璃一下子就被敲得粉碎。

臣雪和阿华早就吓傻了。这是在自己的家里，在车库里啊，这光天化日之下，怎么可能有人向他行凶呢？几个月以来，臣雪通过努力，为乡亲们办了不少实事。他和乡亲们的关系已经有了天翻地覆的改变。为此他感到很自信、很骄傲、很满足，是那种被人尊重、信任、自我实现的快乐。别说霍家庄的乡亲们，就是霍城、镇长、县长，对他也都是相当尊重的。臣雪相信，衣锦还乡的梦想已经不远了。可现在，又是白天，怎么会有这样的怪物，钻到车库里来了，还如此疯狂。

也就是在臣雪和阿华一愣神的时候，前挡风玻璃被砸碎了。因为太突然了，他俩都处在惊恐之中，简直就是从天而降。臣雪和阿华毕竟不是夫妻，又是偷偷回来，鬼混在一起。他不怕在桑拿里被抓，不怕拘留，更不怕罚款，他就怕在村里丢人现眼。在回来的时候，臣雪就算好了时间和路线。早晨六点来钟，他开开卷闸门，直接往东走，即使碰到人，让阿华缩下身子，随便打个招呼，不会有人看到阿华的。可臣雪哪里想到，卷闸门刚刚开开，竟然有这样一个怪物跑进来。他俩早被吓傻了，根本没有顾着躲避，就被砸昏了。看来，那人是有备而来，有意向阿华那边猛砸了几下子，只听汽车玻璃"啪啪啪"地几声，阿华前额流出血来，眼睛无法睁开。那人紧接着就到臣雪这边，车门的玻璃根本就没有摇上去，那人扔掉镢头，拿起一把四齿粪叉来，直接插进臣雪的胸脯上。只听臣雪撕心裂肺"啊"的大叫一声，像轮胎放了气一般，没有了动静……

臣雪究竟伤到什么地方，阿华根本没有看到，她只觉得头发昏，眼前一片黑暗，眼睛似乎是弄满了玻璃渣，疼得很厉害。阿华突然听到有人喊了声，"二臭！你疯啦？"

二臭愤怒地咆哮着，尽管声音很大，因为他嘴里跑风，又有发动机的噪音，谁都听不清楚他在喊什么。

当阿华听到有人喊二臭的时候，就一下子傻在那里。但她感到很奇怪，怎么会是二臭？我不是在梦里吧，这才几个月的时间，二臭怎么就变成这鬼样子了，又为什么向我行凶？

阿华的眼睛里像着了火似的疼痛，但脑子是清醒的，她现在才明白过来，原来，臣雪家的别墅，就在亚新家的隔壁。可那又怎么样？我既然和亚新分开了，我和臣雪在一起，那是我的自由，谁都管不着。当阿华听到有人硬把二臭架走了之后，她才喊着臣总。阿华摸到臣雪的胳膊，又摸到那把插在臣雪身上的粪叉，弄了一手热乎乎的血，顿时吓得昏了过去……

臣雪有气无力地说："阿华，我不行了，你赶紧跑……"

4

接下来，有人报了警，公安局的几辆警车和120，拉着警报来了。全村人听到警报声，都来到臣雪家门口。警察拍了照，才让120把臣雪和阿华抬到车上去。二臭被押上警车带走了。由于粪叉插进臣雪胸部，流血过多，送到医院，抢救无效就死了。阿华的两只眼睛严重受伤，都带着绷带，什么都看不到了。

这件惨案最痛心的是霍城，他咬牙切齿，恨不得扒了二臭的皮，抽了他的筋。仔细想想臣雪，也确实够惨的，所有的脏事、所有的不幸都集中在他一家了。臣雪出生在新社会，长在红旗下，从小学习优秀，在部队提了干部，转业到地委工作多年，下海经商也是成功人士，有钱有势。臣雪所从事的都是正当职业，年轻有为，正是大好年华，为了一个女人，竟然遭受到自家兄弟的残杀！可悲啊！可叹！实在让人痛心！我们刚刚建起的鱼塘怎么办？我们的鱼苗养大了往哪里卖？臣雪是发起者，是支持者，可不能从始而终，实在是太遗憾了——霍城现在没有别的办法，只能把希望寄托在叶子身上。于是霍城要把臣雪的尸体拉回村去，要为臣雪举行一个最隆重的葬礼，他要让乡亲们抬着臣雪的棺材，吹着唢呐，放着大炮，转转大街，风光风光地埋葬臣雪。

叶子趴在臣雪的尸体上，哭得死去活来。当霍城提出要在村里埋葬臣雪的时候，叶子就像抓住救命的稻草一样，立即回过身来，跪在霍城的面前，哭着谢谢霍城。叶子说："放心，臣雪遗留下来的事业以及他所有的心愿，我和孩子会去替他完成的，我只希望支书能帮我好好安葬臣雪！"

霍城把叶子扶起来，说："你赶紧起来，千万别哭坏了身子。为了臣雪的事业和孩子，也为了村里的乡亲们，你要多保重身体。臣雪的葬礼尽管放心，一切都包在村里，乡亲们会欢迎臣雪回去。"

霍城把臣雪的尸体拉回来，决定第二天便为臣雪举行葬礼。现在是刚刚入夏的季节，天气闷热，尸体不能停放过久。霍城一边派人放炮，同时立即召开村委会开会，说明了自己的想法。大家沉默片刻，还是有人提出了一些问题。比如说，尽管臣雪对村里有功，但毕竟不是正常死亡。造成死亡的原因，纯属乱伦，万一乡亲们还要闹丧怎么办？

霍城说："我想不会的。大家别忘了，阿华和亚新根本就没有领结婚证，严格来说，他们不能算是夫妻，也就谈不上乱伦了。再者，臣雪不认识阿华，阿华也不认识臣雪。臣雪和二臭，二十多年了，都没有来往过。在省城，臣雪是成功人士、大老板，想巴结他的女人多了。阿华和臣雪在一起，纯属巧合。按理说，即使臣雪和阿华睡在一起，那也不至于犯死罪吧！二臭有什么权利打死人命呢？现如今，我们的养鱼事业怎么办？现在臣雪没了，我们只有依靠叶子。我们必须要好好地安葬臣雪，我想乡亲们是能理解的。"

大家听后面面相觑，谁也说不出个所以然来。

5

按照惯例，这天一大早，二踢脚早早地就被放了起来。村子的上空，烟雾弥漫，炮声不断……整整一个上午，帮忙的人来人往，吊孝的纷至沓来——唢呐声此起彼伏，"滴滴答答"地吹着不知什么名的段子。吃过午饭，阴阳先生往棺材里撒上了红、黄、黑、绿和白的五彩粮食。霍城让几个人将臣雪的尸体抬到棺材里，阴阳先生还要用棉花将尸体和棺材之间的空隙掩实，防止在抬棺材或下葬时尸体来回滚动，然后还要打开单子，让叶子和亲戚们再看臣雪最后一面。在盖上棺材的一霎那，叶子和霍明都哭得撕心裂肺，包括围在别墅外面的好多乡亲们，眼里也潮湿起来……

入殓后，霍城领着霍明跪在家门口，请乡亲们到院里把棺材抬出去，这是风俗，是亡人和孝子们的尊严，也是埋人时不可缺少的程序。孝子到大街上给乡亲们磕头后，乡亲们就会到家里把棺材抬到棺材架子上，然后由十六个人抬着，在转大街的时候，还要换几次班，轮着抬。前边放着大炮，孝子在前，女人在后边，抬着棺材转转大街，最后才到坟上去的。

可是今天早晨，霍城突然做了一个决定，那就是要用拖拉机拉臣雪的棺材——他就是怕有人在抬棺材的时候闹丧，才采取这样的办法——霍城知道，在周围的村里，有的早就不抬棺材了，都是用拖拉机拉棺材，这样一来，就减少那些麻烦事。

臣雪家的门口，那辆拉棺材的拖拉机已经告诉乡亲们，今天不用抬棺材了。但还是有人在拖拉机前面在挖泥坑。霍城看那两个挖泥坑的，非常恼火，但却一点办法都没有。他只是心里说，我今天倒是要看看，霍明才十岁，谁忍心让孩子跪到泥坑里。

霍城要拉着霍明请乡亲的时候，霍明又哭了起来。霍城说："孩子，不怕，我们到外边就是给乡亲们磕个头，你什么都不用说，乡亲们就会把你爸爸的棺材抬到拖拉机上。"

霍明说："我不，我怕。"说着又跑到叶子的怀里。

叶子说："霍明，小姨和你去好不好？"霍明才答应下来。于是霍城领着霍明和叶子，来到大街上。唢呐和放炮声都停止了。大家都不由自主地往前围拢过来，把臣雪家围了一个大圈子。霍城向大家喊了两声："孝子请乡亲了！孝子请下乡亲了！"然后让霍明跪在地上。霍明看叶子不跪，他也不跪。叶子说："好好，我跪我跪。"叶子跪下，霍明才跪上。

霍城的声音刚落，就听到有人喊："走，抬棺了。"于是便有好多男人一窝蜂似的涌着向臣雪家里走去。只要把棺材抬到拖拉机上，拖拉机拉着棺材一走，葬礼就算成功了。

霍城一看大家都动起来，尽管泥坑摆在那里，却没人提出让霍明跪泥坑的要求。于是霍城赶紧把霍明和叶子拉起来站在一旁。叶子拉着霍明，给乡亲们鞠着躬……

霍明虽然是孩子，也要扛着白幡，由本家的两个侄子架着，还有人替霍明拿着瓦。在往拖拉机上放着棺材的时候，送殡的围着棺材转三圈，男人从左边转，女人从右边转，在转到最后一圈的时候，又有人替霍明摔了瓦。臣雪的棺材被安安稳稳地放在拖拉机上，炮声再次响起来，唢呐声同时也呜里哇、呜里哇地吹起来。二踢脚提前排好了队，连珠炮似的，很有节奏地一个接着一个地飞向天空，"嘎嘎嘎"地响个不停……

棺材前边，有霍明和几个本家的侄子，后边也有叶子和几个侄女，都穿着孝衣，乡亲们都站在两边，为臣雪送葬。看上去，场面非常壮观。

可是刚走到大街的中间，却被一根绳子挡住去路。绳子后面，又出现一个泥坑。同时还有好多老人，都沉着脸站在绳子和泥坑后面。

霍城看着绳子和泥坑，肚子气得鼓鼓的。霍城知道，这就是连环坑。他指着泥坑大叫："这是干什么？都什么年代了，又搬出连环坑来了？这简直是历史的倒退。"霍城想起来了，前些年，前街有哥俩个，老大在村里当队长，老二在省城里上班，还是个干部，也是整年不回来，即使回来，也牛气哄哄的，不愿意和乡亲们说话。在埋他娘那天，乡亲们照样在他家门口挖了泥坑，里面加上水，在老大和老二出来磕头请乡亲们的时候，就有人提出来，老二必须要跪在泥坑里。可是老大说他是长子，要跪他来跪，说着，便扑通一下跪进了泥坑里。大伙没有办法，看在老大的面子上，便开始抬着棺材走起来。可是走到大街的中间，乡亲们把棺材又放到地下，不走了。

当时，也没有人说非要让老二跪到连环坑里，只听有人说，他们已经把老大的那一半抬够了，剩下老二那一半，不抬了。有的说现在没时间了，该上工了。

大管事的和现在的霍城一样，和大家说好话。可是说了半天，棺材就放在大街上，还是没人抬。大管事的没有办法，只能劝老二跪到连环坑里了。面对那样的局面，老二的脸别提多难看了，却一点办法都没有，只能跪到连环泥坑里，弄得满身是泥，狼狈极了。然后，大伙才把他娘的棺材抬到坟上去的。

霍城明白，大伙既然用连环坑在大街上闹起丧来，达不到目的，棺材是走不了的。这又不是耍横的时候，只能和大家商量。

尽管只是一根草绳，尽管大街是村里的，但霍城还是不敢拽掉草绳冲过去。因为霍城没有让乡亲们抬棺材，这在某种程度上，这是没把乡亲们放在眼里，低估了乡亲们的觉悟，再就是，他这是向乡亲们示威，意思是说，离了你们就不埋人了？这样的葬礼，如果成功了，霍家庄抬棺材和闹丧的风俗，就告一段落了。霍城相信，在城里经常不回来的人们，都会拥护的。也就是说，从今往后，不管谁家死了人，都可以不把乡亲们放在眼里，随便找个拖拉机就能把人埋掉——有些人，再也不用担心在葬礼上出洋相了。

现在，霍城才叫苦连天起来，怎么就忘了葬礼中的连环坑了呢？这些老家伙们，在这等着我呢。看起来，这抬棺材闹丧的风俗，暂时还改不了。

霍城什么都懂，在葬礼中，确实有这种规矩，如果大家对孝子和死者还不解气，有权利让孝子再跪一次泥坑，才能到坟上去。这样一来，对臣雪的惩罚，那就要往下进行。

霍城只能让放炮的和唢呐停了下来。现场安静得出奇，大家把臣雪的棺材围在当中，尽管拖拉机"突突"地响着，但就是走不了。霍城还是不甘心，抱着拳，一副祈求加命令的口吻高声地喊道："行啦，霍明是个十岁的孩子，什么都不懂。臣雪为村里办了的事，捐得款，大家都忘了吗？我谢谢乡亲们了！"

大家好像听不懂他在说什么，还是没人让开道路。在这方面，霍城比谁都清楚，一旦到了这种阶段，说好话根本解决不了问题，孝子不跪到连环坑里，棺材车是过不去的。

于是霍城便蹲到霍明的面前，说："霍明，你爸爸以前犯过错误，你愿不愿意替你爸跳进泥坑里呢？"霍明还是说不，于是便哭着找小姨。叶子跑到前头，问怎么回事。霍城说了理由。叶子说："明白，臣雪在村里犯了天大的错误，我和孩子要为他爸赎罪。"叶子说着，便挺着大肚子，扑通进到泥坑里。叶子一跳进去，泥浆都溢出来了。

霍城看着那个连环泥坑，鼻子都气歪了，这坑挖得特别大，水也过于满，水和土搅在一起，变成黄乎乎的稀泥，叶子刚跳下去，就把腰和胸脯淹没了。

霍明见小姨跳下去，不知道如何是好，吓得大哭起来。霍城先拉着霍明，再把叶子拉上来。霍城让叶子坐在那别动。这时候，人群散开了，挡路的绳子也被人扯掉了。霍城发现，他的指挥棒完全失灵了，他看到臣雪的棺材已经被人们从拖拉机上抬下来，有人已经把棺材架子拉过来，他们把臣雪的棺材放到棺材架子上，好多人都围在棺材架子周围，两个人一组，准备抬棺材了。霍城心里想，这帮老家伙，为了保留和捍卫抬棺材和闹丧的风俗，竟然把棺材架子拉到这来向他示威——那意思是说，不管你是谁，不管你多大的官，有多少钱，只要想在村里埋人，都得遵守这个规矩。不管是什么原因，臣雪和阿华的行为，都是不能原谅的。在闹丧这件事上，功是功，过是过，功过不能相抵，是过就要闹丧。大过大闹，小过小闹。像霍老黑那样的畜生，是属于大过。所以在埋霍老黑那天，不是专门针对臣雪。即使是二臭给霍老黑打幡摔瓦，即使是二臭出来请乡亲，哪怕二臭跪在泥坑里，也不会有人抬霍老黑的棺材，那就是大闹。大闹其实就是不和你闹，你太坏了，不是人，是畜生，不和你闹了，也不用连环坑，把棺材撂在那里，没人理了。用这种方法，羞臊你和你的后辈，也是给你点颜色看看，别把

267

第二十三章

乡亲们都当成瞎子和聋子——这种大闹，好多年都没有遇到过了。现在，尽管大家都知道臣雪和阿华在一起纯属巧合，那也是过错。更何况，正是因为如此，才被二臭发现了，于是就不能那么算了。在臣雪的家门口，之所以没有人让霍明跪泥坑，那是给霍城一个面子，那也是小闹的开始。到了大街的中间，霍城就做不了主了。但出乎大家意料的是，叶子怀着孩子，竟然替霍明跪进连环坑里。叶子的举动，令乡亲们都非常感动，这也算是给了大家一个交代，闹丧就算闹完了。

臣雪为村里做的是好事，谁不明白？现在臣雪出了事，有了难，那就不能袖手旁观。乡亲们都不愿意看到臣雪的棺材在拖拉机上，还是想用棺材架子抬着臣雪的棺材，转转大街，来表示对臣雪的敬意。大家在做这些的时候，没有人和霍城交流，但霍城当然理解其中的含义。他赶紧让放炮的开始放炮，吹唢呐的吹唢呐。当有人喊着号子，抬起臣雪的棺材走的时候，叶子尽管满身是泥，但依然挺着大肚子，跟在臣雪棺材的后面……